Media
TECHNOLOGY
传媒典藏

写给未来的电影人

U0683804

剧本

Adaptation for Screenwriters

改编

编剧写作的艺术、技巧和训练

[英] 罗伯特·埃德加（Robert Edgar）[英] 约翰·马兰（John Marland） 著

陈少非 译

人民邮电出版社
北京

图书在版编目（CIP）数据

剧本改编 ：编剧写作的艺术、技巧和训练 ／（英）
罗伯特·埃德加（Robert Edgar）著 ；陈少非英译中.
北京 ：人民邮电出版社，2024. --（写给未来的电影人
）. -- ISBN 978-7-115-65284-3

Ⅰ. H319.3

中国国家版本馆 CIP 数据核字第 2024QR7710 号

版权声明

◆ 著　　　[英] 罗伯特·埃德加（Robert Edgar）
　　　　　[英] 约翰·马兰（John Marland）
　译　　　陈少非
　责任编辑　黄汉兵
　责任印制　马振武
◆ 人民邮电出版社出版发行　　北京市丰台区成寿寺路 11 号
　邮编　100164　　电子邮件　315@ptpress.com.cn
　网址　https://www.ptpress.com.cn
　三河市祥达印刷包装有限公司印刷
◆ 开本：700×1000　1/16
　印张：13.25　　　　　　　　2024 年 11 月第 1 版
　字数：223 千字　　　　　　　2024 年 11 月河北第 1 次印刷
　著作权合同登记号　图字：01-2023-3606 号

定价：79.80 元
读者服务热线：（010）53913866　印装质量热线：（010）81055316
反盗版热线：（010）81055315
广告经营许可证：京东市监广登字 20170147 号

内容提要

　　本书是一本全面指导剧本改编的实用手册，旨在为那些有意涉足剧本改编领域的编剧提供一条清晰的路径，本书通过一系列的案例研究、理论分析和实操练习引领读者将最初的创意构思逐步发展为剧本初稿。

　　全书分为四个部分：概念、改编、过程和借鉴的艺术。第一部分介绍改编的基础知识，包括准备工作、翻译和基础材料的选择。第二部分深入探讨了改编的技术细节，例如叙事构建、人性元素及如何在忠实原著的同时进行创新。第三部分则专注于剧本开发的实际操作，包括选择短片、评估故事和编写剧本的具体步骤。第四部分着眼于文本间的互文性，以及如何在改编中融合事实与虚构，创造出新颖的视觉故事。

　　通过阅读本书，读者将获得对改编过程的全面理解，并学会如何将文学作品转化为富有感染力的电影剧本。无论是希望学习如何将文学作品改编为电影剧本的新手，还是寻求深化自己剧本改编技能的专业人士，都能从本书中受益。

— 致 谢 —

我们要感谢所有在约克圣约翰大学和我们合作过的学生们。还要特别感谢那些在本书编写过程中给予我们帮助和支持的同事：约克圣约翰大学写作中心（Center for Writing）的文学与创意写作团队的所有成员，尤其是娜奥米·布思（Naomi Booth）博士、理查德·伯恩（Richard Bourne）博士、金伯利·坎帕内洛（Kimberly Campanello）博士、阿比·柯蒂斯（Abi Curtis）教授、安妮－玛丽·埃文斯（Anne-Marie Evans）博士、莉斯尔·金（Liesl King）博士、凯莱布·克拉佩斯（Caleb Klapes）、罗布·奥康纳（Rob O'Connor）博士、海伦·普莱曾斯（Helen Pleasance）博士和JT·韦尔施（JT Welsch）博士。

非常感谢马克·赫尔曼（Mark Herman），他本人也是一位杰出的改编者。

同时，我们还要郑重感谢布鲁姆斯伯里出版社（Bloomsbury）的乔治亚·肯尼迪（Georgia Kennedy）和凯蒂·加洛夫（Katie Gallof），谢谢她们提供专业建议并给予耐心指导。

此外，还要特别感谢艾伦·G. 史密斯（Alan G. Smith）在他忙于创作其他剧本时所写作的《萎缩的胳膊》（*The Withered Arm*）。

引言
PREFACE

本书是为那些想进行改编创作的编剧们特别准备的。它旨在引导读者从最初创意的产生逐步发展到初稿的成型，从剧作和改编的角度剖析了一部电影从无到有的成型过程。本书也同样适用于那些对剧本创作有广泛兴趣的爱好者，力争为他们提供一个剧本的改编与再创作的全新视角。

改编透过银幕另一侧的视角，为我们提供了一窥"编剧工厂"的难得机会。就原创剧本而言，作品的原意与最终的成品往往相去甚远，甚至面目全非。对于剧作者来说，最初的想法和意图也可能会随着创作的进行消失于记忆深处。而改编（二度创作）的环节反而为创作者还原了他们的初心，因为最初的灵感和意图始终被完整地保留于原始文本之中。这让作品的初始想法和最终呈现之间的关系变得一览无余，也不断地提醒我们创作的主要目的究竟是什么，比如是讲述某个故事还是再现某种经历。我们可以亲眼见证电影的制作团队是如何实现这一目标的，以及在过程中他们都取得了怎样的进展。

本质皆改编

从某种意义上来说，所有的电影剧本创作的本质都是改编，这一流程体现在将故事理念转化为银幕形象的过程。即使最初的灵感和创意除了编剧自己的脑海外没有其他来源，同样的转换也终将发生。这是从语言到形象的转化、从想象的概念到可视的现实的过程。这一过程的目标总是以尽可能少的损失和妥协将我们头脑中的画面转变成银幕上的形象。而二者创作的原理是一样的：对叙事元素过滤、筛选和排列组合。

相较于原创剧本，改编的唯一区别就在于它源自预先存在的文本（通常为其他作者的文字），以小说或短篇故事等形式呈现。这就是关键所在，书籍和电影的创作方式不同，也并非以同种媒介传播，我们解读二者的方式也就不同。

纯文字的信息打破了银幕的限制，本书的意义也在于此。

进入改编的领域

电影改编通常是指由小说等改编而成的故事片。正是有了改编，创作者才得以将《飘》（*Gone with the Wind*, 1939）、《绿野仙踪》（*The Wizard of Oz*, 1939）和《教父》（*The Godfather*, 1972）搬上大银幕。这也正是彼得·杰克逊（Peter Jackson）对托尔金（Tolkien）的《指环王》（*The Lord of the Rings*, 2001—2003）所做的工作，同样是一众电影人对《哈利·波特》（*Harry Potter*, 2001—2011）的故事进行的再创作。对有些人来说，一说起"改编"这个词会让他们联想到年代戏中的高顶礼帽和紧身胸衣。但同样也是这种创作形式，给了我们在大银幕上看到《猜火车》（*Trainspotting*, 1996）、《断背山》（*Brokeback Mountain*, 2005）和《沉默的羔羊》（*The Silence of the Lambs*, 1991）的机会。当我们在电影院里看到"根据……的同名小说改编"字样时，或者翻开一本书看到"同名电影正在热映"时，我们就知道自己已经进入了改编的领域。

这个领域是由一部分前卫的电影制作人在20世纪的头几个十年里开发的，他们不辞辛苦的努力释放出了这一创作形式的潜力。挣扎于寻找新的故事和讲故事的方式，他们转向小说和戏剧来寻求叙事的灵感、架构和素材。因此，第一批电影剧本的部分荣誉理应归属于像查尔斯·狄更斯（Charles Dickens）、罗伯特·路易斯·斯蒂文森（Robert Louis Stevenson）和布莱姆·斯托克（Bram Stoker）这样的作家们，他们笔下生动的故事和人物在不知不觉之间充满了那个时代的默片影院。

改编的提出

早在商业电影诞生之初改编就已经存在，而且自那之后就一直是电影产业的支柱。它几乎无处不在，远非一个边缘领域或第二选择。事实上，改编对任何电影制作人来说都是一个极具吸引力的提议。首先，它发挥了已有素材的深厚储备优势——成熟的故事和饱满的人物。

其次，就是经济因素：电影是高风险、高投入的行业。在这场赌注中，没有任何一部电影制作的提案是稳操胜券的，而改编似乎才是更安全的筹码。它自带一封价值连城的推荐信——这个故事在当下的市场中有可被追踪的记录，其显然在另一种（尽管有所区别）媒介中产生了影响力。作为一个向电影制片人推销的项目，改编有一个内在的先天优势，即在某种意义上它在被影像化创作之前就已经存在于世了。好莱坞注重"IP"，如果你能把已被广泛认可的提案材料摆在桌面上，并且它的封面上有条形码，这会大大有助于影像化项目的推进。手中的一本书抵得上头脑中无数个想法。（没错，不止一个编剧会把自己的原创想法首先写成小说。）

如果这本书的封面上有一个响亮的名字，那么你所展示的就是一幅有高识别度的产品所带来的诱人前景。闻声而来的读者早已跃跃欲试，迫不及待地想要看到他们心爱的作品会以怎样的方式在银幕上呈现。每当提到创作奥斯汀或勃朗特的作品时，"高雅文化""文化资本"和"遗产产业"等相关术语的出现就必不可少；而我们单纯的动机背后只有一个简单的愿望，比如让一部亨利·詹姆斯（Henry James）的作品得到华丽的上演，或给饱受争议的斯蒂芬·金（Stephen King）一个公允的评判。

这些考量并不会让编剧的工作变得更轻松。改编既不是一个容易的选择，也不是成功的捷径。剧本创作已经足够困难了，但是改编涉及额外的工作量，且被强加了额外的限制，这一点我们会在后文中谈到。

剧本

在进入排练间、工作室、片场或剪辑室之前，电影必须首先在编剧的脑海中成型。但一定要记住，作为一名编剧，你的工作并不是拍摄电影。电影的拍摄任务最终落在了导演、摄影师、演员之类的人们手里，这些人最终决定影片的外观和质感。编剧的工作是构思、设计，并为演员和所有工作人员提供一个工作蓝本。这是一本奇特的"混搭"文本（包括部分文学，部分影像学），它的功能是为其他创作部门提供一套基础的工作指引。

具体来说，剧本为他们所提供的是故事的框架、角色的解构及构成和推进故事情节发展的人物行动。观众最终看到的外在影像取决于导演，而一部影片的内核意义则来源于编剧。剧本是电影事业的核心和基础。

与叙事小说的写作截然不同，电影是一种集体的创作。一部电影的创作从编剧开始，但当剧本离开编剧的办公桌后，之后的环节他们几乎无法控制。好比是你让车轮开始转动，但汽车行驶的方向和速度却在你的掌控范围之外。同样也像足球教练一样，你的任务是让你的队员带着你能想到的最佳比赛方案走向赛场，而如何执行这一计划完全取决于球员们自己。

再回到电影本身，这里特指的是你在电影制作中承担的任务——剧本。这部分工作已经足够庞大了。按照惯例，我们通常会把一部影片和导演的名字自然地联系在一起，但我们同时需要铭记的还有电影的编剧。

摘要

本书第1~5章将探讨：

- 小说作者与影视编剧的关系、小说与剧本的关系；
- 小说和电影在形式上的巨大差异所带来的挑战；
- 将一个故事从纸张搬上银幕的特有困难；
- 在这一转换过程中处理相应问题所必须具备的技能；
- 观众的需求和期望往往需要合理的引导。

我们将主要聚焦于电影的改编过程：

- 关于制定原始决策的途径与（常规）方法；
- 小说中电影元素和非电影元素的区分；
- 故事情节的解构与重构；
- 人物角色从书本到银幕的转化；
- 激发创造性策略，成功实现从故事到影片的转变。

第6章和第7章提供了开始创作剧本的方法和技巧，包括剧本的定义和如何开发个人作品的实用建议。其中还附带了一部相对简短的可改编剧本，供你将其编辑与拓展。第7章还囊括了一部时长约为30分钟的影视改编剧本，同步的注释供我们探讨一位编剧是如何在实践创作中完成任务的。

第8章和第9章诠释了难以界定并日益复杂的"艺术借鉴"的世界。这两章将带你探索如何通过参考其他书籍资料与实现个人的"原创"电影剧本相融合。对于借鉴的理解和实施方法，我们允许你用观众已经熟知的概念使你的创作产生新的意义。第10章介绍了其他的剧本类别：游戏、漫画（连环画）和戏剧。这章将关注如何将你在本书前一部分学到的知识和技能运用到其他媒介中。

实操

拿起这本书时，你可能正在考虑把自己喜欢的故事改编成一部剧本。而每个人和每部作品的情况都是不同的，因此我们并不寄希望于这里可以解决所有读者的个性化问题。

　　尽管如此，改编的问题通常可以被大体分为两类：形式问题（将故事从书本到银幕的转移过程中，哪些方面是影像可以还原的，而哪些部分则无法实现）和阐释问题（对原始文本的强烈个人感触促使你对故事或角色做出诸如增加和删减、改变情节走向和增添支线等的重要变化）。区分这二者很关键，前者是每一次改编都必须面对的常规问题，而后者只会在你发现了自己迫切想要改编成为电影的文本时才会出现。

　　这本书的根本目的在于解决读者在尝试改编时所面对的理论问题和实践问题。除了多样的写作练习、经典的案例分析、鲜明的图解阐释和完备的解决方案，本书还纳入很多旨在不断提升和完善创作技能与策略的实操扩展练习。

　　为了有助于以上问题的多维度展开，我们选择了两个经典文本进行集中研习：一部欧内斯特·海明威（Ernest Hemingway）的短篇小说《一则很短的故事》（*A Very Short Story*，1925，附带全文）和一部帕特里西亚·海史密斯（Patricia Highsmith）的长篇小说《那些离去的人》（*Those Who Walk Away*，1967，附带梗概）。这两部作品可以作为摆在"桌面上"的材料供你不断地练习和实验。接受"改编"这些文本的挑战，将会为提高你改编作品时所需的批判力和创造力奠定基础。

　　在引用关于改编的现有案例时，书中所选的一些小说文本是我们认为最能帮助读者解决常见问题的。特别是，我们专门选择了一些极具价值的经典小说，如简·奥斯汀（Jane Austen）、查尔斯·狄更斯和F.斯科特·菲茨杰拉德（F. Scott Fitzgerald）的作品。他们笔下的故事和人物早已通过书籍和电影被大众所熟知，还经历了反复被改编的考验。坐下来比较不同的编剧和导演对同一本书做了什么，也许没有比这更好的学习改编的方式了。

　　经典的影视改编往往来源于经典的文学作品，而经典文学的类别较为统一。其中，对于通俗小说的改编局限性相对小，对任何相关书店或书籍的探索都会让我们收获丰富的素材，这一点将在本书后续的章节中详细讨论。从过往的视角来看，电影创作的写作和制作所反映的局限性也是值得关注的。例如，越往电影史的早期追溯，女性创作者的名字就越少。这种情况正在发生改变，这在我们现在所看到出现在电影字幕中的原著作者、编剧和导演的名字中得到了越来越鲜明的体现。作为一名编剧，你将通过改编经典故事投射当下情境，通过对于角色的二度创作开发作品的潜在深意；你将能够从一系列不同的历史和现代文学的宝库中源源不断地获取改编的资源。

目录
CONTENTS

Part 1

第一部分

概念

1 初始：了解改编

1.1 准备工作

在正式开始前，有一些宽泛的问题需要考虑，其中最重要的是你要与"原文本"建立什么样的关系。

◎ "忠实"

对电影改编的讨论通常围绕"忠实"问题展开。电影制作者有哪些要"忠实"于原作的道德义务？我们永远不能彻底忽视这个问题，因为任何改编显然都会引发比较，批评的声音几乎不可避免地围绕影片与它来源的"一致性"发出。然而，在这场道德辩论中被不必要的声音分心和纠缠也是危险的。

当改编的原著来源于历史类或传记类的材料并触及真实的人物和生活时，电影创作者就必须关注他们对于故事和人物刻画的"准确性"。然而，如果创作的原材料本身是虚构的，这方面的"责任感"是个人的选择。

一些编剧进行改编的动机来源于对原著的热爱，以及随之而来的对于原作者的敬重。他们觉得自己被一种"准确还原"的责任感引领。另外一些编剧会把原始文本仅仅视为改编资源，一种以剧本创作为目的而进行挖掘的故事素材。在这种情况下，他们完全有自由（法律允许范围内）随心所欲地对原作进行发挥。换句话说，当你选择忠实时，忠实度才是一个问题。有一种观点认为，任何改编都不可能做到绝对的"忠实"。我们该如何理解这句话？即使我们下定决心要完全"忠实于原著"，也很难定义这个被"忠实"的对象。但你可以致力于忠实地对以下元素进行再现：情节（事件和事件被呈现的顺序），主题内容（原书的核心内容，它讲了什么故事），原著的"精神"（它的基调和主旨，它所传达的信息）和整体效果（它对读者的影响）。

任何恰当的改编都会在某种程度上传递这些元素（情节、主题、精神和效果），但它们反映了编剧不同的优选次序，所有编剧都无法避免在它们之间做出侧重选择。可能我们选择了忠实地遵从于情节走向，但无法完全保留事件的"精神"；或者专注于传达原著的主题和思想，但无法给观众提供与阅读小说相同的情感体验。

◎ 改编的多样性

有些改编是"牢固的"，它们的创作者选择了最大程度地让自己专注于"书面上"，尽己所能地还原原著的内容和主旨。《杀死一只知更鸟》（*To Kill a Mockingbird*，1962）和《老无所依》（*No Country for Old Men*，2007）因其对原著的高度还原而广受赞誉。（后者的导演科恩兄弟曾公开笑称自己改编的准确性是通过一个人手捧原著阅读，另一个人将文字写成剧本来实现的。）

与此相反，另一种改编明显是"松散的"。这类电影人仅仅把原著作为灵感来源看待。他们彻底打碎故事的多个层面，同时完全抛弃其多余的部分，自由地对之进行增减、弯曲、折叠与二度创作，这样改编的电影可能与原著在表面上大相径庭。

例如，迈克尔·曼（Michael Mann）的电影《最后的莫希干人》（*The Last of the Mohicans*，1992）的成功几乎完全是建立在对詹姆斯·费尼莫尔·库柏（James Fenimore Cooper）原著小说的情节和基调进行全面颠覆的结果。这部电影呈现了18世纪50年代美国殖民史真实性的同时，明智地从中提取了一个精彩的冒险故事。

斯坦利·库布里克（Stanley Kubrick）关于核毁灭的黑色喜剧《奇爱博士》（*Dr Strangelove*，1964）改编自彼得·乔治（Peter George）的《红色警报》（*Red Alert*，1958），这是一部相当严肃的小说，指出了"同归于尽"政策的危险性。人们可能会惊讶地发现，库布里克的第一个想法是创作一篇同样庄重和严肃的论战"文章"，但最终却把它变成了一部喜剧杰作，与他最初的出发点相去甚远。

出于众所皆知的原因，制作类似于《哈利·波特》和《饥饿游戏》（2012—2015）等大型系列电影的创作者通常会尽力避免引起忠实而严谨的原著读者的不满，他们选择严格保留原书所体现的样貌和基调。然而，那些伯恩（*Bourne's Identity*，2002—2016，译名《谍影重重》）系列电影的制作人却没有表现出同样的克制。该系列电影的成功归功于对罗伯特·陆德伦（Robert Ludlum）的原著小说前后封皮之间的几乎所有内容的完全颠覆。故事来源于一个训练有素的失忆特工的核心概念，被提取出来向一个全新的方向发展。陆德伦在书中所写的其他内容几乎没有得到保留。

因此，我们要做的第一个创作上的抉择就是，在一丝不苟和大刀阔斧之间，是丝丝入扣还是天马行空之，把你的改编作品置于何地。

- 你与原文本的关系："亲近"还是"疏远"？
- 于你而言，原文本是要保护的"珍宝"，还是要填充的"仓库"？

当然，除非剧本与促成它的文学作品保持着有意义的联系，否则你的电影从本质上讲也不算是改编。而这种关系的远近程度往往需要由编剧自己来决定。

◎ 创作的认可

我们对于经典文学的改编通常会尽可能地贴近原著，通过这一点表达对原著的尊重，同时保持其忠实读者的"参与感"。然而，即使在这里也有例外。阿方索·卡隆（Alfonso Cuarón）版的《远大前程》（*Great Expectations*, 1998）将狄更斯笔下的人物从维多利亚时代英国的道德边界中连根拔起，把故事重新定位到了20世纪90年代的美国。这远远超出了读者从他们阅读的小说中所认知的信息。

斯蒂芬·金对斯坦利·库布里克改编其作品《闪灵》（*The Shining*, 1980）的否定是尽人皆知的。库布里克对金故事中所有超自然因素的成因完全置之不顾，没有进行任何解释。但在影片中，他以高山为背景，以幽居为场景，创造了一个与原书截然不同的恐怖环境。

罗伯特·泽米基斯（Robert Zemeckis）的《阿甘正传》（*Forrest Gump*, 1994）遵循了温斯顿·格鲁姆（Winston Groom）的小说。书中刻画了一个思虑迟钝的人，无意中暴露在历史的聚光灯下，对自身所处的特殊环境和遇到的显赫人物浑然不知。如果这部电影保留了原书中部分过激的语言和露骨的情爱描写，虽然会为格鲁姆笔下的角色增添趣味，但它可能不会取得最终那振奋人心的票房战绩。银幕上的阿甘完全成了一个住在成人身体里的大男孩，就是这样一个温柔敦厚和多愁善感的形象成就了千千万万个家庭的欢聚时光。

如果你读过菲利普·K.迪克（Philip K. Dick）的小说《仿生人会梦到电子羊吗》（*Do Androids Dream of Electric Sheep*, 1968），就会发现把《银翼杀手》（*Blade Runner*, 1982）称为其"改编版"可能有点牵强。二者的内容就像它们的名字所体现的那样不同。书和电影对人类的未来发出了完全不同的警告。众所周知，雷德利·斯科特（Ridley Scott）所改编的影片是围绕着机器人变成人类展开的，而最初书中的故事则刚好相反。

弗朗西斯·福特·科波拉（Francis Ford Coppola）的《现代启示录》（*Apocalypse Now*, 1979）宣称其"基于"约瑟夫·康拉德（Joseph Conrad）的中篇小说《黑暗之心》（*Heart of Darkness*, 1899）改编，但在表面上与它几乎没有任何相似之处。这部电影是以一次类似原书中乘船旅行的情节为主线展开的。二者描绘的对象均是科茨——一个冒险挑战"文明"的人。但是康拉德关于19世纪非洲殖民者掠夺土地的故事被改编成了一部关于美国卷入越南战争的电影。也许，科波拉的目的从来不是"改编"《黑暗之心》，而是将其作为电影的模板或框架进行创作。

以上对一些经典改编的举例说明了小说文本和改编剧本之间可能存在的相当程度模糊和粗糙的关系。其中的一些电影赢得了业界的高度赞扬。不可否认，如果没有原著小说所激发出的创作者的灵感，这些电影就根本不会存在。然而，他们都会把自己相当一部分的成功归功于最大程度上对独立性和创造性自由的坚持。

综上，当这一问题涉及你自己的改编项目时，尽早确定你在完成任务的过程中谨慎和严格的尺度是至关重要的。你打算紧密贴近这部小说，还是仅仅把它视为一个创作的出发点？

◎ 成片为王

无论你的策略是什么，最终成片所取得的成功才是王道。不管你与被改编的原文本存在什么样的紧密联系，你的最高任务是创作一部电影，并为观众提供满意的观影体验。如果这一点无法实现，那么其他一切都是空谈。因此，当务之急不是顾虑道德上的约束，而是现实的抉择和审美的把握，以制作一部在大银幕上"行得通"的电影。对原著小说和作者过于执着的狂热会扼杀整个项目。执迷于"忠实"他人的观点，很可能会流失自身的想法，导致一部没有精神内核的电影诞生。抓住书本不放，可能会失去剧本。

你会发现，被改编的小说和由它改编的电影的完整性之间存在着难以忽略的微妙关系，所有严肃的改编都是由这种对于忠实所存在分歧之间的摩擦产生的。这就是萨莉·波特（Sally Potter）在编剧和导演她的电影《奥兰多》（*Orlando*, 1992）时所经历的过程。她可能非常想忠实于弗吉尼亚·伍尔夫（Virginia Woolf）杰出的现代主义小说的精神，但同时也认识到需要"无情地"将文学从属于电影的重要性。伍尔夫对时间和人物的激进实验往往让读者对书中的核心概念难以理解：为什么主角可以永葆青春，又为什么在故事中途改变性别。本着对于电影无法在短时内承受如此水平的"游戏性"这一清晰认知，波特为她的观众提供了多种叙事性逻辑依据。

图 1.1　在萨莉·波特改编的《奥兰多》中，女王神奇地将永生的能力赋予了与书中同名的主角，而他的变性是"男性危机"（Crisis of Masculinity）的结果。然而，鉴于伍尔夫的意图是呈现一个时间和身份从根本上不协调的世界，电影的这些叙事调整只能说与原书所传达的精神相去甚远。

✏️练习

你希望自己的改编在还原度的刻度表上处于什么位置？你打算给自己多大的创作空间？答案取决于你，需要你自己来回答。重要的是从刚开始就明确方向，确立原著和电影之间的关系。

✏️练习

在你所改编的文本中随机选择一部分（几页纸至一个章节），并分别从四个层面对其进行总结：情节（发生了什么），主题（故事涉及的重要"议题"），精神（书中传达的核心态度）和效果（读者的感受）。将这四个层面传递到银幕上的难易程度分别如何？哪些是可以取舍的，哪些是不可撼动的。

1.2 翻译

在解决了这些基础的问题后，很多人会抵挡不住正式开始"书写影像"的诱惑，把自己一头扎进写作的海洋中。但就时间和精力而言，这可能是一个代价高昂的错误。在仓促行事前，你需要清楚认识自己所面临正式挑战的其音其形为何物。

◎ "小心台阶"

小说和电影显然有很多共同点。二者都是叙事性娱乐的流行形式，都涉及丰富的情节和鲜活的角色，都构建了虚拟的世界，并邀请我们踏入其中，带我们走上探索之旅。但是（这里有一个非常大的转折关系），作为讲故事的工具，小说和电影在表现形式和表达方式上是截然不同的。

广播不同于戏剧，戏剧不同于芭蕾，芭蕾不同于歌剧。所有这些都是讲故事的不同形式（当然可以讲同一个故事）。作为艺术形式，它们有许多相似之处，但它们依赖完全不同的资源和技术，并以完全不同的方式获得观众的喜爱。

小说和电影也是如此，这是两种截然不同的讲故事的"系统"。如果我们想真正了解改编的要义，首先需要对二者进行区分。

通常我们遇到的首要问题是，作为读者和观众，我们对小说和电影是如此熟悉，以至于忽略了二者是多么不同。每当谈到刚刚读过的一部小说或看过的一部电影时，我们往往会用非常相似的词来描述它们，而忽略了二者的事件和人物是由两种完全不同的体系构成的。文学和电影使用的是不同的语言，不同的交流方式。

我们已经对这些语言有了默认的理解（否则将无法对自己面前的信息进行识别），然而，被动地阅读一门语言和能够主动地使用这门语言之间存在天壤之别。

学习成为任何类型的作者都是从"消费者"到"生产者"的转变。掌握如何创造读者或观众的享受体验，这需要从最根本的层面上调整创作的视角。当我们试图在银幕上再现自己从书本上获得的印象时，甚至需要做更大范围的调整。

进行改编的编剧们都需要具备一种"双语"素质，能够从一种语言"翻译"到另一种语言的能力。这并非一个机械的过程，翻译也并非简单地用一个词代替另一个词的过程。成功地将一段有长度和难度的信息从一种语言转换成另一种语言是一段复杂的脑力劳动，它既需要精确性（准确的用词和用语），又需要创造性（极具想象力的诠释）。有些"空白"是必须由译者去填补的。

◎ 改编，改变

语义不会从一种媒介自动转移到另一种媒介。除了对白，改编从来都不是简单地从书本上把文字剪切下来贴到银幕上的机械操作。从某种意义上来说，改编即改变。

◎ 所有的改编都是诠释

当多种表达方式能够同时满足写作的需求时，从中选取最贴切的用语需要对作品的整体含义和作者的创作意图做出全面的判断。随意翻开托尔斯泰（Tolstoy）的《安娜·卡列尼娜》（*Anna Karenina*，1877）的任何版英译本的第一页正文，译者对于不同单词和短语的选用、结构和重点的侧重都一目了然。每一个变化都体现了他们对作者在俄语原文中的表达方式、语气语态和创作意图的理解与诠释。如此这般，改编而成的电影就包含了不可计量的诠释性抉择。

◎ 所有的改编都是创造

即使是最"忠实"的"翻译"也无法完全避开创造的需要。当隐喻和日常的生活化用语被"逐字逐句"翻译成另一种语言时，它们通常就会变得毫无意义。如果无法进行字面上的直译，我们就需要找到具有相同效果或传达近似印象的可替代的贴切表达方式。电影改编亦如是，你可能会对原文本中的一个故事或一个人物进行提炼与挖掘，但书本上的文字无法满足银幕的全部需要。你有义务去创造。

◎ 所有的改编都是叠加

不管我们是否有意为之，当改编把纸面文字转换成银幕影像时，不可避免地会融入新的内容。在你将一段书面描述转换成一组视觉图像时，它会立即获得新的属性，给原始文本带来作者或读者从未体验到的特质。其他种类的素材（视觉、听觉、表演）被自动插入或叠加。原始材料在从一种传播介质（文字）转换为多种传播介质（声音和视觉）时，不可避免地会发生某种程度的延伸或扭曲。

> 这个世界上没有"原貌"改编这种东西——无混合，无添加。这个过程总是包括加法和减法。从你的原始资料中选取一小段文字，尽可能详尽地在脑海中浮现你所想象的影像画面。现在，在你的视觉化呈现中，明确自己在想象的颜料盒中叠加或融入了哪些色彩，这一过程应该单纯是通过把文字"翻译"成脑海中的图画完成的。

1.3 基础材料

面对改编的任务，你需要时刻紧抓基础问题。再伟大的工艺都离不开对原材料的深入研究。正如陶工懂黏土，裁缝懂布料，他们对自己所做的东西都了如指掌。当然，编剧做的"东西"就是文字，他们工作的日常就是尽力把正确的用词按照正确的顺序排列，在正确的时间把正确的语言放到正确的人物口中。在此基础之上，对于改编的编剧来说，还有一个额外的复杂因素。除了要和自己的语言纠缠，你还必须同别人的语言搏斗。更重要的是，你常常面对的是一部完整的小说。这是一种极具鲜明特点的文学形式，有其独特的特点和广泛的受众。

◎ 小说

有很多专门研究小说这一文学形式的学术书籍，关注小说的形式和创作规律，诠释它的创作技巧和虚拟结构的本质。但首先也是最重要的一点，是要承认小说的包罗万象。美国作家亨利·詹姆斯曾饱受质疑地将19世纪的小说称为"庞大、遍逼、松松垮垮的怪物"。他特指的是梅尔维尔（Melville）或托尔斯泰（Tolstoy）那种在他眼里冗长、厚重的小说。空洞的，杂糅的，宽泛的，"所有有生之伦皆汇聚于此"的文学门槛。

很多作家之所以选择创作小说，正是因为它是最宽泛、最易被接受的文学形式，其中几乎可以容纳一切元素。梅尔维尔的《莫比·迪克》（*Moby Dick,* 1851）是一部百科全书式的巨著。当中充满了宗教神话、航海知识和对可怕的工业进程的描述。而所有这些却以一个疯狂的船长猎杀吃了他腿的鱼这样的荒诞故事结尾。托尔斯泰的《战争与和平》（1869）以拿破仑战争为背景，展现了历史的进程和生命的意义。

　　并不是所有的小说都是那么长篇大论或野心勃勃，但即使是一本轻薄的平装书也能承载极具分量的文字。所有的小说都是内容大于外表，只言片语就可以打开一个广阔的叙事领域，一个人物的一生可以被折叠浓缩在短短的几页纸里。即使是最短的短篇小说，也可以承载宽厚的内核，为读者展现其广阔的场景。当我们打开封面置身其中时，它会吸引我们到达难以想象的深处。决定小说深度和广度的并非作者写下的字数，而是语言本身非凡的可塑性。小说，只不过是文字的不同组合形式，它能实现任何语言所能做到的事。

　　小说家可以把我们带到任何地方。一部小说可以让我们穿越千百万年，并任意停留于其中的某一个瞬间。它可以放大我们的感知，带我们拥抱整个人类的历史，然后把目光聚焦于一个特定的具体事件。它可以跨越浩瀚缥缈的宇宙，也可以驻足原地观察一粒孤独的尘埃。它可以在世界的两级之间循环移动，就在你阅读这句话的瞬间。

　　作为一种讲故事的方式，小说千变万化的特性让其成为一种独特的"发明"。小说当中蕴含的思想堪比汪洋大海，创作小说的智慧头脑让它拥有了无限的延展和压缩、加速和放缓、放大和缩小的可能。这样的包容性和易变性，让小说成了一种极具弹性的媒介形式。这种形式几乎具备无限的适应性。

　　小说的阅读体验是电影永远无法模拟的，但幸运的是，这不是你的目标。你的任务是和小说家联手，共同创作新的篇章。

案例研究：《惊魂记》

导演：阿尔弗雷德·希区柯克

　　书籍的编创不同于电影。站在电影制作人的视角，小说的叙事往往开始于错误的地方。此处，我们以罗伯特·布洛克（Robert Bloch）的小说《惊魂记》（*Psycho*, 1959）为例。只看过阿尔弗雷德·希区柯克（Alfred Hitchcock）执导的同名经典电影的观众，可能会惊讶于一翻开书，诺曼·贝茨（Norman Bates）和他的母亲就立刻映入眼帘。在这个风雨交加的夜晚，有些神经质的诺曼独自陷入他的思考，把自己置身汽车旅馆的幽闭氛围中。以这样的方式，布洛克毫不拖泥带水地将读者带入了故事的阴暗面。作者在整个第1章都致力于建立一种令人感到不安的预兆，所以当一个女人出现在诺曼的门前时，读者已经开始担心最坏的事情即将发生。

希区柯克的《惊魂记》开场则截然不同。影片始于美国亚利桑那州凤凰城一个炎热的下午。它将我们带到玛丽安·克兰（Marion Crane, 小说中为 Mary）的生活：她的情爱世界、对幸福婚姻的憧憬和体面生活的渴望，以及因一时冲动所偷窃的4万美元。这是一部将自身定位为围绕爱情与金钱、罪行与惩罚、诱惑与救赎等主题的都市惊悚片。影片开始足足25分钟后，玛丽安将汽车驶离大雨滂沱的高速公路（同时也中断了自己通向自由的逃亡之路），转而开入贝茨汽车旅馆的前院，遇到了我们这位行为怪异的店主。直到此时，诺曼才出现在观众的视野中。

从影视改编的角度来看，这引发了关于形式、类型、主题和角色塑造等一系列有趣的问题。

- 为什么希区柯克要彻底忽略布洛克原著小说的第1章？
- 为什么要丰富玛丽/玛丽安的人物刻画？
- 为什么要让我们沉浸在她的世界里？
- 为什么不在影片开头直接进入贝茨汽车旅馆，而是让观众跟随她走这么长的"弯路"？
- 为什么要推迟诺曼的登场？

希区柯克并没有浪费时间，他只是在以不同的方式利用时间，以将观众"放置"于他理想的位置。希区柯克的艺术全部在于布局和操控，通过掌控观众的感知来营造紧张和惊喜。对布洛克原版故事的结构性变动是他需要基于其制作这部电影的必由之路。

布洛克的原著小说从开头就有意让人产生不安。诺曼的孤僻、古怪和病态的心理立刻成为读者关注的焦点。我们甚至看到了他令人脊背发凉的阅读习惯，以及他对野蛮暴力行为的病态迷恋。小说从一开始就预示着一些诡异而危险的事情即将发生，并强烈暗示了诺曼在其中所扮演的角色。对于电影来说，这样的设定太快速、太直接了，在开头就暴露了过多的内容。

希区柯克的《惊魂记》将书中的叙事调整为以影像视角为主导的杰作，这个过程始于从根本上对于情节的重塑，以弱化诺曼在其中的重要性。他看起来似乎只是某个罪案片中无足轻重的小角色，而不是一部惊悚电影中深不可测的核心人物。对于希区柯克来说，重要的是观众对诺曼的第一印象要有别于书中对他的描写。

其他方面的改编还涉及作品的类型。希区柯克和他的编剧约瑟夫·斯塔法诺（Joseph Stafano）在布洛克的小说中看到了创作一部现代化哥特式作品的可能性。其中，贝茨汽车旅馆就是"恐怖老宅"的升级版，传统意义上的"怪物"就潜伏在这里等待不慎闯入的过客。玛丽安可能不是一个"无辜少女"，但她仍然扮演了在暴风雨中寻找庇护所的毫无戒备的受害者这一传统角色。就像乔纳森·哈克（Jonathan Harker）接近德古拉城堡（Dracula's castle）一样，我们跟随着玛丽安的视角误打误撞地闯入一栋古旧且神秘的老建筑，而她的灵敏在这里丝毫无法给予她自身任何保护。

片中俯瞰汽车旅馆的阴暗房屋是贝茨的居住者"停滞不前"的视觉象征。非凡总是被平凡所定义，贝茨汽车旅馆的阴暗、陈旧和"偏僻"在明亮、现代和喧嚣的都市建筑的映衬下显得格格不入。同样，诺曼与母亲的关系在玛丽安与山姆之间的自然、鲜活的相处模式的衬托之下，显得更加"不自然"和死板。

影片从玛丽安入手，希区柯克让我们通过诺曼的视角走进她孤独的内心世界，他看到的是一个成熟、独立的现代女性。导演有意在玛丽安所处的现代美国繁华都市和诺曼所在的被遗忘的"穷乡僻壤"之间建立一种对比和联系。他们都被困在截然不同但同样令人窒息的环境中，当二人在一起享用牛奶和三明治渐相熟识时，观众可以明显察觉到这一点。

所有这些因素，包括形式、类型和主题，都为影片以玛丽安在凤凰城的生活为开场提供了支持。显然，希区柯克通过策略性的手法带我们在"误入歧途"的道路上越走越远。他通过制造一种假象来与观众开了一个巨大的玩笑，让我们形成这部电影是在讲述玛丽安的故事的错觉，而事实上她只是在一部讲述了"贝茨汽车旅馆"里所发生故事的电影中出现的一个次要角色。其中那场淋浴戏所引发的争议，以及观众所产生的困惑感受，都发生在影片前25分钟这个具有"欺骗性"的序幕中，而正是这个序幕为电影的主题做足了铺垫。

现在，问自己一个问题：在改编的过程中，选择加速还是延迟？评估在既定叙事的不同位置开始改编的优势和劣势。你应该推进还是放缓观众对影片核心内容的认识？

◎ 练习：初次尝试

本次练习的目的是提出你在创作自己的改编作品时不可避免要面对的问题。把它当作一个热身训练，使你的"牙齿"在面对"难啃的骨头"时能够更加锋利。

具体任务是将欧内斯特·海明威的《一则很短的故事》（*A Very Short Story*）构思成电影。你需要将海明威的短篇小说改编成一部10～15分钟的微电影剧本，且对它保持"忠诚"（但对"忠诚"的定义暂时没有明确的界限）。

欧内斯特·海明威：《一则很短的故事》

[收录于《我们的时代》（*In our Time*, 1925）]

在帕多瓦一个炎热的夜晚，他被他们抬到屋顶上，在那里他可以俯瞰整个小镇。暮色中的天空不时有烟囱雨燕飞过。夜色很快就包裹了大地，探照灯亮了起来。人们纷纷拿着酒瓶走了下去，他和露兹能听到他们在阳台下面的声音。露兹坐在床上，在这炎热的夜晚，她却感到凉快而清爽。

露兹连续值了三个月的夜班。大家都很乐意让她这么做。当他们给他动手术时，她为他准备好了手术台；他们还开玩笑说"是朋友还是敌人"（friend or enemy）。即使在麻醉剂的作用下，他仍然硬撑着紧紧掐住自己，以免在半知半觉、话多的时候说漏了嘴。他用上拐杖后，就开始自己去量体温，这样露兹就不用专门起床了。这里总共也没几个病人，他们都知道这件事，他们也都喜欢露兹。每当他沿着走廊缓步走回时，脑海中总想着躺在他床上的露兹。

在他回到前线前，他们走进大教堂祈祷。那里昏暗而安静，同时还有别人在祈祷。他们想结婚，但时间并不足以让教堂发布婚礼公告，两人也都缺少出生证明。他们觉得自己好像已经结婚了，但他们希望周围每个人都知道这件事，确保万无一失。

露兹给他写了很多信，直到停战后他才收到。十五封信被扎成一捆寄到前线，他按日期排序，一口气从头读到尾。这些信都是关于她在医院的近况的，以及她有多爱他，分别的日子是多么艰难，每晚对他的思念让她多么痛苦。

停战后，两人都觉得他应该回家找份工作，这样他们就可以结婚了。除非他能找到一份好工作，并能在纽约接她，否则露兹就不会选择回国。大家都知道他不会再喝酒了，也不想再见他国内的任何朋友。他只想找份工作，然后结婚。在从帕多瓦到米兰的火车上，两人因为她不愿意尽快回国而争吵。米兰的车站站台上，他们亲吻告别，但争执并没有随之结束。这样的告别方式让他感到难过。

他从热那亚坐船去了美国。露兹回到波尔多诺内开了一家医院。那里偏僻多雨，有一个冲锋营驻扎在镇上。在那个泥泞多雨的冬日小城，营部少校向露兹示爱了。她此前从未真正与意大利人深度交往过。最后她在寄往美国的信中说，他们的关系只停留在青年之间的男欢女爱。她感到愧疚，她知道他可能无法理解，但也许总有一天会原谅她，并认可她的诚实。完全出乎自己的意料，她开始幻想在春天到来时能拥有一场属于自己的婚礼。她一如既往地爱着他，但现在她明白那只是男孩和女孩之间的普通情愫。她希望他能成就一番事业，并且坚信他可以做到。她认为那样对两个人都是最好的。

春天，少校没有娶她，在以后的任何时间里也都没有。露兹也从未收到过来自芝加哥的回信。不久后，他在驶过林肯公园的一辆出租车里与一名女售货员发生了关系，并感染了淋病。

◎ 问题

暂时不要考虑最后一段，先从以下问题开始。

· 这是一篇好素材吗？如果是，为什么？
· 这个故事改编成电影具有什么优势？
· 其中有哪些"亮点"让你印象深刻？
· 有什么细节引起了你额外的注意，或者让你记忆犹新？
· 作为一位编剧，你发现什么特别吸引你的地方？

当首次阅读一段文字时，我们都倾向于快速浏览。通过读取文字中的事实，寻找"发生了什么"的事件。在此之后，我们就需要放缓速度，重新阅读故事，并开始关注更具体的问题。

◎ 故事

· 从最直观的角度，你觉得这个故事是关于什么的？
· 它属于哪种类型？
· 它的整体基调如何？

✎ 练习

通过六个关键词或短语来概括整个故事，以及它所产生的影响。

◎ 时机

· 有哪些特别的瞬间适合影像化处理？

· 这些瞬间如何激发了你作为编剧的灵感和想象力。

· 你能给这些瞬间所构成的场景，以及整个作品的改编增添什么额外的色彩？

✏️练习___ ___

选择三个这样的事件或场景，并尽可能详细地将其形象化。

◎ 障碍

· 故事的哪些方面最具争议性，需要得到更多的关注？

· 暂时抛开海明威选择结束这段故事的方式所带来的特殊障碍，它对电影创作者都提出了什么问题？

✏️练习___ ___

举出至少一个让你觉得这篇文本难以进行影像化改编的例子，并发散思维设法克服这个障碍。

事实上，问题有很多。并且，一旦你开始了改编的过程，问题只会越来越多。但在起步阶段，我们所拥有的最多的资源就是问题，故此，问题越多越好。

◎ 诠释

这个练习的一个极具价值的结果可能是让你暂时脱离书面，大胆提出自己的假设和解释，而不会因为海明威提供的信息量不足就停滞不前。最终我们会意识到，这一点并没有对我们造成太大的约束。

事实上，这个练习展现的是，只有结合我们自己的想象力进行创作，故事才能站得住脚。即使被要求"忠实"于原著，我们也会发现自己在充分运用自身的假设和幻想对原著进行"深入挖掘"。

改编几乎不可避免地意味着在字里行间寻找答案——运用我们的创造性思维，深入探究事件的内核。所有的阅读皆是如此。我们根据自己的生活经验和对于世界的惯性认知来对文字信息做出判断。我们需要将自身的一部分投射到文本中，尤其是在把文字转化为影像的过程中。

◎ 可行性

回到第一个问题，答案肯定是"是的"，这是一篇好素材。有些素材看上去就像对编剧们进行改编的邀请函，很容易引起我们的兴趣。首先，这个故事的主题非常明确，而且是所有人都容易理解的。至于它的类型，难以用单个概念概括。在这几百字所组成的文章里发生了很多事情，以多种方式触动了我们。

有情感。这个故事令人心痛，甚至具有一定的悲剧色彩。我们不必担心重访如此老掉牙的叙事领域。年轻的爱情总能触动人心，看似平常的描述推动了一幅宏伟画卷的徐徐展开。

有思想。故事暗示一些深藏于其中的普遍真理。也许它在探讨塑造我们命运的神秘力量，这些力量（无论是外在还是内在的）都超出了我们自身的控制。

有场面。故事描绘了一个既美丽迷人又丑陋至极的世界。所有设定（中世纪的屋顶和现代的手术室，静谧的大教堂和拥挤的火车站）在我们翻开书的一瞬间就能立刻生动地呈现在我们的脑海中。

有震撼。故事给了我们猛烈一击。对残忍和不公的揭示在读者身上激起了由内到外的生理和心理反应。海明威显然意在狠狠地"冲击"读者，直击我们的内心深处。他希望我们能感受到故事中那位无名士兵所经历的一切。

换句话说，这个故事有通过人与人沟通的主要渠道（心、脑、眼和神经元）与观众建立联系的能力。因此，这是一个值得回顾的故事。我们也会再次回顾它。

2 关于形式的思考

2.1 有声电影与叙事

本章将探讨小说和电影作为媒介形式的不同之处，以及从一个媒介转移到另一个媒介时，编剧所面临的典型障碍。

◎ 叙事压缩

面对改编时的首要问题往往是明显的规模差异。一部小说可以让我们断断续续地沉浸其中几天甚至几周的时间，而一部电影只需占据我们2小时左右的时间。托尔斯泰的《安娜·卡列尼娜》任何版本都可能有超过800页密密麻麻的文字。而其最新的电影改编版本，由汤姆·斯托帕德（Tom Stoppard）编剧（2012），仅有约130分钟。克里斯汀·艾德扎德（Christine Edzard)1987年改编自查尔斯·狄更斯的《小杜丽》（*Little Dorrit,* 1857）时长前无古人地达到了6小时，并被分为上下两部上映。但从叙事的角度来看，它的长度仍然不及原著。

托尔斯泰和狄更斯的小说都有复杂的情节、人物和关系。没有一部电影可以涵盖如此多的元素，也没有一部剧本可以呈现原作者所描绘的整个叙事画面。这并不是说电影（在结构和意义上）不能变得复杂，而是电影无法处理这种类型的复杂性。

小说是一种高度灵活的文学形式，容易被发散和过度叙事。在小说中，故事可以缓慢展开，人物可以逐渐丰满。小说家在时间和空间的创作和构建上很少受到电影人所受到的限制，他们可以自由地讲述自己的故事，并使之朝任何方向推进。

作家在小说写作中所享有的叙事弹性和宽泛度并不能赋予编剧。很多时候，小说在拓展时，电影必须收缩。小说可以铺展和延伸，而电影必须整洁和凝练。改编常是一个收缩的过程，剪掉一些原著的内容或将其压缩以适应影像媒介的传播需求。在这一过程中，编剧往往会只保留故事中的核心人物，原著的副线会被精简或完全移除，故事将被"浓缩"到其最基本的元素。

这意味着要做出艰难的抉择。哪些得到保留，哪些应该剔除。在书中备受喜爱和称赞的内容可能需要被牺牲或打乱。而这种将小说裁剪以适应银幕的做法几乎不可避免地会导致一定程度的叙事失真。

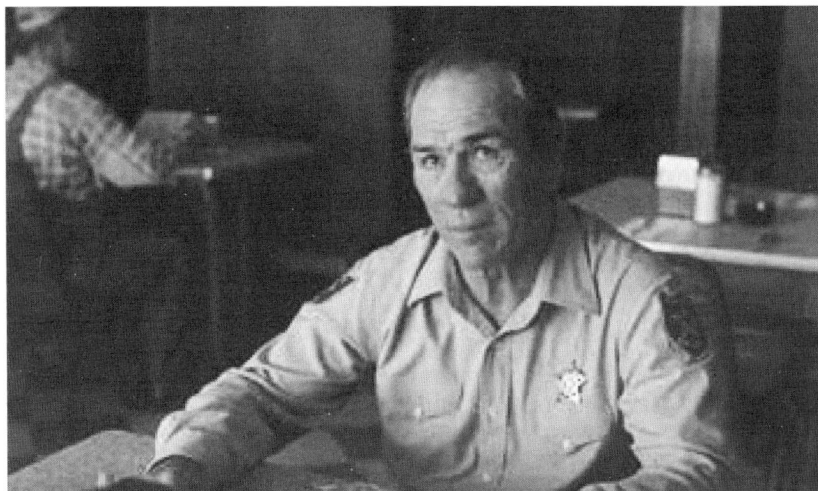

图 2.1　科马克·麦卡锡（Cormac McCarthy）的小说《老无所依》（2005）将笔墨的重心放在了贝尔警长的身上。科恩兄弟在改编时对这一角色进行了简化，以便为其他角色留出更多的空间，让他们也在银幕上占有一席之地。

✏️ 练习

思考你自己的改编项目，对原文本中包含的大量故事元素进行重新审视，并根据这些内容，找出对电影改编来说可能是多余的叙事部分（情节或角色），并同时衡量移除它们所带来的后果。一个环节的改变几乎总是意味着其他环节的改变。

◎ 叙述与展示

小说中的世界几乎完全是通过文字叙述来创建的。这就给了小说家充分的叙述自由。通过文字描述，小说中没有任何物质的或精神的、可见的或不可见的东西是无法被传达的。文字通过思想而非感官与读者进行沟通，主要以头脑中的概念形式存在。散文小说在处理抽象概念方面几乎没有任何困难。

电影的世界几乎都是通过视觉图像构建的，它更多局限于观众所看到的内容。这种描述性文字与展示性图像之间的区别对于改编具有决定性的影响。以《安娜·卡列尼娜》的第一句话为例："幸福的家庭都是相似的，不幸的家庭却各有各的不幸。"无论对错，这是一个单纯的抽象命题，无法转化为特定的视觉形象。它可以被陈述，但无法被见证，许多虚构的话语都是如此。

托尔斯泰的第二句话描述了一个更具体、更实际的情形，但同样难以被转化为影像："奥布隆斯基家的一切都出了问题。"从可寻的迹象（哭泣、呼喊和咬牙切齿）中，人们可能会体会到这段描述的真实性，但即使有很多张泪痕斑驳的脸，也无法准确展示这些文字所传达出的疲态和恼火。当然，这句话根本不是要按字面意思去理解的。这是一种写作手法，一种用来达到既定效果的夸张修辞，代表我们在想象中进入奥布隆斯基家时能看到的眉头紧锁和听到的一声叹息。

这里要强调的关键是"叙述"和"展示"的区别。小说由叙述构成，电影主要依赖行动。小说直接对纸张面前的读者诉说，电影需要假设观众不在眼前。小说可以用语言阐释，电影必须"表演出来"。这是根本的不同。几乎所有改编问题都可以追溯到这样一个根源：小说可以单纯地讲述故事，而电影需要呈现故事中的画面。电影创作者必须"上演一场表演"，而编剧需要以此为目的编写剧本。

✏️ 练习

> 海明威几乎不屑于在他的写作中透露关于他笔下角色的信息，他说男女主人公想要结婚的原因是"这样他们就不会失去对方"。这是这对情侣可以明确表达出来的想法吗？更重要的是，你将如何在视觉上和对话中呈现这个想法？

◎ 阐述

编剧都是戏剧构建者。他们的任务并非单纯对故事进行"讲解"，而是通过构建物理事件和角色之间的对白与交流实现叙事。通常情况下，"讲解"就是我们所说的阐述，编剧应该尽量避免刻意地暴露自己的创作意图。观众不需要被告知自己可以直接观察到的东西。行动比言语更响亮，影像与画面尤甚。

所有剧本创作都涉及在观众不知不觉间潜移默化地传递必要的故事信息。而如果直接暴露这样的意图相当于一个"穿帮"的镜头，堪称弥天大错。那样做可能会打破观众的幻想，剥夺他们探索和猜想的快乐。不幸的是，从改编的角度来看，小说几乎是单纯的阐述。其中一些叙述可以轻松地转化为影像，但同时有很多内容难以实现这一点。

当然，在影像中也允许出现一些"讲解"：角色之间可以互相交谈（关于事件、关于世界、关于他们自己）。但是，单纯的解说性对白必须尽量控制在最少的范围内。其诀窍是以一种非刻意的方式传播这些信息，使得我们所表述的内容从角色和情境中自然流露出来。如果观众觉得他们正在被说教或被灌输，他们会在心理和情感上与作品疏远。编剧的工作就是隐藏自己的存在，将故事的讲解降到最低的程度，调动角色，让他们登场，并让他们"成为故事"。

小说可以毫不费力地对过去发生的事件进行描述，并且几乎总会为主要角色"配备"丰富的背景故事。这些背景故事既可以被一次性揭示，也可以逐渐露出真容。电影则需要更多地聚焦于当下。仅仅是以刻意的阐述为目的而让角色互相汇报或者呆板地自述，会使得相应的信息很难在镜头语言下表达。小说家笔下的角色背景对故事至关重要，所有的电影改编都需要关注这一问题。

✎ 练习

在你的文字素材中找到一个读者被告知有关主要角色背景的重要信息。在影像化改编的过程中，这是一个可以被忽略的信息吗？如果不能，如何在不直接"告诉"观众的前提下转化并传达这个信息？

◎ 叙述的声音

故事不会自己开口说话，它需要被讲述。不管我们有没有意识到，在阅读散文小说时，自己总会被一种特定的"声音"指引。这种声音控制着我们的注意力，为我们讲述故事并引导我们"亲身经历"它。这个声音来源于叙述者，也是故事的传播者，是作者创造出来主持这场庆典的司仪。

这种叙述者大体上分两种类型。"第一人称"的叙述者生活在故事当中，作为一个描述自己亲身经历的角色而存在。这个角色积极参与并将自己充分置身于整个故事中，因此在对其所处的虚构世界的认识上自然受到限制；而"第三人称"的全知叙述者站在故事的世界之外，拥有上帝视角和对故事中所有事物的完美理解。

无论是亲身经历还是纵览全局，小说通常都是由一个单一的视角来贯穿的。诚然，有些小说使用了多个叙述声音，可能在两个或更多第一人称视角之间来回切换，但在任何特定时刻，都是有一个叙述者在主导事件的发展。

叙述者的工作不仅仅是讲述故事，更是呈现故事。其语气可能是严肃紧张的，也可能是诙谐幽默的；可能是正式的，或随意的；也可能是华丽的，或平实的。读者所见所闻的一切都是通过这个"风格过滤器"筛选出来的。事件可以根据使用的词汇和习语的不同被呈现为欢乐或悲伤、琐碎或深刻等的基调。叙述者的声音确立了其所主导的故事基调，并为其中的每一个时刻着色。

然而，这个叙述者在任何版本的改编中都是第一个牺牲品。电影可以照搬构成小说情节的事件，但无法复制悬浮于事件之上的意识性介质。引导和塑造读者阅读体验的文字语言也会在改编过程中悄然消退。

✏️ **练习** ___ ___

在你想要改编的文本中搜寻叙述的声音。它来自某个角色还是一个全知的存在？其叙述的语气对你的阅读体验产生了什么影响？它是直入主题还是闪烁其词？使你备受鼓舞还是身心疲惫？现在，选其中的一个片段或一段情节，思考在改编中你如何使其与自己在原著的叙述声音中感受到的特质和基调保持一致。

✏️ **练习** ___ ___

在《一则很短的故事》中，海明威笔下的第三人称全知型叙述者以一种简洁实用的方式对故事进行了呈现。如果在你的电影改编中引入一个书中的角色来担任第一人称叙述者，这个人会是谁？他会给观众呈现什么样的视角？

◎ 评估与评论

除了引导我们经历事件，叙述者还积极地影响我们对事件的感受。所有的故事讲述皆是如此，任何长篇的文字都有一个属于自身的语言表述系统。在两个相近的词语之间进行选择，至少意味着某种程度的取舍。叙述者在描述事实的同时，还在对事实进行道义上的注释，不断传达对所叙述内容的态度。语言无论是直白明确的还是委婉隐晦的，这些"旁白"都对读者在文字的内涵、情感和道义上的理解起着至关重要的作用。

叙述者对一个人或一种情形的描述都包含了隐性的价值判断。当安娜·卡列尼娜的兄弟奥布隆斯基（Oblonsky）公爵在故事中初次登场时，他刚在书房里的羊皮沙发上醒来，我们被告知"他把自己丰满、精心保养的躯体在有弹性的沙发上翻转过来，仿佛还想再大睡一阵"。在文字描述的外表下，读者被鼓励以特定的视角看待他。通过"丰满"和"精心保养"这两个词，我们听到了作者对他安于现状、养尊处优和不谙世事的生活态度的隐晦批评。这些推断完全来自作者用词的选择（不然还能是什么），以及随之而来的嘲讽或否定的语气。

当叙述处于第一人称时，它还会告诉我们关于叙述者的一些事情。我们对《了不起的盖茨比》（*The Great Gatsby*，1925）的叙述者尼克·卡罗威（Nick Carraway）的了解几乎是从他憎恶富有和特权阶层的自满开始的。所以当他第一次见到自己的新邻居时，尼克告诉我们："悠闲的动作和他那两脚稳踏在草坪上的姿态可以看出这就是盖茨比先生本人，出来确认一下我们本地的天空哪一片是属于他的。"单从对行动的叙述这一角度来看，这些文字只是单纯地描述了一个在夜晚出门呼吸新鲜空气的人，但这种描述投射出了尼克自己的不满和对盖茨比的偏见。

图 2.2　杰克·克莱顿（Jack Clayton）1974 年改编的《了不起的盖茨比》最初引导观众从尼克的视角看待盖茨比（Gatsby），但是摄影机的镜头无法实现文字可以达到的嘲讽力度。

正是在这种略带敌意的背景下，尼克对盖茨比日益增长的钦佩才变得有意义和令人信服。而这也正是改编小说所面临挑战的典型示例：如果丢掉了尼克的声音，我们就错过了只有在尼克视角下才能认识到的盖茨比，也就失去了菲茨杰拉德所描绘的盖茨比。

叙述者的声音总是暗示一套特定的价值观和标准，并根据这些价值观和标准衡量角色和事件。不同的叙述声音会对故事起到截然不同的影响，抛弃这种声音对改编意味着根本上的改变。

✏️ 练习 ____ ____

选择一段文字并感受其中叙述者的态度。它对角色和事件有何暗示？它是严苛的，是讥讽的，还是幽默的？叙述者的声音是如何影响你对故事中的人物和事件的理解与评价的？在改编的过程中你还可以通过什么方式让观众的情感天秤向相同的方向倾斜？

◎ 评论

散文小说通常遵循描述和总结的模式。叙述者向我们提供事实，随后简短或详尽地对事实进行思索。故事的推进在此刻暂时停止并在原地稍作停留，叙述者带我们回顾情节的进展，得以让我们消化刚刚发生的事情，并预测即将发生的情节。

一般来说，电影更注重情节驱动，反思性较弱。事件通常是自发展述的。角色可以提供他们的个人思考，但这些思考会不可避免的简短，且他们所能表述的内容受限于自身被赋予的认知水平。

✏️ 练习 ____ ____

在浏览你所选择的小说作品时，找出那些叙述停顿的段落，把注意力放在文字本身上。在改编时这些材料中的大部分内容是可被取舍的，但其中的一些可能成为你在叙述中的某些时刻让节奏平缓下来并重新吸引观众注意力的机会。

◎ 主观性

小说对叙事艺术的最大贡献是其直观性，即让人产生身临其境的感觉。叙述者可以通过剧中人物或直接告诉读者他们在想什么或感受到了什么，读者可以（以事实的形式）看到角色可能并不自知的内心世界，包括他们内心深处的渴望和恐惧。

如果改编的第一个牺牲品是叙述声音，那么随之而来的第二个牺牲就是将我们带入角色内心世界的媒介。无论摄影机如何细微生动地映射一个人物的外表，都无法直接穿越角色的内心界线。

然而，值得思考的是，这种"局限性"正是电影与现实生活共同具有的特点。在电影院里读懂人物的障碍并不比在生活中的街头巷尾更大，而通常我们对后者的了解已经做得足够深入了。

图 2.3　改编中的任何戏剧构建作者面临的挑战都是以事件、互动和对话的形式对故事进行再现，进而使角色的内在生活可以被推测和理解。巴兹·鲁尔曼（Baz Luhrmann）2013 年改编的菲茨杰拉德（Fitzgerald）的小说把对于盖茨比朝着海湾对面绿光所作的神秘手势的意义留给了观众去推测。

图 2.4　观众也需推测他在如此和谐的气氛中表现出的不安状态的原因。

我们可以从这样一个事实中得到一些安慰：那就是观众"阅读"影像所传递信号的能力与生俱来，并能从他们所看到的一切信息中推断出那些表面上无法形成逻辑的含义（那些我们储存于大脑中和内心里的思想与情感）。我们每个人心中都有一个福尔摩斯，我们都是推理和侦查的专家。

✎ **练习**

> 找出你的核心角色的性格特征中某个不为外人所知的内在特点，思考如何运用人物的动作和语言使其成为他们内在状态的外部标志。

✎ **练习**

> 阅读艾米丽·勃朗特（Emily Brontë）的《呼啸山庄》（*Wuthering Heights,* 1847）的开头部分。这部小说是由以"洛克伍德"（Lockwood）为始的一系列环环相扣的叙述组成的。思考它是如何展开背景、设定场景、描绘角色、表达态度及传达一种奇特的主观概念（厌世并乐在其中！）的。仔细评估以下这篇文本中的文学成分在多大程度上限制了其被改编成电影的可行性。
>
> 1801年。我刚刚拜访过我的房东回来——就是那个将要给我惹麻烦的孤独的邻居。这儿可真是一个美丽的乡间！在整个英格兰境内，我不相信我竟能找到这样一个能与尘世的喧嚣完全隔绝的地方，一个厌世者的理想天堂。而希刺克厉夫和我正是分享这儿荒凉景色的如此合适的一对。一个绝妙的人！在我骑着马走上前去时，看见他的黑眼睛缩在眉毛下猜忌地瞅着我。而在我通报自己姓名时，他把手指更深地藏到背心袋里，完全是一副不信任我的神气。刹那间，我对他产生了亲切之感，而他却根本未察觉到。
>
> "希刺克厉夫先生吗？"我说。
>
> 回答是点一下头。
>
> ······

这一声"进来"是咬着牙说出来的，表示了这样一种情绪，"见鬼！"甚至他靠着的那扇大门也没有对这句许诺表现出同情而移动；我想情况决定我接受这样的邀请：我对一个仿佛比我还更怪僻的人颇感兴趣。

他看见我的马的胸部简直要碰上栅栏了，竟也伸手解开了门链，然后阴郁地领我走上石路，在我们到了院子里时，就叫着：

"约瑟夫，把洛克乌德先生的马牵走。拿点酒来。"

……

2.2 将角色和内心世界可视化

在页面和银幕之间的"导航"意味着理解我们从文字和图像中获取意义的方式有何不同的过程。

◎ 阅读/观看

散文小说的一个伟大特性是它所能引发读者身临其境的参与感。读者被其吸引并成为故事发展的深度合作伙伴，自行添加"视觉效果"。从这个意义上说，所有的阅读都是改编，都是将物理印刷品转化为心理画面的过程。当我们全神贯注于一部小说时，实际上我们正在头脑中拍摄一部"电影"。那些适于可视化的文本正在被阅读的同一时刻于我们内心上演，以我们称为想象力的方式投射到独属于读者自身的"屏幕"上。

电影不仅接管了这个功能，而且把现实中的人所做的真实事情呈现在观众眼前。电影图像是"给定的""固定的"，并且客观存在的。这是一种简化的说法，但是其与小说的区别总是不言而喻的。观看2012年版《安娜·卡列尼娜》的所有观众都会看到同一个由凯拉·奈特莉（Keira Knightley）扮演的安娜·卡列尼娜。在这一过程中观众没有必要对她进行任何想象，想象她的外貌，她的习惯动作。从某种意义上说，电影替我们完成了想象。

◎ 并置

散文小说通过语言的叠加和交错展开。语句之间相互塑造、相互作用：佐证或修饰，夸大或限定，支持或反驳。随着单词和短语的碰撞与组合，一些文本所涵盖的意义被揭示，另一些则被削弱或抹除。回顾《呼啸山庄》开头，洛克伍德的叙述给人一种奇特的不协调感（"美丽"与"荒凉"共存），这在同样的程度上也揭示了洛克伍德本人的性格特征。

对于这种明显的相互矛盾，电影的改编应该掩盖它的显而易见。画面之间往往要保持各自的独立，通过并置为观者建立印象，将一个概念置于另一个概念旁边进行对比。呼啸山庄中的房屋，是一幅精美的风景画上的某个"污点"，还是一个原始且神秘之境的自然产物？在银幕上，它不能同时具备这两种特点。

在小说中，洛克伍德的声音为我们介绍希斯克利夫（Heathcliff）。从"他的双眉下闪烁着怀疑的目光"和"紧闭的牙关"开始，这样的描述贯穿了许多章节，一个细节叠加着另一个细节，如同组成一幅肖像画上的每一个线条，有多少浓墨重彩，就有多少不露痕迹。

在银幕上，希斯克利夫"一下子"就突然出现了，观众从一个"现成的"画面中认识了他。小说往往通过细节的逐渐累积来展开情节并呈现人物，而电影则倾向于使用并置和对比来实现同一目的。一部想要忠实于原著开篇部分的改编电影，会充分利用希斯克利夫粗鲁的态度和举止与洛克伍德不气馁的优雅和不妥协的决心之间所构成的对比。"好一个绝妙的家伙！"

分析为什么此前的《呼啸山庄》电影改编没有如此行事是一件很有趣的事情，一个可能的原因是那样做会把希斯克利夫的愿望落空过早地暴露出来。著名的1939年改编版的导演威廉·惠勒（William Wyler）将洛克伍德设定为了一个行动迟缓的老者，跌跌撞撞走进了一栋矗立在暴风雪当中的房子，看到了在熊熊炉火前陷入沉思的希斯克利夫。前后画面产生了鲜明的对比。

正是这种并置原则，构成了电影创作的核心技巧之一：蒙太奇。利用两个或多个镜头的组合建立事件之间的内部联系并传递其思想内涵。编剧的工作并不是把不同的镜头组合或剪辑在一起（即便这是一个你坐在电脑桌前无法抗拒的诱惑）。然而，从某种意义上说，电影的"剪辑"过程始于剧本。对比和并置是推进镜头前场景发展并建立关联的重要元素。

✏️ 练习 ___ ___

> 回顾你正在改编的故事（海明威的小说或你自己创作的故事），找出两个截然不同事物之间进行对比可以产生显著效果的时刻。

◎ 添加

文字通过信息的逐渐累积发挥作用，而视觉图像则更倾向于连贯而完整的呈现。屏幕上的画面让我们把一切都尽收眼底，比如希斯克利夫和他的家共同出现在观众眼前。然而，这样做的限制就在于它会使原文中的部分叙述效果难以实现。

成功的故事讲述往往建立在策略性的保留上，即对信息的延迟传达或有意隐藏。过早或一次性暴露太多，"魔力"就会消失。书面原文刻意模糊或仅仅作为暗示性内容而存在的信息，会在改编后的银幕上自动变得具象化和特殊化，而且这种变化不可避免地会放大或扭曲原文中的内容。

任何对小说《呼啸山庄》的银幕再现都会难以避免地带入其他可能与原著并无直接关联的素材——自然环境中的天气、景观、声音及其韵律等细节。故此，改编无法避免添加。如果你的总体目标仅是对原著作者所表达的内容的还原，那么影视图像的"丰富性"就是一个需要特殊关注的重要因素。

◎ 强调

具有讽刺意味的是，电影图像很难引导观众将注意力放在一幅整体画面中的特定细节上。即使让摄影机的镜头在某些细节上作一定停留，也不能保证观众会将这部分视觉信息从其他众多吸引他们注意力的视觉信息中分离出来。即使是特写镜头，也无法确保观众能接收到与书本上的文字描述同样直观的信息。

在电影改编中我们会实际看到希斯克利夫把手插进他的西装马甲中吗？从某种角度上说，肯定会看到，但影像在强调和突出单一细节上的能力相对受限。观众会把这一动作看作他"嫉妒的决心"（一个能充分描述他性格色彩的说法）的象征吗？在威廉·惠勒的改编版中，我们看到劳伦斯·奥利弗（Laurence Olivier）把手插进裤兜，表现出恰到好处的漠不关心，但观众更可能被他脚边的猎犬和从昏暗处窥视来访者的女人那惊恐脸庞所吸引。

文字能明确指向影像无法直接传达的内容。在表述它们的简单行为中，事物被挑选出来并加以强调。在原文的开头，单词"solitary"（孤独）揭示了我们眼前的人物和场景，及其所富含的深刻含义。由此可见，散文小说可以通过一种影像无法实现的方式来表达想法并突出主题。而在影像中，如果你想达到类似效果，需要使用其他方法。

◎ 隐喻

常规语言充满了隐喻。即使是最不加修饰的散文也会存在内在比较，暗示一种事物与另一种事物之间看似不存在的相似处。隐喻如此普遍，如此深入语言的根源，以至于我们几乎没有注意到它们（"语言的根源"）。相比之下，电影更多以换喻的方式传达信息。

隐喻在不同的事物之间建立联系，而换喻则以一种事物代表更广泛的事物。换喻具有明显的"电影性"，因为它将抽象的想法、情境或关系转化为具体的事物。一系列公文包沿着繁忙的城市街道晃动意味着"商业"。一把铅笔、记事本和闪光灯意味着"新闻"。电影依赖于代表性的人物和行为，追求能概括整个情境的时刻。希斯克利夫不愿意打开的门代表他性格中许多封闭和高度私密的特征。随着情节的推动，洛克伍德揭示了故事中所蕴藏的秘密。

作为编剧，你必须与观众进行换喻式的交流，同时也使用隐喻向阅读你剧本的人传达想法。这是我们后续将回到的话题。

图 2.5　电影可以在图像或声音之间建立隐喻关系。《现代启示录》开头从天花板上的吊扇转换到军用直升机螺旋桨的声音和画面，反映了威拉德上尉重返战场的迫切需要。在这部电影中，隐喻并不占除口头对话之外的主导地位。

✎练习

从你选择的文案中挑选一个部分，并确定其中的语言在哪些地方是抽象的，哪些是有"主张"的，哪些又是存在隐喻的。这些语言特点会给你的改编带来哪些挑战？

作为一名作家，海明威比大多数同行都更倾向于回避隐喻，但即使是他也无法完全将其从写作中剔除。海明威笔下的士兵在手术室里"紧紧抓住自己"。他在做什么？为什么这么做？换作是你会如何体现这一点？

◎ 单渠道/多渠道

尽管存在诸多阻碍，使得最初试图将一本书变成一部电影的想法让读者和观众都难以置信。但实际上，这是在持续发生的事情。我们可能都曾经历过对于小说的错误记忆，其中改编电影的影响如此深刻地覆盖了最初的阅读体验，以至于我们再也无法对二者进行分辨。

我们可以说，电影作为一种叙事媒介的力量实际上是通过改编来体现的，这表现在电影可以轻松地将自己完美地叠加在其所根植的书籍上，使得原作被"复制品"取代，并在大众心目中彻底被抹去。

电影的这种胜利建立在其充实我们感官系统的能力上。小说只使用一种资源来创造自己的世界，它们通过单一的沟通渠道——书面文字来与读者交流。而电影则拥有众多的资源和多重沟通渠道。

电影通过视觉图像和视觉框架中所能呈现的一切元素（所谓的动态和静态、风景和布景、道具和人物）来吸引观众的眼球。

电影用音效和音乐抓住了观众的耳朵。尤其是经常被我们忽视的音乐，默默地起着缺席的叙述者声音的作用，以引导观众进入情节。

电影为观众在整个观看过程中呈现了一种潜意识的指引，它强调了重要时刻，连接了角色和事件，告诉我们应该如何看待它们。提高期望，暗示危险，让我们知道何时可以暂时放松紧绷的神经。

电影涵盖了"表演"一词所涉及的一切。它是戏剧，但在摄像机"无情的"注视下，戏剧行为被放大、加温并增强。电影让我们观察到片中人物在危机、冲突或合作中解决问题的能力与魅力，以及在他们面孔上所映射的胜利或灾难。

电影的非凡力量来自最古老的讲故事的艺术（实体戏剧）和最现代的影像

制作与呈现技术（在20英尺高的银幕上所感受到的壮阔和沉浸）二者之间的结合所产生的强大魔法。

图 2.6　当我们阅读哈珀·李（Harper Lee）的《杀死一只知更鸟》（1960）时，几乎不可能不在脑海中浮现出格利高里·派克（Gregory Peck）在法庭上的形象，这得益于他出色的表演和影片丰富的戏剧性。

　　除了这些之外，还有语言——对白。这是编剧的首要职责。作为编剧，摄影和表演的设计不是你的工作，但对白是。你的核心职能是提供推动和支持行动并定义角色的语言。实际上，大部分时候，对白就是行动。其主要目标是让角色之间的言语交流在需要时尽可能具有启示性或生动性。

　　我们对电影的体验是通过图像、声音、表演和对话来呈现的。重要的是，它们可以同时发生。散文小说是单线性的。而在电影中，不同的信息流相互交叉、重叠、强调、支持和激发彼此。电影是一个每时每刻都丰富的多层次的体验。在纸面上，氛围、角色和动作需要按顺序发展。而在银幕上，所有这些元素都可以同时呈现，并且在你编写剧本时必须将其作为一个整体来概念化体现。

2.3 摘要/清单

散文小说的特点是电影无法模仿且不应试图模仿的：

- **叙事丰富性**（故事讲述的分量、密度和范围）
- **叙事弹性**（在时间和空间上扩展和收缩的幅度）
- **叙事复杂性**（故事元素和抽象思想的交织度）

作为故事传递者，小说的优势是无与伦比的。它是最宽松、最灵活、涉及面最广的叙事媒介。没有任何改编能完全忠实于原著，所谓完全忠实的想法本身就是一种范畴类错误。改编无法涵盖故事情节的每一个细节，无法跟随每一个转折，无法像小说一样把重要信息直接告知观众。

一旦改编过程开始，就意味着小说的主要特征立刻消失：

- **散文**（风格和语气，隐喻和典故，优美的语句和恰如其分的用词）
- **叙述者**（讲述上下文和故事背景，描述、评论和解释）
- **内在性**（进入角色思想和感情的内心世界）

◎ 计划

我们不应该因为在叙事方面，电影相对简单、单一和直接而感到不适。这不意味着我们不能尽力概括原著，并将其重要精髓带到银幕上。

改编剧作者有一个计划：

- 确定潜在内容
- 裁剪、限定和压缩
- 展示而非讲述
- 规避解说
- 将抽象概念转化为具体视觉元素
- 将描述转化为描绘和表演
- 外化思想和情感
- 戏剧化——将状态和观念转化为行动

案例研究：《远大前程》

导演：大卫·里恩

查尔斯·狄更斯的小说皆是丰富多彩的故事盛宴，目前没有哪位英国小说家的作品被改编成电影的次数比他多。但《远大前程》（1861）所采用的叙事方式，给任何电影制作者都带来了真正的挑战。大卫·里恩（David Lean)1946年改编电影版的开场是一个著名的对叙事进行压缩和扩充的杰出案例，值得仔细研究。

小说以第一人称视角写成，由核心人物皮普（Pip）从一个事件经历者的角度进行叙述。皮普回顾了自己的一生，回溯到他最早的记忆（过去），并逐渐带领我们进入最新的自我认知（现在）。随着阅读的进行，我们不禁要问故事中的这些事件是如何塑造他成为当下的皮普的。

过去与现在，天真与成熟之间的关系在第一句话中就被巧妙地传达出来："我父亲姓皮利普（Pirrip），而我的教名是菲利普（Philip）。在我幼年时期，我只能发出皮普的音。所以，我把自己叫作皮普，别人也就叫我皮普了。"狄更斯巧妙地让年长的皮普介绍童年的自己，引入了推动整部小说的双重视角。

我们既和年轻的皮普在一起，认同并同情他，也与他保持距离，看到他稚嫩和不可理喻的滑稽一面。从这两个角度来看，事情既可以非常有趣，也可以非常悲伤。就像他从家庭墓地的布局中得出的"幼稚结论"一样，他的五个弟弟都"后背着地、双手插兜地出生"。这个幼稚的想法经过叙述者成年意识的过滤，产生了一种双重效果。这对于影像改编来说几乎是不可能实现的，因为具有讽刺意味的叙述声音的缺席，寓意着明亮与黑暗的混合印象就很难呈现。

以其自身独特的形式，里恩导演的电影创造了同样的双重视角。尽管我们说过不能直接把一本书放到银幕上，但里恩确实是这么做的。首先出现在影片的是一本巨大书籍被翻开的画面，年长皮普开始阅读小说的开篇语句。瞬间，电影确立了其文学的标志性（这是狄更斯小说的电影版）。这似乎是一个相当舞台化的手法，但它完美地保留了叙事的双重视角，并确立了不时出现的旁白的合理性，从一个重大事件过渡到下一个，表达皮普不断变化的情感，强调他自我评估和反思的时刻。

几秒后，小说让位于电影，一阵来自沼泽地的风使翻动的页面变成一幅黑暗而严酷的全景画，仿佛文字变成了画面。但接下来出现的情景并不像狄更斯的作品。我们看到风中的皮普在远处微小而孤独的身影，正在辽阔的地平线上奔跑。

随着皮普的靠近，我们眼前的画面只有一个非自然特征，这也呼应了小说最后一章的内容（尽管与皮普没有直接关联）：在自然平坦的线条风光——陆地、水面和天空的映射下，里恩在画面中竖起了两个绞刑架。小皮普穿越绞刑架的身影预示着主宰故事的犯罪和惩罚的主题。通过重新设置故事的意象，电影的创作者建立了一种令人不安的阴森氛围，预示使皮普从其自然状态中蜕变的力量即将出现。

墓地的场景也需要视觉创意。我们看到皮普爬过破碎的墙（一种擅自闯入的既视感），并走近一座大墓碑（不同于一片小墓地给人的凌乱感，独自矗立的墓碑带来更强的视觉冲击力）。只见皮普把一枝玫瑰连根拔起，取而代之被植入的是一束冬青（令人感动的天真，伴随着一些象征意义）。随着风力突然加大，“自然”开始变得越来越“不自然”。他抬头望着那些密集而畸形的树枝，用剧本上的话来说，那些树枝“看起来像在缠住皮普的骨手”。当然，剧本可以这么写，但电影无法直接这么拍摄。影像只能通过皮普将一种不安的感觉投射到他仰起的脸庞上。剧本可能会直接进行阐述（正如原著小说所做的那样）“树枝看起来像一个邪恶的扭曲人体”，同时我们听到的声音也尤为直观，树枝的吱吱作响就像绞索尽头晃动的干尸发出的刺耳刮擦声。

随着恐惧氛围的加剧，皮普开始奔跑，随后直接撞上了马格威奇（Magwitch）。这段情节被原著作者狄更斯这样描写：“‘闭嘴！’突然响起一声令人毛骨悚然的叫喊，同时，有一个人影从教堂门廊一边的墓地里蹿了出来。‘不许出声，你这个小鬼，你只要一出声我就掐断你的脖子！’”

里恩电影里的教堂没有诸如门廊那样的多余设施，马格威奇更无法从坟墓里爬出来，但这个流浪犯可以“凭空”出现在画面中。他也不需要过多的言辞，一双硕大而肮脏的手捂住皮普的嘴巴就能有效实现视觉的冲击效果。皮普犹如经历了一场恐怖的噩梦，一只强健有力的手，好似带着这个世界所有对他的敌意，紧紧抓住他不放。

总之，大卫·里恩的《远大前程》在很多方面成功地压缩了原著的叙事并提炼了其精华，将小说的双重视角和象征元素以独特的电影方式呈现。从某种程度上说，这部电影并没有完全忠实于原著，但它尽可能地保留了小说的核心精神和内在情感。

在这部电影的改编过程中，编剧和导演努力将抽象情感具象化，将文字描述转化为视觉呈现和行动，以展示角色的内心世界。同时，电影通过视觉创意和重新设定故事中的意象来传达主题和氛围，使观众沉浸于这部经典小说的情节之中。虽然其在叙事方面相对简单，但它成功地捕捉了原著的精髓，并为观众带来了一种独特的视觉和情感体验。

图 2.7 在《远大前程》（1946）中，皮普站在一片壮丽的场景中，两侧是绞刑架。这样的画面对即将发生的情节有某种不祥预兆。

图 2.8 在《远大前程》（1946）的这一场景中，我们与皮普站在一起，抬头看着吱吱作响的树枝。这增强了影片的紧张氛围，并预示着接下来即将发生情节。

图 2.9　与墓碑和教堂一起，并以一个令人生畏的形象，马格威奇出现在了画面中。

◎ 工作坊：从书中寻找电影

帕特里夏·海史密斯：《那些离去的人》

在接下来的 4 章的工作坊部分，我们将对帕特里夏·海史密斯（Patricia Highsmith）的《那些离去的人》进行详细分析。海史密斯的许多小说都被改编成电影，包括《火车怪客》（*Strangers on a Train*, 1950），《天才雷普利》（*The Talented Mr Ripley*, 1955）和《雷普利的游戏》（*Ripley's Game*, 1974）。实际上，后者已经被两次改编，分别是温姆·文德斯（Wim Wenders, 1977）和莉莉安娜·卡瓦尼（Liliana Cavani, 2002）所创作的风格迥异的作品。

鉴于电影界对海史密斯作品的兴趣，《那些离去的人》尚未被搬上银幕这一事实可能很难以理解。事实上，我们选择这部小说正是出于它所展现出的改编会普遍面临的典型问题。

为了获取最大收获，我们建议对小说进行整体阅读，但以下梗概应该能让你了解这本书的整体风格及其叙事结构。这同时也提醒了我们需要为自己的改编计划制作一个提案。

这一环节的目的是锻炼在书中寻找电影的嗅觉，发掘文学作品影像化的潜力并明确其主要障碍。我们可以把这想象为米开朗琪罗从大理石块中雕刻出人物的过程。

◎ **梗概**

雷伯恩·加勒特（Rayburn Garrett）来到罗马与岳父艾德·科尔曼（Ed Coleman）见面。十天前，雷（Ray，即雷伯恩）的妻子佩吉（Peggy）在他们马略卡的家中自杀。二人结婚的时间不长，佩吉的死让雷深受打击，使他自责自己无法给予佩吉生活的意义。他被一种难以言喻的罪恶感压得喘不过气来。

小说一开始，雷和科尔曼共同从一家餐厅走了出来。雷觉得有必要尽自己所能"解释"自己无法阻止佩吉自杀的这一事实。科尔曼无法相信雷的话，他拔出枪，近距离向雷开了枪，并把他丢在街头等死。

受伤的雷幸存了下来，外套上留下一个弹孔。他对科尔曼没有恶意（认为科尔曼只是因悲痛而导致的精神错乱），但他希望能得到理解，自己并不是佩吉自杀的罪魁祸首。科尔曼对他们婚姻的看法（包括雷有外遇，忽略了自己的妻子，忽视了她的痛苦等）都是错误的。

从罗马的不幸经历中恢复过来后，雷去了威尼斯，他知道科尔曼也会在那里。科尔曼惊讶地发现雷还活着，并似乎在尝试从自己的过去中逃离。他们在科尔曼的法国"女朋友"［伊内兹·施耐德（Inez Schneider）］和一群美国游客［史密斯-彼得斯（Smith-Peters）夫妇和伊索·佩里（Ethel Perry）］的见证下相遇了。科尔曼提出送雷回酒店……随后将他从疾驰的摩托艇上扔进威尼斯的河水中。雷再次等待死亡。

然而，他再次活了下来。他被路过的划艇手路易吉救起，后者协助他在附近一个叫做朱代卡的小岛上藏身起来。在船夫和他的朋友们的环绕中，雷逐渐恢复了健康，并换了个新身份（"菲利普"）。同时，他掩盖了自己不愿去报警的原因。自己的不知所措和对一个失去女儿的父亲所怀有的怜悯是雷最真实的写照。

尽管如此，雷让自己消失使科尔曼在他的往来圈子里引起怀疑，以此来报复他。雷知道伊内兹会感到恐惧，并开始怀疑自己是否在与一个杀人凶手同床共枕。

雷忍受着伤痛，等待着与科尔曼"谈话"的时机。与此同时，他也享受着在陌生人群中秘密生活的自由。雷在城市中穿梭，躲避追踪，喝咖啡，买报纸，上下渡轮，密切关注科尔曼的踪迹、思考、回忆。

他在一家咖啡店遇到了一个名叫伊丽莎白的美丽又年轻的女孩，并邀请她共进晚餐。他以隐晦的方式向她吐露心声，讲述自己的过往，但伊丽莎白并不相信他所讲述的故事。对她来说，宁愿相信他是一个逃避生活的丈夫，而不是一个在躲避疯狂的岳父的人。伊丽莎白仍然是一个没有离开过家的女孩，她对外界充满了好奇，最想逃离自己所熟悉的环境。同时，她也好奇是什么阻止了雷离开对他来说危险的威尼斯（我们可能也有同样的疑问）。

雷审视自己的处境，写了一封"消除误解"的信给科尔曼，信中说他将告知警方自己只是失足掉进运河里，并遭遇了一场短暂的失忆，但这封信最终从未被寄出。同时，伊内兹和其他科尔曼身边的人们确实开始怀疑（随后确信）后者有过谋杀的行为。然而，出于避免给自己惹事和对科尔曼的畏惧，他们当中不仅没有人采取任何行动，而且都不约而同地选择了保持沉默，默契地将一切隐瞒了下来。

在得知雷失踪的消息后，威尼斯警方要求与科尔曼进行谈话。科尔曼公开表示对雷的不满，并公然将佩吉的死亡的责任完全归咎于他。除此之外，科尔曼没有透露其他任何信息，警方也没有理由继续对他进行扣留。科尔曼开始感到自己已经无懈可击了。当他瞥见雷走进一家酒吧时，依然试图在机会出现时再次尝试置他于死地（想象着自己用一块石头砸中雷的头），并坚信自己的第三次行动能够成功。

此时，雷在美国的家人雇用的私家侦探萨姆·佐迪（Sam Zordyi）找到了他，并注意到了雷外套上的弹孔，随后开始拼凑事情的经过。雷的照片出现在当地报纸上，他的真实身份被揭示给了他在意大利的朋友们。于是他决定主动联系警方，勇敢地说出他为什么选择让身边人误认为自己已经死亡。

与伊丽莎白在一起单独相处的时光让他的想法开始变得简单纯粹。雷再次向伊丽莎白讲述了自己的故事，这次她更愿意相信他。雷说他只是想逃避自己的过往，让自己无人知晓，不被打扰。他不会向警方揭发科尔曼。当被问及为什么他的妻子自杀时，他承认了自己精神上的软肋："我不知道。真的，我不知道"。

当他们亲吻互道晚安时，他产生了一种奇特的感受："好像他们以前就认识，并且已经认识了很长时间"。他沉浸在威尼斯厚重的迷雾中，感到一种"劫后余生"的快感，将自己重新置身于周遭的世界。当他不可避免地再次与科尔曼相遇时，读者意料之中出现的情节是一场包括了遭遇险境、奔跑和打斗等元素的追逐戏。科尔曼确实拿着一块石头朝他扑来，但出乎意料的是，这次雷进行了反击，结果以科尔曼浑身是血、昏迷在地而告终。

雷因自卫成功并扭转败局而感到庆幸，但随后他开始担心自己是否无意中成为凶手。随着后续情节的展开我们得知雷的顾虑并没有成为现实，但自那之后角色之间的身份彻底地发生了转换。现在轮到科尔曼开展"地下行动"了，这次是他在从伤病恢复的过程中试图将嫌疑转移到雷的身上。他付钱给马里奥——一个早些时候曾租船给他的渔民，带他去威尼斯以南的一个沿海小镇基奥贾。当马里奥含蓄地指出，作为父亲，科尔曼可能对佩吉的自杀负有一定责任时，科尔曼在怒火的爆发中不慎被热水严重烫伤。

失踪两周后，雷给伊内兹打电话讲述了事情的经过，并于随后去了警察局。然而，他并没有把事情的经过向警察全部坦白。出于同情，他避开了在罗马被枪击和在威尼斯被扔进河流里的事实。

故事待续……

◎ 改编潜质

带着改编的视角阅读这本书，我们可能会立即注意到其以下优势：

- 帕特里夏·海史密斯的名字是一个"卖点"，不容忽视。因为在向制片人提出创意并推荐他们阅读剧本时，"知名度"非常重要。
- 镜头前威尼斯的风光很具有吸引力。宏伟的建筑，迷宫般的街道和河道，使其成为讲述这个故事完美的取景地。
- 主要角色形象鲜明：危险或脆弱，暴躁或温和；被逼迫到丧失理智的边缘，或无意间陷入陌生的新境遇。
- 人物关系张力十足，情感纠缠特殊且复杂，驱使人走向极端的对抗。
- 行动真实且生动，极具"视觉化"。悲惨的遭遇和残酷的袭击并存，兼具追捕和躲藏、场面和悬念。
- 有引人注目的定格场景，如深夜营救溺水者和烛光下的浪漫晚餐（最终以激情四溢的亲吻结束）。

除了事件本身之外，这部小说还涉及一些经典的主题。故事关于生命与死亡，两个主要的角色都卷入了这场致命的斗争。它也探索了人们心灵深处的领域，在那里关于生活的价值和生命的意义始终存有一席之地。它间接地提出了这些关于意义和价值的问题，这些问题在我们听到自杀和复仇、相爱和离别的时候总会在自己的脑海里浮现出来。

小说以一声枪响开始，整个故事被佩吉的自杀这一最终无法解释的行为所触发。紧随其后的是两个男人以截然不同的方式对同一事件作出反应的画像。一个（雷）在情感上瘫痪，另一个（科尔曼）被愤怒所吞噬。一个在自己内心寻找为什么会发生这一悲剧的答案，问自己是否难辞其咎；另一个将痛苦和愤怒投射到外界，把矛头指向对方。

◎ 改编限制

然而，作为改编的载体，这本书也有很多局限性：

1. 故事

在事件方面，这部小说比较单薄，情节不够丰满。对于一部"惊悚片"，动态场景相当分散。在戏剧性的高潮之间，有很长的篇幅在描绘角色看似随意地穿梭于威尼斯城，进出街道、酒吧和船只。这些篇幅的主要目的是营造氛围，但在这个背景下，角色之间"互动"的时刻不仅少之又少，且具有高度的重复性。科尔曼扑向雷的场面竟然惊人地重复了四次！在250页的小说中，这或许是可以被接受的，但在一部2小时的电影里，这看起来有点荒谬。

小说还要求观众容忍大量的巧合。雷和科尔曼像在同一鱼缸里的鱼一样频繁地遇到彼此：进出同一家餐馆，在人头攒动广场上偶遇对方。这些偶然的邂逅和意外的遭遇彷佛将偌大的威尼斯城缩小到了一座村庄或一个主题公园的大小，而这显然是不现实的。

◎ 方案

我们可以提炼和集中行动——折叠或凝练事件，以避免不必要的单调叙事。
和/或
我们可以将电影的重点放在氛围的营造上 ——减少情节驱动，更多沉浸体验。

2. 类型

在被称为"第一罪案作家"的笔下，我们也许无法预料到情节发展的方向。

这不是一个找出"谁是凶手"的故事。故事并没有以一场谋杀案开始，取而代之，贯穿其中的是一个关于自杀的未解之谜。作为读者，我们会不由自主地深陷于这个作者永远不会以任何直接或间接的形式解答的问题。是什么促使这位年轻女子自杀？又是什么人或什么事应该对她的死亡负责？本质上来说，雷和科尔曼对她的逝去分别应承担的责任，都属于道德层面而非犯罪行为的范畴。这里没有令人细思极恐的真相，也没有让人眼前一亮的启示。

◎ **方案**

我们可以制造关于二人罪责的疑点和猜测。（比如侧重展现雷对佩吉的忽视，或科尔曼的强大占有欲对佩吉的伤害。）

和/或

我们可以尝试一个使用惊悚片的外壳来包装一个探索个体如何面对悲剧的发生及其在当中扮演的不确定性角色的心理研究。

3. 冲突

开场的枪声带给了观众无法实现的预期。这不是一个铁血柔情的故事（它的本意也并非如此）。通常出现在电影中的动作场面多是冷酷而快节奏的，但这本书中所描述的肢体冲突都与这两点相去甚远。科尔曼对剥夺雷生命的企图显得无能为力，屡屡无法得手，而二人互扔石头的场面甚至有些滑稽。

◎ **方案**

对我们的"战斗者"进行全副武装——重新设置动作场面，更加"专业"的动作编排。

和/或

我们可以接纳这个故事并非关于英勇的超级英雄或铁石心肠的暴徒，而是对银幕上典型的风格化暴力更"平民化"的呈现。

4. 行动

两位男主角玩的猫捉老鼠游戏缺乏悬念，且藏匿远多于寻找。大部分时间里，科尔曼并没有"搜寻"雷，而是"守株待雷"。雷潜伏在街头巷尾和藏匿于他新结交的意大利朋友们当中所应具有的冒险感，不仅没有推动情节的发展，反而起到了拖延的效果。节奏因此变得缓慢，情节时常停滞不前。在故事中的某一时刻，我们不确定雷是否无意中夺去了科尔曼的生命（这本是一种极好的希区柯克式悬念），而对他是否存活的疑虑并没有成为一个主要的叙事元素而持续足够长的时间。当科尔曼在下一章或者稍晚一些时候重新出现时，并不会给读者带来很多的惊喜。

◎ **方案**

我们可以在科尔曼的追杀和雷的躲避中注入更多紧迫感和危险性——在每个可能的机会上增加"温度"和"赌注"，少一些"捉迷藏"，多一些"猎人与猎物"。

和/或

我们可以对剧情重新梳理，制造出雷可能无意中成为凶手的悬念，并探索其接下来行动的可能性。

5. 模糊

没有高谈阔论或人生哲理，海史密斯将关注点放在雷如何面对生活中不可预测的困惑。他试图隐匿和独行，也会回忆起佩吉，并审视他们短暂的婚姻生活，但他被难以言喻的思想和感情所束缚，甚至无法面对自己。这对编剧来说是一个巨大的挑战。

雷在朱代卡的经历使他"转变"，但小说对这种转变究竟意味着什么，以及它是如何发生的，是什么促使它发生等问题又没有给出明确的解释。雷似乎在某种意义上"找到了自己"，但这一点对读者来说却远非一目了然。更糟糕的是，小说似乎在某种程度上沦为了一场"在困境和朴素中找寻自己"的陈词滥调和道德教诲。

◎ **方案**

我们可以完全抛弃"内向的雷"和"自我凝视的雷"的人物设定——给他设定更多外在的行为动机。

和/或

我们可以有意创造一个双重叙事结构，在两个截然不同且具有对比性的区域之间来回穿梭，发展出两个平行的故事——一个以追杀与躲藏为核心，另一个将关注的焦点放在雷内心的自我挣扎。

6. 我们的英雄

从叙事的角度来看，雷绝对是这个故事的"英雄"。故事事件都是通过他的视角展开的，故事的焦点主要通过他来呈现，读者根据他的思考和感受来判断事态的重要性。然而，在很多方面，作为故事中的一个主要角色，他并不完全符合"英雄"的标准。他总是在思考，而行动却太少。

银幕上的英雄几乎总是在主动寻求自身命运的改变。他们所做的选择往往会或早或晚决定故事的走向和结局。但在雷的身上，我们看到的并不是一个主动求变的积极态度。他不仅总是处于接纳方，而且在面对科尔曼杀气腾腾的追击时，表现出了惊人的被动。在与科尔曼最后一次的冲突中，他甚至还不得不需要他人的出手相救。

一个传统的"英雄"会积极主动地解决自己遇到的问题，而雷则倾向于被动接受。他宁愿做别人情绪的出口，也不想成为一个有血有肉的性情中人。他缺乏我们期望在"主角"身上看到的能动性，观众不会愿意与这样一个宿命主义、逆来顺受的角色产生共鸣。种种这些，都使得这个角色缺乏吸引力。

更糟糕的是，雷看起来有些愚蠢。谁会接受一个已经试图置你于死地的人提供的接送邀请？谁会在遇到危险时逗留在原地，寄希望于通过只言片语来使一个心存杀意的人瞬间恢复平静？在小说中，我们看到了雷的内心世界，那些来自他的反思表明其远非一个他人眼中外表迟钝、思维幼稚的笑柄。但我们知道，这种人物内心的复杂性在银幕上很难以文字的直观方式表现出来。

◎ 方案

我们可以突出他在面对科尔曼的敌意时所表现出的坚忍和坚强，以提升他的英雄气概。

和/或

我们可以为他拒绝反击和报复的选择制定令人信服的理由，使他为"洗清自己的罪名"的决意成为一种与科尔曼的蛮横打击相抗衡的正面道德力量。

7. 不明确的动机

雷被动的态度触及了其动机的更深层问题。通常，角色的动机由他们的欲望来定义，如科尔曼渴望达到的目的就很明确。但是，雷在故事中的动机却是一个令人费解的问题。对读者来说，他究竟想要什么并不十分清晰。他希望对科尔曼说什么？为什么要这样做？他是否渴望得到某种救赎？即便如此，同科尔曼的交谈真的能实现这一目的吗？还是他单纯想转移科尔曼对他的仇恨？雷应对事态变化的策略似乎总是模糊的。

同样，他渴望进行"忏悔"（如果这算是忏悔的话）的紧迫性也不强。在这方面，读者可以允许小说的叙述分散而缓慢。而在电影中，除非雷朝着某个明确的方向付出努力，否则他不太可能带领观众前进。

◎ **方案**

我们可以为他制定更明确、更具挑战性的目标，使角色更具深度和吸引力。

和/或

我们可以通过展现雷在面对科尔曼的袭击时如何在道义上保持坚定，以及他在寻求解脱的过程中所经历的心路历程，使观众更容易与他产生共鸣。

8. 情感

小说改编电影的一个核心要素就是保留故事所蕴含的内在情感的浓郁和深邃性。如相爱与别离，悲痛与痴迷，愤恨与压抑等。而这本小说并没有像我们所预期的那样充分对人物的情感进行描写。海史密斯并不寻求悲欢离合的情节，她的故事中没有撕裂的衣物，没有滚烫的热泪。这种缺乏感伤的故事可能也是具备一定受众的，但作者也确实营造了一个相对冰冷的情感氛围，这与影视改编中所需的角色行动核心动机似乎背道而驰。

在很多时候，随着情节的发展，故事似乎与其开篇所奠定的基调渐行渐远。沉浸于猫鼠游戏般的躲藏与追踪中，雷和科尔曼仿佛已经忘记了佩吉。当然，角色的情感高潮无法在整部小说或电影中始终保持同一水平，但让他们与定义自己的情感基调彻底脱离是危险的，人物在起初的情感也就会显得不那么强烈和真实。因此，当我们看到雷与伊丽莎白激情洋溢，或听到科尔曼与朋友们的欢声笑语，二者的丧妻和丧女的"悲情人设"可能受到削弱。

◎ **方案**

我们可以尽量为他们排除其他干扰，给二人创造更多的机会来体现他们对佩吉感情的深度和浓度。

和/或

我们可以试图延续海史密斯的质疑态度，探讨这二位男士是否真的像他们所表现的那样因悲痛而受创。科尔曼癫狂的怒火是否掩盖了他的另有所图，而是否只是公序良俗才是阻止雷与伊丽莎白开始一段新恋情的真正原因。

◎ 总结

从改编的角度来看，这部小说具有良好的"骨架"：

- 市场定位
- 视觉景观
- 强结构性元素
- 主旨明确
- 冲突激烈
- 具备闪光点的时刻
- 对于普遍与多元主题的探索

然而，这些"骨架"上的"皮肉"却有些松弛：

- 重复的行动
- 过多的巧合
- 滑稽、笨拙的动作场面
- 动机不明确
- 内心叙述过多
- 叙事惊喜太少
- 结局令人扫兴

本质上，故事的叙事需要剪裁和收缩，角色需要锐利地勾画，内心情感和动机必须外化并易于理解。但这些问题并不是无法克服的障碍。事实上，它们是改编创作中最常见的问题。

有些问题可以通过传统方式轻易解决：对事件进行压缩和重新编排，调整人物设定以确保角色特征的清晰度和连贯性，让"英雄"吐露心声，使他们更容易被观众接受。

- 或许这是一个非常规（甚至有点平淡）的"惊悚片"，但电影有足够优势激发其自身生机。
- 或许主要角色看似平凡无奇，但创作者可以通过组织角色这一独特方式来激活角色，进而引发观众共情。
- 或许故事的戏剧张力不足，但不要忘了，电影本身也是一种具备戏剧性的媒介。

◎ 下一步

至此，我们已经分析了这本小说对于改编的优势和劣势。如果我们想要继续推进，下一步就是梳理一些非常基础的问题：

- 为了挖掘出潜藏在文字之下的影像，我们准备对原著进行多大程度的调整或二度创作？
- 我们希望它成为怎样的电影（传统或非传统，节奏快或慢，外部行动丰富还是内含哲理深度）?

Part 2

第二部分

改编

3 叙事构建/重建

本章探讨了将小说的主体内容转化为精简凝练的电影所需的构建和重建过程。根据实际情况，某些改编可能比其他改编更具有突破性，但本书主要探讨的是普遍情形。

3.1 故事和结构

◎ 挖掘

改编涉及将故事成分剥离至保留其基本框架。在明确原始材料中的改编潜力和阻碍后，我们现在需要对其基本叙事结构进行"X射线"检查。从那里，我们可以找到关键的情节点并将它们映射到我们的剧本上。然而，"基本"或"关键"并不总是显而易见的，我们对于二者的理解也总是见仁见智的。

每当谈论到"故事"这个词时，我们所说的并不总是同一概念。故事内核并非可以被整齐分割和提取的对象，但如果必须这样做，你可以在5分钟内一口气讲述完《安娜·卡列尼娜》的所有情节。或者，你可以花整整一个晚上试图让故事中每一幕动人的画面在你的脑海中上演。这二者都不完全代表《安娜·卡列尼娜》的故事，而只是这个故事的不同版本。从某种意义上说，每一个版本都是对托尔斯泰完整版原著小说的改编（从写作到讲述）。实际上，托尔斯泰在规划这本书时，他的脑海中也会有不同版本的安娜·卡列尼娜。而他最终写在纸面上的版本成为世人所共同津津乐道的"故事"。

如果我们深入挖掘《安娜·卡列尼娜》的故事，就发现有不同的层次可以进行探究。最上层是托尔斯泰所书写的文字，每一个用语，每一个措辞，都为读者的阅读体验做出了贡献；接下来的一层是基本的情节、角色的编排、他们的行动和关系、性格和动机；再向下一个层次，我们可能会感知到作者发出的"信号"，即激发托尔斯泰创作灵感的艺术源泉，及塑造他所有作品中的人文哲学观念；在更深的层次，我们还能找到故事最为核心的原型，这并不是托尔斯泰的发明，而是许多其他小说和戏剧文本所共享的原型结构。

归根结底，《安娜·卡列尼娜》的故事是一个悲剧。当我们最初在书中遇到主人公时，她已经是一个育有一子的有夫之妇。她的丈夫，阿列克谢·卡列宁（Alexis Karenin），是一个冷漠的人，他心胸高远，年龄也远大于自己的妻子。安娜生活中的情感空缺被突如其来的英俊年轻骑兵军官渥伦斯基的热情所填补，二人由此开始了一段婚外情。他们被自己婚外生下的一个女儿和通奸的名声捆绑在一起，安娜也因生产重病在床，几乎丧命。从病痛中恢复之后，她离开了卡列宁，但这时渥伦斯基的激情逐渐开始冷却，同时安娜也无比想念自己的儿子，在失望和沮丧的情绪中，事情继续朝不好的方向发展了下去……

即使是这种宽泛的概述也足以表明，故事的本体是所有悲剧的核心。从角色的角度来看，这是人物性格中的"致命缺陷"所导致的自我毁灭行为。就安娜来说，这是她无法调和的双重人生，以及她为爱情牺牲一切的信念和执着。当安娜认为自己已处在临死之际，她向丈夫坦言自己内心中居住的是两个不同的人。晦涩的言语反映了她纷乱的内心世界：

我还是原来的我。但我身上还有另一个女人，我害怕她：是她爱上了那个男人，我试图恨你，但我无法忘记过去的自己。我不是那个女人。现在我是真正的自己，完全是自己。

（第四部分第17章）

她渴望通过对激情的追逐、与丈夫的和解和与儿子的团聚来使自己变得完整，但这种愿望从未得到过真正的满足。安娜注定要被写入她性格中的矛盾体所毁灭，这些矛盾在一个严格压抑的社会中是无法被接纳的。最终，她被与自身不相容的欲望所撕裂。

悲剧只是不同故事类型中的一种。其他故事还包括了以罗密欧与朱丽叶（家族恩怨下的凄美爱情）、灰姑娘（重获新生）、伊卡洛斯（傲慢的惩罚）、浮士德（与恶魔的交易）和特里斯坦（禁锢的爱情）为代表的不同类型。每一个都具备其特有的叙事轨迹，每一个都向读者提供了自身所代表的叙事类型的特定价值（幸福结局、美德得到回报、吸取教训、正义得到伸张、浪漫的牺牲和宣泄的泪水）。这些故事的类型元素也不一定是孤立存在的，就像《远大前程》之所以伟大，部分原因是这些元素共同交织在了同一个故事中。

思考一下你打算改编的文本中包含了哪些类型模式？这对你在重新讲述故事时需要优先考量因素的选择，以及它应该为观众提供的价值感有什么积极的影响？如果这引起了你的兴趣，请参阅克里斯托弗·布克（Christopher Booker）的《七种基本情节》（*The Seven Basic Plots*, 2004）。

◎ 旅程

每个故事都是以一段旅程的形式构建的，无论是其字面上的意思还是引申的寓意。其绝妙之处主要体现在角色所经历旅途的距离以及他们在途中发生的变化。我们跟随主要角色沿着从一个到另一个情感极点的叙事弧线出发：悲伤/快乐，挫败/满足，囚禁/自由。事实上，任何叙事都可以分解为一组类似的相互竞争的对立关系：快乐/痛苦、爱/恨、高/低、富/穷、弱/强、欲望/隐忍、安全/危险、依赖/独立。

即使基于前文中简短的《安娜·卡列尼娜》情节概述，你也可以看到这部小说是如何围绕上述所有因素以及更多相应元素组织与发展的。文本的丰富性和复杂性主要来源于这些概念元素的功能以及它们之间的相互作用。安娜为了渥伦斯基而屈服，是"弱"还是"强"地违背了传统？她为了摆脱婚姻中的痛苦而表现出了"独立"，还是只能将之视为"依赖"的另一种体现？

从这个角度看，故事的结果可能是关于事物相对价值（头脑与心灵、责任与欲望）的争论。这个争论可能是精神上的（如何面对生活），也可能只是表明某些行为会带来的特定结果（播种与收获）。任何故事都有其隐含的寓意，我们能（或不能）克服任何障碍，我们是（或不是）性本善的，这个世界是（或不是）有意义的。发掘可能隐藏在你正在改编的文本中的论点和信息至关重要。乐观或是悲观？渺小的人类或是浩瀚的星河？

换句话说，任何故事都可以看作一个在事件外表包装下的隐喻。它通常以一个未明确诠释的陈述结束（"生活是……"），由读者或观众对留白自行填补。故事对"生活"的解读方式（一场机遇游戏、一盒巧克力、无价的厚礼、艰苦的磨砺或是永远无法参透的奥秘），可能决定了我们最终对它的阅读或观赏体验。

在对故事文本进行解构和重构的过程中，必须让改编而成的电影遵循同样的情感之旅，并传达相同的潜在"信息"。思考你所改编的故事，清晰地对这些内容进行概述。

海明威的《一则很短的故事》带给了读者非常不同寻常的阅读体验。你可能会将其描述为一个"轻悲剧"。在简短的文字之下，它似乎在试图传递着某些"观点"或"暗示"？这一点会如何影响你对故事的思考以及对改编作品整体基调的把握与判断？

3.2 六个步骤

一旦我们确定了电影所需传达的内容（"故事原型"、主题、核心论点、隐喻、观赏体验等），我们就可以从容且有针对性地对原文本中的信息进行取舍。

正如故事有不同的阶段，结构也具备不同的层次。完整的叙事涵盖了故事的起承转合，包含了情节的不同发展阶段。而其中所有单独的场景都具有其自身的内部戏剧系统。可见，由外及内的工作方法是适用于此的。

◎ 步骤一：开头/经过/结尾

故事重构的第一阶段是对原著文本的叙事结构进行梳理。尽管小说通常被以章节划分，但这不太可能成为电影的改编方式。散文小说所具备的论述性质可以将读者带入电影所不能及的领域。再次强调，我们主要关心的是书中核心人物的情感之旅，这需要在改编的早期阶段进行绘制。

改编一部冗长且复杂的小说的任何版本都无法避免从故事中"牺牲"一些角色，凯瑟琳·哈德威克（Catherine Hardwicke）的《暮光之城》[Twilight, 2008, 改编自斯蒂芬妮·梅耶（Stephanie Meyer）的畅销小说] 也不例外。但是哈德威克和她的编剧梅丽莎·罗森博格（Melissa Rosenberg）确保了主要人物的情感之旅基本保持不变。主要叙事弧线的完整，对故事的还原及其戏剧性的影响起着决定性作用。

大多数关于剧作的图书都会给读者介绍一个三幕式的电影结构。首先是故事的背景得到建立，角色被介绍给观众，情节开始展开，人物的"任务"被设定。想想在书中皮普的童年经历，他对埃斯特拉（Estella）的爱和他的"远大前程"声明。然后随着中间阶段的进行，角色开始采取行动（击败怪物、迎娶新娘、解开谜团等）。他们逐渐获得了所需之物（理解、工具、朋友）以面对并克服挑战。如皮普为了赢得埃斯特拉的青睐而去伦敦进行学习深造。最后（这个阶段通常较短），旅程结束，对手被击败，问题得到解决，主角得到应得的回馈。正如当皮普发现了自己真正资助人的身份，他的希望似乎破灭了。

即使短如《一则很短的故事》也可以对应到三幕式的结构中。

- 第一幕，帕多瓦的岁月静好。爱情得到绽放，但两人的关系在他们无法顺利成婚时达到危险的边缘。
- 第二幕，军营和车站的喧嚣，伴随着二人的争吵和分道扬镳，停战的消息也随之传来。
- 第三幕，波尔多诺内和芝加哥：分离，失望，事情继续向更糟的方向发展。从亲密与和谐到分离和误解的过程如此彻底。

这个三幕式的框架可能仅仅印证了所有故事都必须由开头、经过和结尾的过程所构成的事实。哪个过程不是呢？但是，承认这个普遍设定对认识原文和改编之间的关系是至关重要的。将故事划分为不同阶段，使我们能够更全面地判断文本中的基调该如何把握，行动如何分配，以及节奏如何变化。

✎ 练习

无论你是否认可三幕式的结构，都要对原著中的故事进行最全面而清晰的结构划分，并明确每个部分在整个故事中所贡献的作用。开始阶段什么时候结束？结束阶段什么时候开始？不同阶段之间的界限应该被突破吗？如果是，如何实现？

◎ 步骤二：选择

当确定了小说的外部框架之后，我们现在可以将其分解为更具体的组成部分。接下来是一个筛选过程，将必要的内容与非必要的内容区分开。这里所说的"必要"是指小说中如果缺少了某些部分，故事的结局就会变得难以理解或不尽如人意。从产生共鸣的角度而言，改编需要为观众最终将会抵达的故事彼岸而服务。小说或短篇故事中的每个时刻都需要根据其与结局相关联的紧密性和我们希望观众获得的最终体验来选取或排除。这意味着改编者需要首先在脑海中确定电影的结局。如果你不知道自己要去哪里，你就难以做到合理规划前行的路线。

出于个人偏好及意愿的原因，我们所希望看到的结局可能会与原著大相径庭。大卫·里恩的《远大前程》就在一定层面上"忽略"了原著。里恩先是采用了狄更斯笔下的"遗憾故事"开头，却在结尾时让人毫无防备地加入了一个皆大欢喜的结局，使影片契合了传统浪漫模式：男孩遇见女孩，男孩失去女孩，男孩对女孩失而复得。狄更斯故意让皮普和埃斯特拉的未来飘忽不定，里恩则坚持让二人永结同好。狄更斯让皮普和生活之间的斗争悬而未决，里恩则让他赢得了最后一刻的伟大胜利。

这与原著作者的意图截然相反。类似"拙劣的模仿"和"对原著的不忠"这样的评论可能会因此出现。但这里所需阐述的关键点在于，里恩关于电影结局的明确想法决定并塑造了整部影片的基调。他从小说中提取出并突出了童话元素，聚焦皮普从"乡巴佬"到追求成为一名绅士的旅程。凡是无法促成相应转变的元素都被从改编中抹去。实际上，整部小说的大部分内容都被遗弃了。像沃普尔先生、奥利克和特拉布的男孩这样的角色和相应的故事线完全被舍弃。其中，对于奥利克的果断割舍尤为具有代表性。在原著中，狄更斯用他来提醒读者，如果皮普没有得到幸运之神的眷顾，他本将会继续过上贫困和沮丧的生活。为了预算和叙事的高效而舍弃副线和次要角色的决定相对理所应当，而对于个别难以一带而过的独立叙事单元的取舍则绝非易事。

✎ 练习

先将重心放在对电影结局的构想上。写出一个或多个在最后一幕情节中被揭示或证实的事实（对于角色和/或观众）的描述。现在对故事进行"逆向工程"。在这些关键时刻，观众还需要什么来理解其中的利害关联？原著故事中的哪些方面现在看起来不可或缺？

✎ **练习**

列出原著文本中大约十个"决定性"时刻，明确它们都分别执行了哪些不可替代的作用？现在用必要的原始故事材料填充这些节点之间的空间，以便引导你的观众从一个故事节点走到下一个。

✎ **练习**

你打算删除哪些故事线、角色或事件？花时间思考这样做的后果。主要角色人物基调是否还能与原著保持一致？如果不是，你将如何应对？

◎ **步骤三：时间**

即使在决定了故事事件的选择之后，还需要对它们进行重新安排与调度。讲故事的艺术很大程度上与"组织"时间息息相关，目的在于打造和掌控观众的体验。对任何故事的讲述，都会存在"故事时间"和"文本时间"之间的区别，即故事世界中经过的历时时间与用于讲述的叙述时间之间的差异。小说可以在一页又一页的篇幅中对某一时刻进行细致的描绘，也可以把数年的时间一笔带过。

电影在可能的前提下，通常会将事件紧密连接在一起，以避免故事线中出现不必要的跳跃和抽离。当"第二天"有利于保持故事和人物的连贯性和动势，为什么要让两个人时隔数月才再次相遇？为什么要把浪漫故事拖延数年，而不给他们一个金色的秋天？

正如我们所知，散文小说可以轻松地扩张和收缩，在时间线上任意前后移动。电影及其剧本则被严格地锁定在"现在时"中，和观众穿越同样的时光隧道，几乎没有任何"时差"。当然，通过剪辑的魔力，电影可以从一个时刻瞬间跳跃到下一个时刻，但在这些时刻内，它们大多以"真实"事件的速度线性推进。我们熟悉"闪回"（甚至还可以发生"闪进"），但总的来说，电影被限制在一个永恒的"现在"中。因此，编写小说几乎不可避免地需要将故事梳理成一个直线序列。这通常使保留故事信息和保持悬念之间的平衡变得更加困难，但这可能是你必须做出的取舍。

练习

　　在你的文本中选择一个时间发生巨大跳跃（向前或向后）的时刻，尝试用不同的方法处理这样的时间转换。你将如何使用类似于闪回这样的非线性叙事方法？

◎ **步骤四：因果关系**

　　如果说"时间"是叙述的第一组织原则，那么"因果关系"就作为第二原则紧随其后。事件不仅在时间的维度上进行排列，也通过使它们连贯将产生意义的叙述逻辑连接在一起。剧中的情节在没有因果关系的前提下是没有意义的。我们总是把"遵循原著"挂在嘴边，是因为原著故事通过自然的逻辑顺序将我们从一个情境带到另一个情境。因果关系是将故事的主体连接在一起并使其成为一个完整体的关联纽带。没有它，我们只是在和一系列随机且无效的事件打交道。

　　在小说原文中，连接事件之间的因果关系是构成完整故事的关键因素。不幸的是，许多这样的联系是通过一个叫作叙述者的声音所提供的，这个声音向我们介绍了角色过往的历史、做出过的选择等。而在影像改编过程中，如果我们选择剥离叙述者的声音，就需要以其他方式填补这一空白。

　　在对原始材料进行改编的过程中，首先要对两种因果关系进行区分：外部因果关系和内部因果关系。外部因果关系涉及人物与外界的碰撞，角色像台球桌上的球一样被撞来撞去。他们在战斗中受伤，在竞争中受挫，收到带来噩耗的信件，与相爱的人被迫分开。他们因受到外部压力和外部事件的影响而被锻造。内部因果关系涉及人物与自身的碰撞，角色受到自身因素的影响：欲望、恐惧、偏好和性格等他们可能难以把控的因素。而随后他们做出的决定也会对周围的世界产生影响，并进一步影响到更多人。

　　在从原文本中提取素材时，我们需要保持事件"可读"的因果链，因为我们无法承担失去任何能让观众感同身受的情节或说明性因素的风险。

在筛选过故事中的"事实"之后，现在开始关注作用在角色身上的主要因果关系。从"是什么"转向"为什么"。同样，以故事的结局为导向，梳理导致最终结果的因素（主观或客观原因）。为了加以验证，再仔细查看信息来源。如果是通过叙述者的声音所传达，在进行改编时，需要更加谨慎对待。在故事中的哪些时刻，你可能需要对这些因素进行放大或增强以保持影片清晰且连贯的因果关系模式？

◎ 步骤五：视角

故事的情感重心是另一个不容忽视的问题。无论故事有多复杂，包含多少个角色，情节展开都通常源自（或围绕）一个核心角色。这个核心角色未必会主导情节的开展，但最容易受到事件的影响而被塑造，这意味着观众最常通过他们的视角来看整个故事。我们理解他们的挣扎，因为他们在我们的见证下遇到并试图解决问题（如安娜、皮普）。任何改编都必须让观众与核心角色保持与原著中同样的关系。

我们需要确定自己要重新讲述的是关于谁的故事，这并不总是一件容易的事。单从《了不起的盖茨比》这一书名就不难看出故事的主人公是谁，但当读者翻开小说就会发现，这本书并没有带他们直接进入盖茨比的视角，取而代之的是一个叫尼克的叙述者。当然这并不影响读者对盖兹比的"认同"，不影响我们被他的魅力所吸引，对他的困境表示同情，但这一切都是通过尼克的眼睛所呈现的。事件通过他的思路、感想、不断变化的观点进行"调色"进而传达给读者，这为电影改编带来了不小的难题。

海明威的故事呈现了另一类关于视角的问题。在《一则很短的故事》中，我们真的需要仔细甄别这到底是关于谁的故事。看起来，露兹和士兵似乎同等重要，但从叙事结构上讲，这并不完全准确。尽管我们可以在他们之间保持平衡推进，但有三个因素决定了男主人公是这个故事的核心角色。

首先，他是受伤的一方，无论是字面上还是象征意义上。当露兹选择放弃他、和另一个男人在一起，并写了一封措辞伤人的信告诉他，他们的感情只不过是青年之间的男欢女爱而已时，我们大多数人都会从露兹身上撤回同情。而这个同情自然会转移到士兵的身上；其次，士兵是故事中经历最丰富的角色。他们相互爱慕，但他的付出（和需求）似乎占据两人中更大的比例。与露兹相比，他在战争、等待和分离中更难以自拔。他的"情感之旅"更漫长、更浓烈；再次，士兵是带领读者进入故事尾声的角色，并与读者共同经历了故事的结局。他收到了露兹的信，但没有给她任何回复。发生在故事最后的事件直接产生了对于士兵，而非露兹的影响。故事似乎在邀请我们感受士兵的遗憾，思考他的悲剧、他的堕落。

这意味着任何改编都需要让观众站在士兵的角度，以便最大程度地对他的经历感同身受。在某种程度上，这会直接影响片中每一个场景的创作，并决定辅助素材的运用。观众需要与二人共度美好时光，以便了解、熟悉、参与并投入其中。但如果要让观众充分感受到故事事件所产生的影响，加深观众对士兵所思所感的体会才是首选。

✏️**练习**

　　在你个人的改编素材中，哪个角色是故事的中心焦点？原文中的叙事是如何做到让读者同时将理智和情感投入核心人物身上的？改编的电影在多大程度上允许你为观众直接复制这种关系？当小说中的叙述者负责操控我们的理解和同情时，如何通过戏剧行动和/或角色对白达到同样的效果？

✏️**练习**

　　在露兹和士兵之间，如何不刻意地引导观众从男主人公的角度看待和感受事物？注意：这并不意味着将露兹变成一个次要角色，淡化她或让观众对她产生"冷漠感"。如果这样做，我们对于士兵所处境遇的体会也将大打折扣。

◎ **步骤六：冲突**

　　所有的故事都涉及矛盾，在其中彼此竞争的力量相互碰撞和冲突。最常见的是善与恶之间的斗争、爱之于仇恨或冷漠所能产生的影响、秩序的力量（例如正义）制服破坏性的力量（例如犯罪）。冲突可以被呈现为具有不同目标的个体之间意志的对抗，或者与非人为力量——传统社会、自然或"命运"的斗争。

在进行改编时，重要的是要明确原故事中核心人物所面临的困境。带着改编的意图阅读原著意味着要捕捉促成行动冲突的起源并辨清其轮廓。为什么主角会遇到某个问题，在多大程度上对这一问题负责，采用了什么策略来克服问题？问题或解决问题的障碍在多大程度上来源于主角本身？这些问题的答案可能是单一的或多重的，但如果我们要挖掘出小说中潜在的戏剧性元素，就需要清楚地了解人物的目的及实现目的所面临的阻碍。

幸运的是，作家和编剧都具有经营和管理、制造与解决冲突的职责。不同的是，小说可以轻而易举地探索人物内心冲突的角落和缝隙，并毫不费力地呈现对复杂角色构成威胁的内部裂痕和矛盾、外部环境和情境。同样，也几乎没有任何因素阻挠小说作者对社会现实的深入诊断。相比之下，电影更依赖于外在表象，精神和社会层面的事实往往难以辨别。因此，改编的任务就在于将创作的外部化和个性化手法贯穿于电影之中。这意味着将行动凝聚到人物所交集的戏剧性时刻，例如法庭的盘问、恋人的争吵或闹市中的枪战。

观摩不同改编中冲突的表现形式可能非常有益。每部作品的情况都是独特的，都具备不同的内部特质和外部轮廓，但我们这里所讨论的三部经典小说作品展现了极其相似的生动性和情节张力。安娜与情人坠入爱河，背叛丈夫并放弃了她在家庭中扮演的角色，犯下了一项社会性"罪行"；在埃斯特拉面前的皮普为自己卑微的出身感到羞愧，他急于离开家乡并远赴伦敦学习如何成为一名绅士；杰伊·盖茨比（Jay Gatsby）希望摆脱自己平凡的过去，进入黛西·布坎南（Daisy Buchanan）富有的精英圈层，并通过自己耀眼的成功赢回她的芳心。这三个角色都挣扎于对自己的身份认同之中，他们每个人都以不同方式陷入梦想和激情的困境。皮普和盖茨比努力让自己被身边的社会环境所接纳，但始终无法摆脱自己的过往。他们都理想化地把一个对自身来说几乎不可触及的女性作为追求和爱慕的对象，也都受到了社会偏见和异性冷漠所带来的阻碍。

检查你选择的素材来源，它很可能讲述了一个充满外在或内在冲突、混乱或错位的故事。角色们在不同状态下转变，试图通过改变自己或移除障碍以到达自己的目的地。无论摆在主角面前的任务是成家立业还是避免核末日，我们都需要锁定并提取故事中贯穿的"冲突结构"。改编将顺理成章地使得那些能为戏剧内核提供视觉能量的元素聚集起来，这是故事开始拓展的地方。

✎ **练习**

> 锁定并描述你选择的长篇小说或短篇故事中的核心冲突。你将如何将其带到影像世界中，通过行动和互动来体现并激活它？找出一个发生在特定场景中（法庭、卧室、酒吧）的时刻，冲突的本质在其中得以显现。矛盾是否已经到达顶点？还是你需要人为将戏剧性张力放大，把"战斗"公之于众？

3.3 场景与顺序

在整个改编过程中，我们应尽可能地保留故事中用来定义、推动情节和使其凝聚的基本逻辑（关系和冲突模式）。在这个总体叙事结构内，你可以开始考虑叙事的顺序。这可能是剧本与小说开始出现偏离的地方。

◎ **启动**

对因果关系和冲突的研究将帮助我们锁定改变叙事进程的关键场景。一个既定的模式被打破，一个秘密被揭穿，一个决定被做出。这些瞬间在改编作品中至少需要与原作一样鲜明。

保加利亚裔法国学者茨维坦·托多洛夫（Tzvetan Todorov）提出，所有故事都无法跳出一个的"三段式"结构，即平衡/破坏/平衡的阶段。故事以"正常"状态开始，生活就像其始终保持的那样平常（如故事开始时安娜的婚姻状态）。随后，某件事的发生破坏了现状，提出了新的挑战，产生了新的困境（安娜与渥伦斯基的相遇）。故事的剩余部分是解决这些复杂问题的过程，以找到某种方案并建立新的"平衡"而结束。在安娜的例子中，新的平衡并不是一个快乐的结局。

与所谓的"三幕式"结构（非同一概念）一样，"三段式"被视为故事结构的分析方法而非创作故事的应用规则。实际上，根据托多洛夫的说法，"三段式"是故事本身的自带属性，因为它涵盖了所有故事情节的发生规律。首先，每个故事都有激发后续事件的初始时刻。有些小说让我们一目了然地看到事件发生的时间和地点，比如当小红帽遇见了大灰狼，或图书馆里发现了尸体等。其他故事则把点燃叙事火花作为留给读者享受的探索乐趣。

✎**练习**

在你自己要改编的故事中，破坏性的时刻在哪里？读者需要主动寻找它，还是随着故事的开始它已经发生了？你将如何确保其重要性和影响得到适当体现？

◎ 节奏

当书中的部分片段被抹去、折叠或压缩时，新生成的电影叙事将展现其独特的生命力，并呈现出与原著截然迥异的叙事节奏。行动的节奏和脉动会发生变化，从一个到下一个关键节点的发展将体现出不同的速度与动态。

为了实现影像化的改编，我们还需要对场景进行对比和切换。交叉呈现的场景可以从不同角度展示故事的不同侧面并强调其不同特质。基调或节奏一成不变的场景是单调的。行动需要此起彼伏，情绪需要张力十足。对戏剧多样性的追求可能意味着从小说原文的叙事中大胆偏离。

能够使《一则很短的故事》如此具有电影感的一个关键因素是事件的排列与组合方式。我们从屋顶聚会众人的欢声笑语中瞬间来到二人世界的卿卿我我，从手术室内的争分夺秒到医院走廊的沉声静气，从大教堂的庄严和宁静到战场上的惨烈和轰鸣。小说内在的宽松结构并不要求它们展现场景之间如此鲜明的戏剧性反差。而作为一名负责改编的编剧，你通常需要自行设计并建立此类对比。

场景之间的简单过渡对突显故事中的对立元素大有帮助。如果这对热恋中的情侣在遗憾中离开教堂时发现一辆卡车正在等着把士兵送回前线，他们在历史长河面前尘埃般的渺小将会被极具震撼性地放大。他们从昏暗的教堂室内走出来，眨眼间进入耀眼阳光的照射之下，然后突然在没有预示和适当告别的情况下被迫分开，这一切自成一体，展示了"两个小人物"在一个不可预测的动荡世界里无助地漂泊。毫无预兆地把露兹一个人留在教堂的台阶上，紧随其后又在米兰火车站的站台上看到她渐行渐远的身影，这将形成其自身的内部对称体系。实际上，这个故事似乎是为了促成这种自身回应和对照而设计的——两座医院、两名军人和两次邮递。故事以屋顶上的浪漫爱情开始，以后座上不堪的亲密关系结束。士兵在故事开始时英勇地受伤，在结束时耻辱地感染淋病。

并非所有的小说都像海明威的作品那样明显具备影像化特质，但这种重复和对称是小说的本质。找到其中的内部联系和对应系统，就会顺理成章地发掘出将行动整合成一个整体的影像化叙事手段。

◎ 缓和

叙事手段不能仅基于情节的考量。在关键的转折点之间，埋藏着同样有价值且必要的信息，它们极其容易被忽视。最平淡无奇的事件往往内有乾坤，可能起到建立情境、丰富角色和搭建关系的重要作用。它们相当于悬疑小说中那些故意被作者埋下的线索或伏笔，以便在后续的篇幅中用来回忆和解密。

即使在《一则很短的故事》中，也有一个看似多余的细节，对于推动情节的发展和结局的奠定没有起到不可或缺的作用：读者被告知，士兵为了不叫醒睡着的露兹，自己拄着拐杖去护士台测量体温。但这个看似微不足道（海明威显然有意为之）的细节向读者揭示了一些关于二人的重要信息。事实上，"病房里只有寥寥几个病人，他们都知道这件事"，告诉了我们一些医院里的"八卦"氛围。"他们都喜欢露兹"向我们展示了她的魅力。即使她违反规定，也因自己的亲和力而容易获得谅解。而"当他沿着走廊走回去时，幻想着露兹躺在他的床上"向读者开诚布公地呈现了他内心的情感之旅。在医院等待完全康复的日子里，他从对她的美好幻想和想象她属于自己的想法中获得愉悦和安慰。任何编剧都会乐意找到一种视觉方式来传达这一点。也许士兵在她熟睡时温柔地看着露兹，然后决定不去打扰她的睡眠，悄悄地关上门，最后回到自己的房间。

这个细节的价值在于暗示。往往在事情发生时有多么不经意，过后就有多么深刻的领悟。他对她的爱比她更"无私"，他比她更"理想主义"。他们的关系从一开始就是不对等的，士兵更被动，对对方的依赖更重（他是那个被推上手术台的人、收到露兹信件的人、被告知应该回家找份工作的人）。医院走廊里的这个时刻一个种子被种下了。它暗示了关系中某种隐藏的不平衡，为故事的连贯发展提供了所需的必要联系。如果没有这一时刻，后来发生的事情可能会是突兀的，"当时只道是寻常"。事件必须是从角色和情境中发展出来的，否则故事就没有统一性。她是"现实"的，而他是"理想"的。她可以翻篇继续向前，他却沉痛坠入深渊。一个故事不仅仅是它各个章节的总和，有些看似多余的细节是构成事物背后逻辑的无形推手，那就是故事背后的故事。

✎ **练习**

在改编过程中，几乎每一个时刻都需要这样的合理性。在原始素材中找一个对整体情节不是严格必要，但确立了一个重要的情感事实或因果关系的时刻。评估这个时刻在整个故事中所处的位置。它起到什么作用？如何确保观众能理解其中的要点？

◎ **高潮**

故事原文中可能存在一些充满张力的桥段比其他部分更具备改编的潜力，需要编剧激发出其戏剧属性。皮普与哈维沙姆（Havisham）女士的最后一次会面就是这样一个时刻。此时，皮普已经知道一直以来匿名资助他的恩人是被判有罪的马格威奇，而不是面前的哈维沙姆。后者仅把皮普视作自己对男性群体持续复仇计划的一部分。

实际上，在小说中，皮普最终已经在内心深处和这位老妇人和解了。哈维沙姆也意识到了自己的所作所为对皮普造成的伤害。而皮普此行的真正目的并不是为了见埃斯特拉，而是向哈维沙姆借钱。实现目的后他们友好地告别，随后刚刚离开不久的皮普发现哈维沙姆的房子着火了。这场火灾是由一件裙子的意外起火而引起的，皮普试图救出哈维沙姆，但她被严重烧伤。仆人和医生也赶到现场，哈维沙姆在一段挣扎之后就去世了。

耐人寻味的是，导演大卫·里恩在电影改编中将这一幕变成了全片的高潮。在银幕上，一个曾被打倒但始终没有被打败的皮普，从容面对着曾经故意诱导他走进陷阱并使他饱受折磨的人。他以自身成熟的自信和绅士般的优雅走进哈维沙姆的家中。与书中略有区别的是，皮普此行的目的并非白白索取，而是来找机会和正在老妇人身边做着针线活的埃斯特拉谈话的。里恩和他的编剧们彻底重新编排了这一场景，使其成为一个高潮时刻，一个遍体鳞伤的英雄（皮普）与神出鬼没的敌人（哈维沙姆）之间最后的对决。

除了人物设置之外，对于这场戏的编排也相较小说所描述的情节发生了根本性的变化，电影带领我们进入了一个在原著中难得一见的场景：当皮普准备转身离开，埃斯特拉主动上前与他道别时，我们通过哈维沙姆的视角见证了这一情节的发生。

图 3.1 和图 3.2 《远大前程》（1946）中的剧照直接而连贯地向我们揭示了哈维沙姆对她所造成的无法挽回的伤害深感懊悔的原因。由此可见，场景的叙事功能和影像的排列组合为电影基础框架的构成而服务。

皮普和埃斯特拉背对着哈维沙姆，看上去就像一对站在圣坛前准备宣读婚姻誓言的新人。至此，哈维沙姆的故事走过了一个完整的循环。她眼中的皮普就像当年在婚礼上被抛弃的自己一样沮丧。

埃斯特拉告诉皮普，她仍然无法找回恋爱的能力，并即将和一个自己没有感情的人结婚。她离开了。皮普把愤怒发泄在哈维沙姆的身上，他夺门而出，重重的关门使屋内火堆中的一根木头滑落下来，点燃了坐在旁边哈维沙姆的裙子。皮普发现后立刻赶回来，试图用被蛀虫咬过的桌布救她，过程中打落了桌上哈维沙姆吃剩的早餐和腐烂的蛋糕。然而哈维沙姆的身影瞬间被烈火和浓烟所笼罩。这里没有缓慢而痛苦的死亡过程，没有仆人或外科医生的迅速到场。只有皮普，在混乱和衰败中再次成为一名"孤儿"。

整个场景都是基于圣坛和墓碑这两个概念的结合而设计的，观众可以轻松做到在没有额外说明或解释的前提下"读取"这两个形象。因此，这是一个完美的例子，阐明了如何将复杂的事件和主题化简成仅靠观众耳闻目睹就能共鸣的时刻。这部电影是对狄更斯小说的一种激进的改编，却以强大的戏剧张力和新颖的创排思路将观众带回了原著。

图 3.3 和图 3.4　皮普跪在光滑、细长桌子边上，那里看起来像一座没有雕刻碑文的墓碑，标志着他所有梦想的破灭，又似乎是童年的皮普在教堂墓地那一幕的重演。

✎练习＿＿＿ ＿

　　从小说和电影的对比中，思考为什么里恩和他的编剧做了这些改变？为什么让原本在巴黎的埃斯特拉出现在这一场景中？为什么让哈维沙姆瞬间一命呜呼？这些对于叙事压缩、连续性和因果关系的考量，几乎肯定会出现在你自己的改编需要做出的决策中。

✎练习＿＿＿ ＿

　　找出你正在改编的长篇小说或短篇故事中的高潮时刻。在你的脑海中构建它出现在银幕上的画面。有什么方法可以使它的戏剧张力得到增强？

案例研究:《肖申克的救赎》

导演：弗兰克·达拉邦特

　　在斯蒂芬·金的中篇小说《丽塔·海华丝和肖申克的救赎》（*Rita Hayworth and Shawshank Redemption*, 1982）中，主要角色是第一人称叙述者瑞德（Red）。安迪（Andy）的故事内嵌于瑞德在肖申克监狱服刑期间的讲述中，这种第一人称视角的叙述不可避免地局限于瑞德所看到、听到或想象到的情景。弗兰克·达拉邦特（Frank Darabont）编剧并执导的电影《肖申克的救赎》（*The Shawshank*

Redemption, 1994）对旁白的大量使用让瑞德的第一人称视角得以保留，但显然也在一定程度上削弱了故事的全局性及客观性。作为创作者，无论从哪一角度对故事展开，我们都要从外部的视角切入安迪，并始终与其保持一定距离，这样电影才能更好地展现出自身的最终反转。

图 3.5　小说从瑞德承认自己的罪行开始，并描述了他第一次看到安迪进入肖申克监狱时的情景。而电影《肖申克的救赎》的开场则是带着醉意的安迪坐在自己的车里，给手枪上了膛。然后我们看到他在法庭上受审，被指控对自己的妻子及其情人进行谋杀。

　　电影将观众作为"陪审团"，邀请我们自行解读片中的蛛丝马迹。发生在安迪身上的真实经历似乎让人难以置信（他只是想通过手枪震慑对方，但最终放弃了开枪的念头并将枪扔进河中），但他未能给自己做出一个合理辩护的事实也同样匪夷所思。在原著小说中，瑞德告诉读者，他花了好几年的时间才得出安迪是无辜的结论。观看电影时，无论观众的心情如何复杂，重要且无可否认的是，我们都已经不知不觉中在情感上与安迪这个角色建立了联系。毫无疑问，这是一部关于安迪和他与规则之间斗争的电影。紧随安迪在法庭上接受判决之后的是瑞德被假释委员会拒绝释放的情节，这种并置的处理所展示出的二人相似又不同的境遇是他们之间关系的核心所在。

　　自然，基于原作故事中相应情节长达28年的时间跨度，作者可以在书中对监狱的多个看守和警卫进行详细描写。他们其中有的人心狠手辣，有的更是丧心病狂，这都为凸显出监狱生活的惨无人道起到了作用。为了树立并集中观众的敌意，电影只保留了典狱长沃登·诺顿（Warden Norton）和高级狱警拜伦·哈德利（Byron Hadley）。在尽可能的前提下，改编作品会将多个角色合并成一个具有代表性的人物，使人物关系更极致、复杂和紧张。

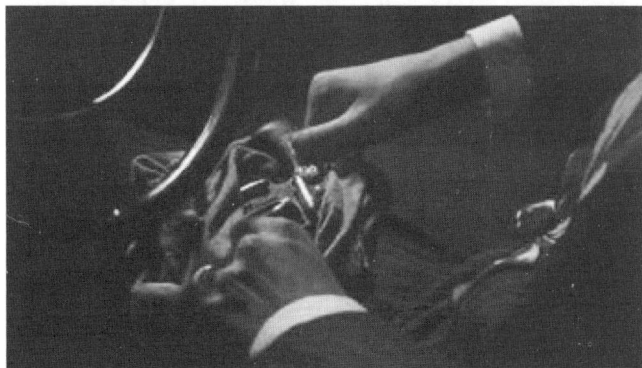

图 3.6 和图 3.7　电影《肖申克的救赎》对于安迪和瑞德的视觉呈现有异曲同工之处，但在人物生活背景、衣着服装和行为举止上有鲜明的区别——意在凸显出单纯与老练之间的对比。

　　尽管《肖申克的救赎》的结尾使其成为一部"引起舒适"的电影，但它并没有刻意回避监狱生活中真实和恐怖的一面。面对来自"三姐妹"的虐待威胁，安迪的应对方式是利用自己的财务特长来解决高级狱警哈德利的报税问题，以换取后者的庇护。在这里，导演达拉邦特稍微偏离了斯蒂芬·金的原著，因为在书中的安迪和哈德利达成协议之前，"三姐妹"中的博格斯·戴蒙德（Bogs Diamond）就已经在牢房里被打得遍体鳞伤了。原著作者试图让叙述者瑞德站在个人的视角上猜测安迪可能贿赂了狱警而导致博格斯的受伤。电影则在因果关系上进行了调整。安迪首先解决了哈德利的税务问题，而作为回报，后者将靴子重重地踩在博格斯的脖颈上。

　　这是一部在小说改编电影中，对原著素材进行扩充而非压缩的典型案例。

基于原著为小角色布鲁克斯·哈特兰（Brooks Hatlen）分配的一页左右的篇幅，导演达邦特为其设计了一个68岁监狱图书管理员的丰富背景。服刑30年的布鲁克斯因被监狱释放后无法融入现实生活而几近崩溃，6个月后在住所结束了自己的生命。这部电影并没有把他描述成"一个凶狠的老囚犯"，也没有告诉观众他是如何"在一场牌桌上的赌博中屡战屡败后丧心病狂地杀死了自己的妻子和女儿"。相反，电影中的他成为一个和蔼的老人。第一次出现在画面中时，他从安迪的食物中拿走了一只蛆虫，然后将其喂给藏在自己口袋里的小鸟。而等到他被刑满释放时，他悲痛地承认自己已经无法适应监狱之外的生活。

图 3.8　在《肖申克的救赎》中，我们看到布鲁克斯在这里结束了自己的生命。这为其后瑞德居住于同一房间的经历增添了戏剧性。

当我们看到布鲁克斯的尸体在刻着"布鲁克斯来此"的横梁上摇摆时，作者在原书中隐晦地暗示他最终可能自杀的事实在影片中得到了形象的体现。

虽然这样的设定可能有些伤感，但观众的情感参与度对于布鲁克斯的故事存在的意义而言非常必要。首先，它为安迪的困境提供了必要的分散注意力的手段，延迟了中心情节的发展，并给人一种相较于牢笼之内更强烈的时光流逝的感觉。同时，这一段故事也起到了对主线情节衬托的作用，就安迪和瑞德如果像布鲁克斯一样失去生活的希望而可能面临的可怕后果发出了郑重的警告。在监狱里度过了几乎一生的时光后，布鲁克斯成为监狱对一个人所能造成如何程度影响的典型范例，是使人失去外界生活能力之后果的生动体现。安迪和瑞德曾就是否应该留有生活的"希望"进行过探讨，而布鲁克斯的悲伤故事为这一话题提供了有力的说明，并暗示着除非发生转机，否则二人的未来同样可以预测。

在原著故事中，瑞德只用一句话就概括了安迪的越狱："1975年，安迪·杜弗兰从肖申克监狱逃脱。"电影则隆重上演了这一惊心动魄的时刻，以达到最大化的戏剧效果。在之前的场景中，我们看到安迪坐在黑暗的牢房中紧握一段绳子，由此深深地感受到了他所处的绝望。在小说中，瑞德在多处的叙述中都提到了关于自杀的字眼，但均与安迪无关。而在电影里，出于对好友的担心，得知安迪设法私下获取了一根绳子的瑞德度过了他一生中最漫长的夜晚。和他一样，观众可能也被安迪所表现出的忧心忡忡和阴云密布所误导了。第二天一早，当安迪没有出现在监狱例行的点名中时，观众也会跟着担心是否最坏的事情发生了。而当大惊失色的典狱长要求查清一个阶下之囚是如何在戒备森严的监狱中消失得无影无踪的时候，电影实际上正在为其后更大的"高潮"做铺垫。这里，我们甚至看到瑞德被允许亲眼目睹这个奇迹是如何发生的，他被典狱长命令一同进入安迪的牢房，交代自己所知道的一切。如此一来，当安迪的"救赎"方式被揭示给观众时，我们就共同见证了典狱长、哈德利和瑞德共同瞠目结舌的著名场面。

由于没有出现在安迪逃亡的过程中，瑞德无法像此前那样对其越狱后的具体细节进行叙述。当安迪从下水道爬出，走进一条湍急的河流时，洗礼和重生的象征意义显而易见。而当他伸开双臂，沐浴在倾盆大雨中时，此刻的安迪无疑已经"重生"为自由之身，并实现了原著标题所暗示的"救赎"。

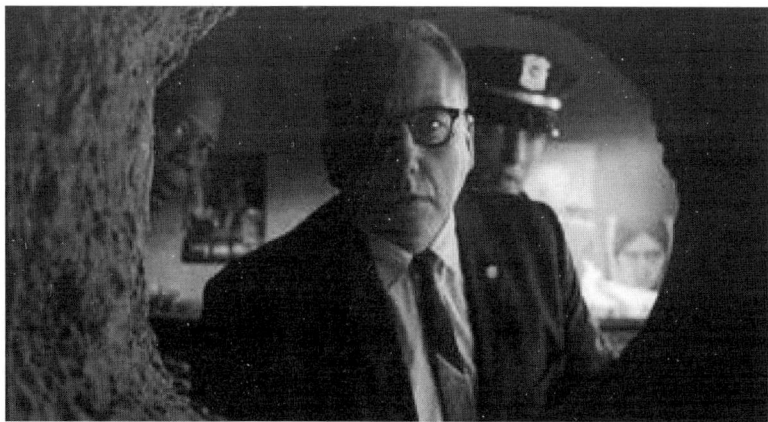

图 3.9　在 1994 年的电影《肖申克的救赎》中，我们能够体会到典狱长的迷惑，并从中找到共鸣和乐趣。

这些相较于原小说的结构性调整有多种功能：突显角色，获得共情，集中敌意，扩展叙事，增加悬念，释放张力，放大讽刺和主题共鸣。

◎ 工作坊：银幕策划

帕特里夏·海史密斯：《那些离去的人》

在回答了关于小说作为改编的潜在素材所存在的优势和不足的一些基本问题，并对预期中观众的观影体验进行判断之后，我们现在需要在影片中展示小说的结构并动用"剪刀"。

帕特里夏·海史密斯的书中没有任何多余的笔墨，所有文字的存在都是为了实现她作为小说家所必须达到的写作目的。对故事以压缩为目的的重构会产生与原作不同的侧重点和优先事项。在自己所改编的影片中，我们需要做出决定，什么是不可或缺的，什么是可有可无的。

为了实现这一点，我们需要通过对小说中的每一个章节依次进行分解来剖析小说的结构，标明：

· 重要地点
· 关键情节
· 戏剧性场景

以此类推，对情节进行布局，我们可以收获如下关键信息：

· 故事世界中物理空间的运动
· 戏剧的高潮和低谷、悬念和惊喜、张力和节奏
· 不同角色之间的行动和反思交替的焦点
· 具有讽刺意味的对称、颠倒和倒置
· 人物内心的起落与波澜，命运的悲欢与离合

遵照这一模式，我们立即会在《那些离去的人》中找到对应：

1. 重复的运动

这些角色的生活围绕着多个地点，准确地说，是过多的地点展开。在改编中，如果要集中和压缩叙事，雷的威尼斯之旅中的很多地点都必须被排除。在书中，海史密斯通过这些场景创造了一个迷人的世界，并给了雷独自思考和回忆的机会（在电影中，我们不能让他如法炮制）。他在咖啡馆、酒吧或餐厅里进进出出

的画面会展现很多独特的流光溢彩和视觉奇观，但过分沉迷于外在场景会严重放缓电影内在的"动势"，使观众的注意力从核心情节的推进中偏离。

2. 重复的场景

雷和科尔曼只有三次言辞的交锋。尽管他们的碰撞在第1章和倒数第2章堪称"针锋相对"，但二人在第5章的对峙最能体现他们之间独特的人物关系。作为理解这两个角色的关键因素，他们之间的四目对视必须被拉长。

然而，这一场景所出现的位置却可以做灵活处理。对于观众，在目睹一方试图置另一方于死地的几分钟后看到他们平静地相对而坐可能会感到很奇怪。因此，我们可能需要找到一种方法来对事件进行分解，将其他情节（例如科尔曼的钓鱼之旅或雷与伊内兹的会面）前置，以在这些紧张时刻之间创造一个相对平静的阶段。

3. 视角

海史密斯还做出了一个关于叙事视角的重大决定。当读者读到第12章和第13章时，可能会感到些许诧异。在此之前，我们每时每刻都与雷在一起，可此时，他突然从我们的视野中消失。取而代之的是，科尔曼继续带领着我们对故事进行探索。在小说中，这一安排有其独特的用意——暂时转移了读者对雷的关注，并产生了随着时光的推移，雷已经融入了新环境且开始康复的印象。这种视角的切换可以在电影中发挥同样的作用，并把观众已经得知（尽管科尔曼和他的同伙还蒙在鼓里）雷幸存下来的事实作为前提，创造一些耐人寻味的戏剧性讽刺。

但这种处理将是改编过程中的一个慎重决定。为了给科尔曼设定单独的场景，海史密斯制作了一套完全不同于常规的叙事结构。在此基础上，整个故事具备了两个切面。我们可能不喜欢或不支持科尔曼的做法，但在一瞬间他被赋予了一定的叙事平等性。这个角色变得更立体，更具有情感触感，让读者或观众产生共鸣的能力也大大增加。而这可能是很多时候电影改编要遵循原著的决定性原因。为观众建立对科尔曼适当的同情，使我们更接近并理解雷对他的态度。同理也可以帮助我们分别站在父亲和丈夫的角度上理解佩吉的死亡对科尔曼的影响，和对雷所造成的巨大困扰。

4. 关系

故事中的女性角色同样作为重要的结构组成部分。如果佩吉的死让雷陷入绝望，那么伊丽莎白的出现至少是让雷能从悲痛中缓解的部分原因。她的纯真让雷愿意对她倾诉自己的心声（这也是读者和观众需要听到的信息），这与伊内兹和科尔曼之间充满怀疑和欺骗的关系形成鲜明对比。在改编过程中，这两组关系都应该以某种方式被呈现，以凸显其中的差异。

值得一提的是，雷与伊丽莎白之间的关系在故事的常规阶段逐渐发展。从雷在远处注意到伊丽莎白开始，到主动与她交谈，邀请她共进晚餐，拜访她的住所，等等，最后在感人的告别和充满不舍的拥吻中达到高潮。这个时候（在向她倾诉过自己同样希望科尔曼也得知的事实之后），雷开始感到解脱，并瞬间豁然开朗（孩子们在街上玩耍的景象都让他感到愉悦）。在最核心的层面上，没有华丽的装饰或刻意的炫耀，这个故事表现出一个让我们耳熟能详的陈词滥调："爱可救赎"。来自伊丽莎白温暖、耐心和充满关爱的注视让雷重新找回了他的情感生活，找回了自己。对此，观众一目了然。

从结构上讲，为了实现这一时刻，一切都需要被安排得井井有条。对于角色来说，这并不单单是一种醒悟，而是一个重振旗鼓的时刻，是雷重拾了过去的自己——以他决定启用自己的真实身份和真名实姓为象征。在人性的信仰回归之后，他可以再次以新的力量面对未知和深不可测的未来。

看到这里，我们可能会误以为雷的内心旅程已经接近终点，可以重新回归正常的生活。他在精神迷雾中迷失了很长时间，现在它已经开始消散。当然，如果我们对此类故事有一定的了解，就不难推测出这种平静只是暂时的。浪漫的插曲在某种程度上是为了分散观众的注意力，而等到真正的迷雾散开时，只会露出科尔曼潜伏在暗处的身影。事实上，正是如此。

海史密斯从未费心解释科尔曼是如何追踪到雷的（电影需要解释这一"巧合"）。这个相遇的时刻不仅仅是象征性的，而与此前不同，雷第一次进行了反击。向一个已经倒在地上的人猛扔一块石头，并不是对他的男子气概的光荣肯定，但这一行为标志着雷想要与自身境遇进行对抗的决心。他的生活现在看起来值得被积极保护："（雷）感到兴奋，因为他已经可以站起身来反抗科尔曼……。这是他第一次还击。"

5. 反转

另一个明显的叙事模式来自故事中对于比较、对称和倒置的运用。当科尔曼受伤、消失、在基奥贾潜入"地下"、伪造身份并在报纸上被报道失踪时，角色之间的关系完全发生扭转。现在该轮到雷猜测对方的生死了。他同样被警察传唤，怀疑的箭头开始转向了他，局势似乎发生了变化。两人都在某一时刻"将自己置于死地"。

这种彼此交错的命运反转和互相映衬的方式可能看起来非常刻板，但作为一种辅助性结构，它在创造对比并揭示人物方面具有无可估量的价值。在与威尼斯人的相处中，雷很快受到了他们的欢迎，并被前呼后拥。科尔曼则形单影只，孤立无援。雷善于表达感激并运用自身的亲和力，科尔曼则对周围的人表现出不信任和偏执。马里奥帮助他，也只是出于私利。

6. 群体

两位主要人物之间的本质区别还体现在他们与更广泛群体的互动中。当雷在朱代卡岛寻求庇护时，两个截然不同的群体之间体现了鲜明对比。"美国"群体由科尔曼等在意大利的美国侨民和游客组成，"威尼斯"当地群体则是由路易吉和伊丽莎白这样的意大利普通人组成的。电影的结构将受到这两个"世界"及其不同的"气候"、立场和价值观之间碰撞的影响。

美国人似乎狭隘、精打细算且彼此猜疑，而土生土长的意大利威尼斯人则热情、松弛和真诚。正如雷亲眼所见的，"那里流淌着关爱的源泉"。他们拯救了他的生活，接纳了他，他们的热情与科尔曼身边的人们所表现出的冷漠形成鲜明对比。这种文化定型相当明显，但我们可以根据需要将其突出或削弱，发挥或淡化。

◎ 人物小传

你可以说任何小说或电影都有两个剧情大纲：一个是关于故事世界发生事件的情节大纲，另一个是关于角色内心状态变化的心理大纲。以改编的视角阅读一部小说，我们需要捕捉这两种动态（外部和内部），并找到将二者合二为一的方法，呈现在观众的"心灵之眼"面前。

对于雷的"小传"可以分解成以下多个部分。

- 因佩吉之死而产生的悲痛与困惑
- 罗马——试图与科尔曼沟通并修复关系
- 失败 / 中枪
- 身体痊愈

- 威尼斯——试图与科尔曼沟通并修复关系
- 再次失败／被扔进河水中
- 身体痊愈
- 朱代卡——试图与科尔曼沟通并修复关系
- 成功——与伊丽莎白沟通／与科尔曼对抗
- 心理康复
- 警察局——修复／无法沟通（接纳）
- 离开威尼斯，迈向未来

我们必须清晰地描绘这一心理过程，从挫败到释然，从麻痹到行动，从生活在过去到面对未来，才能决定如何保留或舍弃情节大纲的各个层面。

对电影改编的构建与重建必须将这一点放在首位。

4 人性元素

在阅读了剧情之后,我们现在可以将关注的目光转向角色了。如果说叙事事件构成了故事的主体,那么角色就是其内核和灵魂。为了让故事有血有肉,我们必须理解其对角色的重要性。正因为有了人物,我们才关心故事的结果。

然而,电影改编中最大的问题在于角色塑造。随着叙述者的自动缺席,我们同时偏离了进入小说的内在系统及其多元结构的途径。主观性依然顽固地抑制着视觉表象。无论演员有多出色,任何电影都无法在一个角色的内心世界中花费多于10分钟的时间。编剧只能依靠行动和对白这两种戏剧手段,让观众从中理解角色的内心世界。

4.1 表面之下

◎ 属性

当你的人物已经存在,且具有易于转化为剧本角色的外在特征(年龄、外貌、举止等),剩下的问题就可以交给选角导演和化妆师处理。

然而,角色的内在特质要难以捉摸得多,展现出这些特质需要一些细微和"狡猾"的手法。首先,你需要了解这些内在品质都是什么。找到确切的形容词至关重要,它们会产生决定性的影响。

真正有趣的角色是多维的,他们并非仅由一种性格特质构成。他们可能具有类似于激情、现实、野心、自满、理想主义、犬儒主义、慷慨或自私等的主导性人格特性,但这些特质会被其他附属特质所调和、修正或稀释。他们可能同时展现出善良和残忍、怯懦与勇敢。安娜时而激情洋溢,时而小心谨慎。盖茨比雄心勃勃,但又不谙世事。

角色塑造可能需要对这些性格特质进行大幅简化或凝练。他们在小说中展现的各种态度和行为可能无法在银幕上被完全复制。然而，你应该力求捕捉到尽可能多的性格元素。一致性和多样性的共存将使角色在银幕上显得更加真实和饱满。如果他们在书中所表现出的并不是陈词滥调或刻板形象，那么在电影中也不应该给观众留下那样的印象。

伊丽莎白·本内特（Elizabeth Bennett），简·奥斯汀名著《傲慢与偏见》（*Pride and Prejudice*, 1813）的女主角，以其智慧和美德的完美结合，长久以来都是英国小说中最著名、最受喜爱的角色之一。她的机智、敏锐和正直使她超越了所处社会中的复杂、势利和种种恶意。

角色并非孤立存在，我们需要在其他角色的背景下来"阅读"他们。摄影机往往会将角色之间的差异放大，因此剧本需要首先对需要放大的特征进行选择并锁定相应的情境。伊丽莎白的头脑清醒而理智，在她那些"愚蠢"的姐妹们尖锐的聒噪声中和周遭社会刻板的矫揉造作之中形成一股清流。

✏️ 练习 ___ ___

　　了解你的角色至关重要，找到正确的形容词来描述他们。从原文本中挑选，为每个主要角色写一个角色概况。你可以从第一时间脑海中浮现的描述性词汇开始。他们有多深虑、敏感或自知？他们是乐观还是悲观？在小说中找到展现这些人物特质最明显的时刻，以及它们对故事产生最重大影响的地方。这些时刻几乎肯定需要在剧本中占据一个永久的位置。了解角色内心世界的细节和特征，以及他们在不同情境下的表现，将帮助你在编写剧本时更好地塑造角色。这将使角色更具深度和真实感，同时让观众能够更好地理解他们在故事中的动机和行为。确保你将关注的重心同时放在角色之间的相互作用关系，因为这将进一步凸显他们的性格特点，让角色在银幕上栩栩如生。

✏️ 练习 ___ ___

　　请在智慧、敏感、自信、自知、幽默、决心等方面，按照从1分到10分的标度，为你的主要角色打分。哪些分数（高分或低分）对电影的改编产生了最大的影响？角色行动或对白中的哪些特点最能印证你的分值。

◎ 改变

对原著小说进行压缩的其中一个后果是，角色的某些方面的性格特质可能在不经意间消失，使他们的行为看起来随意或不统一。从书籍到电影的过渡过程中，角色需要保持现实和可信的变形能力。

简·奥斯汀让伊丽莎白的角色既具有坚定性，也具有成长性。在达西先生第一次求婚后，她的怒气充分地体现了她的自尊，但她对第二次求婚的接受同样反映了她的诚实。她承认自己之前对达西先生的看法是错误的。

✏️练习

选取你的主角，找出他们最极端的特质和行为，以及他们展现这些特质的时刻。你将如何处理这些与他们常规行为相互冲突的印象？为了在角色创作中保持连贯性和统一性，是否需要在情节的过渡时刻对他们进行集中且有计划性的刻画？

◎ 过去

故事中的角色很少在小说的第一页诞生。他们的完整人物弧线通常从小说开始之前就已经展开了。改编剧本需要简化和加速传递角色的过往信息，同时要注意不要遗漏可能让角色模糊化或引人思考的内容。

在对话或回顾中，需要传达多少盖茨比在来到西卵区之前过往的信息，才不会完全妨碍故事的正常推进？同时，小说中盖茨比的真实身份备受争议。他是一个谜一般的人物，由他人口中的流言蜚语和捕风捉影的言论所塑造。对这个角色透露得太多，让他和观众的距离过于接近，神秘的氛围可能就会消失。

✏️练习

所有的故事几乎都会涉及角色在自己身上发现隐藏的资源，以应对故事中所呈现的挑战。你的主角展示出了什么令人惊讶的品质？角色和情节的发展将如何并何时受到这些变化的影响。

◎ 现在

所有故事都为中心角色设定了一个考验，使其面临着必须作出回应的境况。

这种情况可能是偶然发生的，也可能是由他们自己的行为造成的。无论如何，它最终都会呈现为一个困境。这可能是要赢得比赛，解决谜题，或摆脱陷阱。无论任务的性质如何，电影改编都必须清晰地展现角色的处境。

皮普和盖茨比为了赢得伟大的"奖品"而努力。伊丽莎白·本内特要在帮助家人的愿望和坚持原则的决心之间找到平衡。安娜·卡列尼娜试图摆脱繁重的社会枷锁。每个场景都给角色带来了压力，并为我们评判他们成功或失败设定了标准。他们不能轻易放弃或回避问题。所有戏剧性的情境都会将主角包裹于其中，向他们施加压力，并迫使他们付出一定代价。

电影可能和小说一样能够呈现故事的物理环境，但角色对所处境遇的精确心理状态在很大程度上无法通过视觉方式体现。电影无法让观众直接进入角色的内心，但可以试图让他们站在角色的立场上，从角色的角度感同身受，并想象和体会那些"鞋子"是如何"不合脚"的。

✎ **练习**

> 在影像改编的过程中，原著小说里的情境可能需要简化，但仍然必须清楚地保留故事的"游戏规则"（浪漫、悬疑、对峙），这是故事展开的基础。用尽可能简短的语言描述角色的"处境"，这将构成你所重述故事的核心部分。现在扩大你的叙述，尽可能将小说情境的各个方面都囊括其中。这将形成故事的框架。对于任何改编来说，挑战都在于如何在有限的时间内从故事的核心扩展到外表。

◎ **动机**

原著文本还赋予了角色欲望和目标。但在纸面上直接书写的内容，在银幕上可能难以直接传达。角色的行为动机可能并没有向其他角色透露过，甚至连他们自己也可能不完全清晰。然而，作为编剧，你需要知道剧中人物的"原理"，并通过对白和行动的方式将其"运转"起来。扮演这些角色的演员不应该被迫回到书中去"寻找他们的人物"。

动机定义了角色并催生了行动，这些动机同样很少是单一或直接的。安娜·卡列尼娜不仅仅想要一段风流韵事，就如皮普不仅仅想得到金钱。他们更深层的驱动力难以被简单归类。同样，马格威奇对皮普曾经的出手相助存有感激，也满足于自己有能力"制造"一个绅士的成就感。哈维沙姆对男人的怨恨驱使着她，同时她也为自己将艾丝特拉打造成复仇武器而感到愉悦。伊丽莎白对达西的态度转变也可能源于她看到彭伯利的庞大庄园！有些虚构角色之所以引人入胜，正是因为他们的动机如此复杂。盖茨比在黛西身上看到了什么？保留模棱两可，你就保留了成就一个角色的关键因素。

图 4.1　马格威奇在澳大利亚致富后，决定为皮普做些事情。部分是出于对这个小伙子所作所为的回馈，部分是因为皮普让他想起了自己所失去的和皮普差不多年纪的女儿。里恩的电影也充分表现了这位前科罪犯为自己作为皮普收获尊严的来源而感到的欣慰。不同动机的结合反映了错综复杂的情节和金钱与道德之间的主题关系，这正是《远大前程》小说和电影的核心。

✏️ 练习

　　角色不同的欲望在小说中可能存在丰富的起伏和强弱变化，但在电影的紧凑叙事框架内可能需要保持相对较为恒定的节奏。聚焦于你的核心角色。他们的主要驱动力来源是什么？现在不参考任何原文文本中的描述或对话的前提下，为他们写一段简短的发言稿（只需数行），让他们生动且坦率地表达自己最核心的渴望或恐惧。这些话可能不适合让他们在最终的剧本中说出口，但应该构成他们在剧中所言所语的底色。

> 确定了角色动机的核心后，现在看看是否可以挖掘出更深层次的内容。以盖茨比为例，他不仅仅因为对黛西的美貌而渴望得到她。对于他来说，也许黛西象征着他生活中更高的价值和意义。那你笔下的角色呢？他们是被普通的物质所吸引，还是被更具抽象甚至象征性的因素所驱使？

◎ 阻碍

角色通常受欲望驱动，故事也因角色在其中所受到的阻碍所建构。故此，除了了解角色的目标和目的，观众还需要知道角色面临的障碍，以及他们为克服这些障碍甘愿付出的代价。某些力量迫使你的主人公采取某种行动，另外的一些力量迫使他们不采取这种行动。两者之间的摩擦产生了使故事有趣、结果不确定的戏剧性热度。

众所周知，任何戏剧的引擎都由冲突所驱动。这主要包括四种类型：

A. 关系冲突（个体与个体）——角色之间的竞争，不同或相同的目标［如皮普和本特利·德鲁姆（Bentley Drummle），盖茨比与汤姆·布坎南］

B. 环境冲突（个体与环境）——角色与自然之间的对抗［如《白鲸》（*Moby Dick*, 1851）中的亚哈布船长与白鲸］

C. 社会冲突（个体与社会）——角色与某个群体的要求或期望不合（想想安娜与世俗的眼光）

D. 内部冲突（个体与自我）——角色与自身的矛盾，或与自我冲动进行的斗争［如《化身博士》（*Dr. Jekyll and Mr. Hyde*, 1931）中的杰基尔与海德］

显然，C和D对改编提出了更大的挑战。

再次强调，所有真正有趣的角色都卷入了一场跨越并纠缠着不同可能性的冲突。伊丽莎白的独立精神使她与家人甚至自己的物质利益发生冲突。皮普和盖茨比都在为被更广泛的社会群体接纳而挣扎，但迈向成功的最后障碍是他们渴望已久的爱慕对象，而埃斯特拉和黛西都无法以同样的方式回馈他们所渴望的爱情。

罗伯特·路易斯·史蒂文森（Robert Louis Stevenson）的小说《化身博士》（*Strange Case of Dr Jekyll and Mr Hyde,* 1886）是现代心理惊悚小说中最脍炙人口的

作品之一。之所以具备如此高的地位和价值，一个主要原因是其对于叙述线索的巧妙搭建。除了作为一个内心分裂者的缩影，杰基尔博士在寻求证明他的科学理论的过程中，既反对人文秩序，也反对自然秩序。史蒂文森的小说结构非常分散，他有意让杰基尔与其他角色隔离，使人物关系的冲突并不明显。而经过改编，电影通常会通过填充杰基尔的社交世界并制造外部冲突来弥补人物冲突的缺失。

图 4.2　任何对于这部小说的电影改编，如鲁本·马莫利安（Rouben Mamoulian）的《化身博士》（1931），几乎总是难以避免将杰基尔置于浪漫环境中。即使冲突与阻碍主要停留在角色自身的内部层面，在电影改编中拥有一个有血有肉的实际反派来代表与主人公对立的无形力量也至关重要。

图 4.3　查克·帕拉尼克（Chuck Palahniuk）的小说《搏击俱乐部》（*Fight Club*，1996）是一种对于杰基尔与海德故事的后现代演绎。大卫·芬奇（David Fincher）1999 年的改编版通过布拉德·皮特的表演赋予泰勒·德登（Tyler Durden）一个直观的银幕形象而严重"误导"了观众。

在第 3 章，我们探讨了如何通过冲突来构建行动。在这里，我们需要考虑如何让角色付之于行动。你笔下的角色面临什么障碍？谁或什么是"反派"？在剧本的哪个部分，这种斗争的本质表现得最为明显？它将如何通过动作和对话来体现？

◎ 地位

在某种程度上，冲突涉及对权力的争夺。这也可以表现为几种形式：

a）地位 —— 在某个组织或等级制度中崛起，或衰落

b）控制 —— 掌握局势，能把自己的意愿强加给别人

c）自治 —— 实现了独立、成就和摆脱外部索求的自由

故事几乎总是让主要角色在地位上发生变化，这种变化可以通过故事世界中提倡的"物质"价值或观众被鼓励认同的"精神"价值来衡量。

从某种意义上说，皮普的社会轨迹非常清晰，他始于低谷，迅速攀升，但随后又一落千丈、重回原地。小说揭示了这一过程的"虚幻"本质。他的所谓社会价值的提升其实是真正的绅士风度的流失，而（讽刺的是）这种风度永远停留在与温和的铁匠乔共同锻造铁器的那段时光。整个社会结构都由虚无和谎言所搭建。小说以皮普最后独自站在原地为结尾，他在巨大奢望与期待中失去的东西，又在惨痛教训和自知之明中重新找回，并最终在读者的心目中获得了比很多其他角色高的认同。他是一个好人（尽管不是一个快乐的人）。

这种从物质过渡到精神的价值转变是所有故事讲述中最常见的手法之一，也是（多数）电影观众所期待的。因此，大卫·里恩的改编背离了狄更斯令人感到压抑（抑或模棱两可）的结局。里恩的改编让皮普最终赢得了心爱的"奖品"，地位奇迹般地转变为童话里的王子，唤醒了属于他的睡美人。在整个原著故事中，皮普几乎无力改变身边的一切，而里恩却赋予了他在艾斯特拉冰冷的心中点燃一团炽热火焰的神奇力量。

传统上，好莱坞喜欢讲述那些个体通过保持"真实"自我而最终获得胜利的故事。或许这就是为什么像《傲慢与偏见》这样的经典作品一直在被改编成不同版本电影的原因。无论周遭环境如何变化，伊丽莎白都保持了她的本真，并得到了爱情和财富。这有什么不值得欢呼的呢？

你的主要角色在社会阶层上处于什么地位：高／低，主导／附属，强大／无力？剧本中的什么地方最能反映他们的地位？哪些地方可以视作角色地位发生变化的显著信号？这是你在考虑语言和对白的适当性时需要关注的问题。

4.2　行动与互动

纸面上的人物主要通过文字描述来展示。银幕上的角色则通过他们直观的行动、反应和与其他角色的互动来呈现。角色在与他人的直接接触（合作或对抗）中最能被清晰地展现出来，而且通常负责改编的编剧必须在小说作者赋予角色"生命"的基础上为其增添"活力"。

◎ 第一印象

可以假定小说家对主要角色的呈现已经成功地引起了读者的兴趣，但在电影改编中，还不能仅仅满足于文字叙述中的内容，我们还需要找到其他方法来实现文字到影像的转换。我们需要让观众与角色并肩，并激发他们的好奇心（"这是谁？""他们为什么在那里？""他们在做什么？"）。让观众提出问题将使他们更主动靠近角色，并开始从他们的角度看待事情的发展。展示角色在日常生活中的状态将使他们在故事中脱颖而出并建立一种行为常态。在他们以自身标志性的方式应对一些常规事态时，会引发观众的认同或好奇心。

图 4.4 和图 4.5　在没有任何言语的情况下,《老无所依》中的精神病患者安东·奇古尔（Anton Chigurh）和《阿甘正传》中的主角通过标志性的动作登场。阿甘的单纯通过他面无表情的凝视以及夹在一本少儿读物中的一片羽毛被无声地宣告出来。与他不同的是,在奇古尔身上,我们不由自主地将这种情感缺失的表现视为"邪恶"。

一部小说通常分阶段引入角色,读者通过想象认识他们。就像接触一个构造精良的物品一样,读者可以深入了解并剖析它的结构,从多个角度对它进行观察,将其翻来覆去地检查。电影观众没有这样的机会。角色在一瞬间出现在镜头里。随着故事的进行,我们会更全面地了解他们,但就像在生活中遇到一个真实的人一样,第一印象很重要。

大卫·里恩在《远大前程》的开场突出刻画了皮普的纯真、脆弱和孤立的形象。这个男孩清理了父母的坟墓,在突然出现的马格威奇面前表现得惊慌失措和无助,随后鼓起勇气承诺为其带回锉刀和食物——所有这些举动都为展现他的天性奠定了基础。当皮普后来屈服于原始的冲动,而原著故事又大有将其演变成一个势利之人的进程时,观众可以凭借长时间积累的对幼年皮普的感情和在电影前三分之一中对他投入的同情原谅成年皮普（旁白中还有年长的皮普从对自身了解的角度描述两个不同阶段的自己）。

在《一则很短的故事》中,我们几乎不必费力引导观众去关注海明威笔下的这对恋人。屋顶派对以他们为中心,当其他人走下楼梯离开时,更不妨碍我们将注意力集中在二人之间的眉目传情和相互吸引上。在类似的开场时刻,与其试图表现主要角色的"与众不同",不如简短地表明其他角色的无关紧要。

✎ **练习**

> 　　我们将以何种方式见证你笔下主要角色的首次登场？他们会在瞬间引发观众什么思考或情感？这将如何适当地定位潜在的观众群体？当然，这很大程度上取决于你希望电影叙事始于何处，而其中一个重要因素在于你的主要角色需要拥有在银幕上可被瞬间识别的核心品质。

◎ 仪式

在考量哪些场景是必不可少的时候，首要保留的是那些将你的角色置于揭示他们动机、说明他们困境和戏剧化他们所面临的冲突情境时刻。影片中的每个场景都该被以图形形式呈现故事纠缠不清的困境，并将角色的心理状态（目的、愿望、疑虑、依赖）转化为在他们之间来回传递的可见符号（语言、手势、互动、物品）。

基于这个原因，戏剧元素无论是在舞台上还是银幕上，都喜欢"聚集"。将内在压力外化，加上"可见"的需求使得角色们被置于同台、共同面对差异、共同被推出舒适区、共同被挤进具有高度社会影响力的情境中并且无法轻易逃离。这样的场景具有很高的戏剧价值。办公室、监狱、法庭、审讯室、医院病房等地，都具备某种形式的高戏剧性浓度。

《傲慢与偏见》中的舞会和聚会是非常正式的场合，受到严格的社交礼仪和规范的约束，有严格的行为准则。这些舞会代表了公共与私人之间的交叉点，在那里相互矛盾的价值观之间发生着冲突和碰撞。角色为了权力和地位进行较量，这些场合总是具有一种明争暗斗的气质。无论是对一位舞伴的争夺还是进行一场据理力争的言辞之战，角色都在一个充满敌意的环境中你争我夺。相比之下，杰伊·盖茨比举办的聚会更像是一个万人空巷的欢愉派对。在书中，他很少出现在派对上，但这些派对起到了一种精心筹划的求爱活动的作用。他希望黛西会出现，亲眼看到他的成就，看到他的美国梦终将成真。

图 4.6　面对杰基尔这一角色本身的"行动力"不足，小说最早的电影改编版本设立了与他相抗衡的权威科学界的代表。将杰基尔置于一个热情的学生和敌对教授们所组成的听众面前，我们可以听到他颇具争议的观点，并感受到他所引发的周围听众的嫉妒、兴奋和闲言碎语（《化身博士》）。

✏️练习＿＿ ＿＿

　　类似于购物、烹饪或乘公共汽车这样的日常行为也可以加入有效的仪式性元素。哪些仪式（可大可小）将有助于构建你的改编作品并使你的核心角色外化？你可能在哪里安排他们出场以便更充分地展现这些角色？

✏️练习＿＿ ＿＿

　　在《一则很短的故事》中，仪式元素（喝酒聚会、手术、写信、读信、火车站告别等）如何帮助你将其构建为一部完整短片？如果你想将这个故事拓展成一部剧情片，你可能会引入哪些其他的"社交仪式"来拓展故事并丰富角色？作为"压缩"故事事件的有效手段，你可能会发现你需要为自己的改编作品引入象征性的仪式元素。

◎ 越界

不合群的行为要在规则受到严格限定的仪式性活动中才更容易被突显，比如达西拒绝跳舞、伊丽莎白拒绝达西的求婚、希斯克利夫背对着自己的客人、盖茨比主办的派对上见不到他本人的身影。这些设定都表明他们是"剑走偏锋"的人，他们不遵循尘世的规则，坚持追求自己内心的标准。他们被视为"不同寻常"的人，他们的行为难以被预测，但也因此在某种程度上更加"真实"。作者刻意让他们违反某些社会规范以引起我们的兴趣，并调动我们的期待，渴望意想不到的事情在他们身上发生。人物的塑造过程虽不同，但都会因此变得有趣起来。他们运用那些他人无法获得的自由，来确保自己在个人舒适圈内的自在随性。

图 4.7　凯瑟琳·恩肖（Catherine Earnshaw）与希斯克利夫的关系已经具有社会性越界的特点。在 2011 年版的《呼啸山庄》电影中，安德里亚·阿诺德（Andrea Arnold）引入了种族因素，借此重新诠释了文本。同样引人注目的是电影中出现的亲密感，这可能使观众的观影视角变得像是一种"窥视"。

小说通常会出现越界行为，比如角色犯罪、与错误的人相爱、陷入黑暗"深渊"等。现实主义文本往往更侧重于社会性道德行为。安娜抛弃了自己的丈夫和儿子，无视社会赋予她"贤妻良母"的角色。奇幻故事往往涉及违反现实法律秩序的犯罪。不管是杰基尔博士举起的毒药杯，还是亚哈布船长手中握着的鱼叉，都试图疯狂地摧毁自然秩序、违抗公理。

> 在你的主要素材中，哪里有需要观众见证并感同身受的越界元素？你如何使电影围绕这些时刻来运转？

✎练习___ __

> 《一则很短的故事》中充满了越界行为：护士和病人之间的风流韵事、之后的移情别恋和恩断义绝。如何加深这些"冒犯"，以加强戏剧效果？（比如加入一位医院院长反对二人的关系、在镜头前展露露兹和她的意大利少校情人之间的你情我浓，又或者就在士兵读到分手信的那一刻？）

◎ 选择

与现实生活类似，在书籍和电影中，当角色面临压力、被迫做出决定和采取行动时，他们会展示出真实的自我。在最吸引人的故事中，当角色做出正确的道德选择时，有些选择同时会引发问题。它们是对还是错？我们会怎么做？

伊丽莎白·本内特拒绝柯林斯先生——这个决定建立了她的角色形象，使她超越周围的信奉物质主义的人，并巩固了我们对她独立精神的钦佩。

◎ 危机

故事在危机中逐渐发展。在这里，主角与反派之间、内在目标与外部阻力之间、变革与惯性之间的对立力量达到了顶峰。必须有一方进行妥协。然而，小说很少像电影那样节奏紧凑（或者有计划性）地进行构建，它们并不总是以电影所惯用的方式将戏剧效果最大化。在小说中，最具毁灭性或振奋人心的时刻也并不总是出现在电影改编希望出现的地方。拿皮普来说，他的危急时刻出现在何时？

大卫·里恩的电影改编以极高的效率对事件进行组织，营造出角色心理危机的观感。皮普拯救马格威奇的计划失败后，他去找律师贾格斯，后者向他透露了埃丝特拉真实身世。随后皮普去探望居住于狱中医院的马格威奇，告诉他原以为已经死去的女儿实际上还活着，过着贵族般的生活，并被皮普所深爱。马格威奇听后饱含热泪地离开人世。离开医院后，皮普陷入一种神志不清的状态，晕倒在地。当他苏醒过来时，发现乔正在微笑地看着自己，原来，他此时已经被带回铁匠铺修养。皮普从自己从孩提时代开始就被欺骗和毁灭所纠缠。从某种意义上说，他的危机在于故事整体的情节重担都压他的身上。

如果你的主角能积极地塑造他们周围的世界，而不仅仅是被动地任由环境改变自己，那将是对改编最有利的。《远大前程》中出现的一个改编困难是，皮普做出的决定太少了。如果不是因为围绕在他周围的角色都极为鲜明，以及他在充分意识到自己一直是一个傀儡之后勇敢讲出自己的故事，这个角色似乎会显得过于平淡无味。

他通过对马格威奇的营救，使小说变成了一部具有冒险元素的故事，这从某种程度上挽回了自己无趣的形象。同样值得注意的是，里恩如何在最后时刻让皮普成为英雄：只见他撕下窗帘得以让光线进入室内，挽救埃丝特拉于自我毁灭，以他曾经无法掌控自己过去的方式来把握未来。里恩遵循狄更斯的线索，但将其"绷"得更紧，以创造一个更简单、更具有象征意义的画面。把故事的"道义"镶嵌于银幕之上。

从叙事结构上说，小说无需像电影剧本所呈现的那样整洁有序，尤其在需要给出观众答案的最后阶段反而可能相当模糊。故而在改编过程中，往往需要编剧来加入一个符合观众道德和审美期望的结局。

✏️ 练习

狄更斯写了两个结局。第一个是非常简明的悲伤结局。第二个（如今市面上出版的版本）却相当模糊，皮普预见到"再也没有和她分离的阴影"，而埃丝特拉则满足于二人成为"朋友"。两个结局都没有满足我们看到皮普所受的苦难得到回报的愿望。如果我们觉得里恩的结论过于"整洁"（并且故意不忠实于原著），那么思考其他可能性将是一个有益的练习。里恩显然为了制作一部成功的电影而牺牲了部分对于原著的还原，对小说的忠实度被其他优先事项所替代。如果换作是你在处理此类故事结局时，什么主要考虑因素应该支配你的思考？

可以说，海明威的《一则很短的故事》也因一个"不活跃"的主角而受到影响。相比之下，露兹显然更"有趣"，只是因为她做出了自己的选择和决定。而受限于种种因素，士兵总是被动地接受。他等待信件，按照指示行事，事情毫无预兆地在他身上发生。最终，他被自己（在出租车里）无意中的一个"行为"所毁灭。考虑到"道德选择"的重要性，如果这个故事要在银幕上呈现，就不能单纯停留在一系列不幸的事件中。如果是你会怎么做？如何弥补那些缺失的内容？如何将必要的主动性赋予男主人公？

其他角色很少能独自完成叙事，他们需要帮助和支持来实现这一任务。需要有人站在他们身边，迫使他们做决定，给他们建议、激发他们的想法，甚至刺激他们。因此，在区分哪些角色是必要的，哪些角色是多余的时候，我们应该从观察他们作为主角知己、支持者或煽动者等的功能开始。如果他们不能加深我们对主角的认识或提高我们对故事的理解，那么他们可能就是多余的。

主要角色之外的其他角色必须是剧中人文环境的重要组成部分，为主要角色的行动和反应创造平台。伊丽莎白·本内特需要她的姐姐简，正如皮普需要他的朋友赫伯特·波克特（Herbert Pocket）。银幕上的"忏悔式"的深入交流只有在角色之间存在特定的人物关系时才可能实现。我们需要他们彼此交谈，这样观众才能侧耳倾听。

✎练习

查看小说中的人物关系，看看哪些关系能让你将其中的思想和感觉外化，并创造出反映角色内心生活的行动模式。选择一个主要角色与另一个角色密切互动的时刻——计划、争论等。这里所存在的对话之价值就在于揭示角色潜在的思想和情感。

◎ 物品

银幕天然具备"装扮"角色的特性，并为他们所处的世界增光添彩。大部分的布景可以交给艺术和道具部门管理，但有一些视觉元素可以被提前整合到剧本中。如果观众将主要注意力集中在某个具体对象上，这个对象所存在的意义就会远远超过预期。为你的剧本选择一些可以辅助突显角色性格或故事主题的具有特殊象征意义的道具，这种选择可以加深观众对角色和情节的理解，为你的改编增色添彩。

图 4.8 和图 4.9　这组具有对比性的物品定义了凯茜在安德里亚·阿诺德的《呼啸山庄》中的两个世界：荒野的沼泽和"文明"的会客室。

图 4.10　在《蜘蛛女之吻》(*Kiss of the Spider Woman*，1985)中，莫利纳的红色围巾是对瓦伦丁忠诚的象征。在他获得释放后，莫利纳卷入了瓦伦丁的革命事业。与瓦伦丁面对武力时的顽固沉默一致，围巾代表了爱情战胜压迫力量的胜利。

为了营造恐怖氛围，在《远大前程》中大卫·里恩充分利用了狄更斯对于绞刑架和脚镣的描绘。这些细节既具现实主义，又象征着犯罪与惩罚的主题。故事中贯穿的火焰图像（炽热的锻炉和哈维沙姆房间里毫无暖意的烛火）也成为电影视觉基调的主要组成部分。《化身博士》中的杰基尔看到自己变形的镜子既是现实的物品，也是海德所代表的"他者"的体现。这些都是电影围绕其视觉属性建立意义并"通过物品交流"的例子。改编需要抓住这样的关键物品。

✏️ 练习

从你的文本中选择哪些物品可以帮助"讲述"角色并推动整个故事的发展？

4.3　文化和背景

如果角色没有参与到观众关心的事物中，就无法对观众产生吸引。

更为重要的是，如果角色没有被置身于一个可识别的背景中，观众就无法理解他们。

◎ 价值观

虚构的角色永远处于一个相互关联的文化和道德框架中，对阶级、性别、国籍、种族、宗教等问题持有自身的态度。这种背景决定了他们如何看待世界，什么是"对与错"、"正常与异常"，让他们在其中做出选择。他们可能会有如独立和自由的特定追求，但故事主要会基于他们所受社会力量的束缚和对特定行为规则的约束而展开。

然而，个体观念存在差异。故事中所秉承的信仰和价值观可能与观众有所不同。小说文本可以花时间引导读者一步步进入虚构世界并逐渐熟悉其运转方式。而在电影中，背景必须被迅速建立。观众必须被快速定位，以便他们能够了解剧中的社会如何影响这些角色、塑造他们的观念并构建他们的行为。如果改编未能做到这一点，就无法准确地对小说进行还原。

这种问题在罗兰·乔菲（Roland Joffé）1995年改编纳撒尼尔·霍桑（Nathanial Hawthorne）所著的《红字》（*The Scarlet Letter*，1850）中出现过。小说聚焦于一个17世纪马萨诸塞州的宗教团体，描述了因婚外生子而引发的道德谴责和压迫的故事。然而，乔菲导演的版本几乎抹去了使小说严肃且独特的所有特性，将一个面对来自清教徒残酷的指责打压所导致的身心折磨的故事，简化为一个神父和他的教区居民之间的儿女情长。影片更感兴趣的是原著的氛围，而不是实质内容。剧本让观众几乎无法感受到清教徒信仰中关于罪恶和诅咒背后的道德压力和摧残。它给主角们一系列快乐而圆满的结局，而小说中所探讨的那段刻骨铭心的历史现实则被抛诸其后。

1642年（历史）、1850年（小说）和1995年（电影）之间的文化差异是巨大的。制作一个令人"尊重"的改编作品涉及原著整个世界观的转译，将"世俗"观众的想象力搬到一个深入人心的"信仰"框架中。即使在小说中并未被明确"讨论"或辩论的地方，虚构角色们依然生活在一个充满思想和观念（正义、自由、责任）的世界中，这些观念支配着他们的行动，也必须在银幕上作为现实依据而存在。在改编中，对于价值观念进行转换远比对原著故事进行搬运更为核心。

在阿方索·卡隆改编的《远大前程》（1998）中。他放弃了定义皮普作为书中社会性"生物"的一切可能。因此，皮普只沦为了一个名字。所有的改编都会难以避免地向当下的价值观倾斜，但在对原著故事进行重新定位时，需要保留一些出现在其中的社会障碍和阻力，否则小说中特定的人性问题也会随之消失。

◎ 财富

如果对于《傲慢与偏见》的改编在表面上仅仅是呈现一部华丽的"古装剧"，那么它仍需要传达驱动情节的"露骨"现实。如果要使家族重振旗鼓、重获昔日的财富，本内特家族的女儿中至少有一个要"嫁得好"。尼瑟菲尔德庄园的"限制继承"政策，意味着只能由男性继承家业，而本内特先生则膝下无子。换做当下，这样的情景将（且应该）引起公众的强烈抵触。但任何改编都应该让观众相信，对于本内特家族来说，这就是现实。基于此，伊丽莎白决心为了爱情而非金钱而结婚，也并非易事。经济（尤其是婚姻经济）是这里所权衡的核心因素。失去这个事实，它就变成了一部单纯的爱情片。

皮普和盖茨比的困境也来源于爱情和金钱。他们都有一个痴迷的对象，并都误以为可以通过财富和社会地位赢得。二人皆热切地希望把自己"移植"到上层社会，以便将自己"移植"到追求者的心中。

所有的角色都不能凭空出现。除了具有个人特质之外，角色还属于一系列社会关系的网络：国家、家庭、团体等。他们的社会状况（阶级、宗教、政治、教育和家庭生活）是观众认识一个人物的决定性因素。无论是他们的背景故事，还是自身所处的环境、在当中的地位等，你都需要让观众了解他们"从何而来"。有了这样的基础，就能更容易传达这些角色的想法，理解他们要"去向何处"。

✎ 练习 ____ __

你的角色相信什么？什么想法或准则激励着他们？他们是受道德、金钱、正义、自由还是自己的个人喜好驱使？他们代表了一组因果还是体现了一系列价值观？在你的剧本中，这些价值观将在哪里能得到最直观的体现？

✎ 练习 ____ __

考虑到故事中的社会环境，如何在改编中建立相应的价值观和文化规范，以便观众理解角色的关注和期望？如果你打算在时期或文化上重新对故事进行定位，那么你将如何向观众传达其中的利害关系？

练习

你的改编在哪些地方可能涉及有争议的领域——银幕暴力、不良语言、露骨描写？可能触及哪些文化敏感点？有无可能存在冒犯观众的风险？

案例研究：《一则很短的故事》

欧内斯特·海明威，1924

海明威的故事并不是在一个社会或历史真空中发生的。事实上，仔细阅读上下文可以发现有很多现实因素影响着角色，塑造甚至扭曲他们之间的关系，影响或决定了他们的结局。

我们可以完全确定的少数事实之一是露兹和她的大兵男友都是天主教徒。我们被告知"他们走进大教堂祈祷"。这一时刻的庄重气氛（烛光外的阴影，往来穿梭的教徒，走廊中回荡的寂静）在银幕上很容易被察觉到，但伴随着它的复杂情感就不那么容易捕捉了："他们想结婚，可时间并不足以让教堂发布婚礼公告，两人也都缺少出生证明"。

这里有一种孩童般的顽皮色彩，好像他们正在进行自己的私人仪式。我们应该看到并听到他们立下的誓言吗？编剧应该建立他们与教堂的关系吗？

露兹

（抬头看天花板）

这让我想起小时候。

士兵从一个路过的修女那里捕捉到了一个充满责备的眼神。

士兵

是啊，也让我想起了奥弗林神父打过的耳光。

如果他们的神父用"我的孩子"来称呼露兹，那么过去、现在和未来之间可能会产生一些有趣的联系。毕竟，这是他们在全书中最为"两小无猜"的时刻。

另一方面，这一刻的氛围充满了担忧，甚至焦虑："他们觉得自己好像已经结婚了，但他们希望周围每个人都知道这件事，确保万无一失。"恋人们通常希望公布他们的关系，但在最后一句话中有一个明显的转折，好像他们的婚姻需要某种外部支持，否则就会消失。事实上，大教堂里那个自导自演，甚至有点绝望的时刻过后，他们再也没有以同样的方式"团结"在一起。

当然，这个故事的历史背景也对情节产生影响。在去教堂之前，我们的士兵即将返回前线。他们的爱情孕育于一场人类大规模灾难（第一次世界大战），但却无法在战争之外的世界生根发芽。他们的浪漫爱情在和平到来时迎来转折："停战后，他们都觉得他应该回家找份工作。"这并没有什么出人意料之处。在未知的恐惧和动荡中，人们总是容易紧紧依靠着彼此。正如这两个在他乡战地漂泊的美国"异客"之间存在的如"假日"般的浪漫。但是，一旦"假期"结束，一切归于平凡，相濡以沫的炽热爱情也冰消瓦解。随着露兹送她的大兵回家，她就意识到自己不想随他而去。他们因战争走到一起，却因和平而分离。

如果我们要继续探寻故事中的细枝末节，就不难发现他们共同的宗教信仰（以及他们对信仰的不同态度）是故事背景的重要构成因素。同样重要的可能是阶层问题。虽然文中暗示很模糊，但海明威给任何改编者都留下了可供发掘的细节：在二人分离之际，士兵将返回到芝加哥。这座城市在1918年以暴力、违法和不受欢迎而闻名。我们被告知"他们都知道他不会再喝酒了，也不想再见他国内的朋友"。从她的角度来看，她对"喝酒"和"他的朋友"都是嗤之以鼻的。两人过去常说，他来自"道路的另一头"。这使得露兹站在了"就近的一边"。我们得知，"除非他找到一份好工作，并能在纽约接她，否则露兹就不会选择回国"。而她是一个纽约人——自信、聪慧。我们了解到，她留在意大利"开设一家医院"。在没有正式"认识"意大利人之前，她又开始了一段与驻扎在当地的冲锋营少校之间的恋情。

大多数美国陆军护士都来自工人阶层，但也有一些意欲寻找冒险的机会的女孩来自富裕家庭。露兹是一个试图逃离原生家庭束缚的女孩吗？她是否对自己的恋人也存有同样的期待？当涉及要去拜访她的家人时，士兵所面临的最大阻碍是什么？露兹希望他在哪个领域内取得成功？同时，请留意我们没有被告知的其他事实，比如他的年龄、他的军衔。对于任何改编来说，填补这些空白所做出的决策都非常关键。我们可能还会问（海明威没有在文章中透露）他的伤势如何，以及这怎么影响着故事的走向。

作为读者和观众，我们几乎不可避免地会将角色投射到弗洛伊德精神分析法的概念中。不管它在现实中是否有足够强的科学性，弗洛伊德关于潜意识的概念对我们分析角色的思维和语言具有巨大且持久的影响。我们不仅可以用其来解释虚构角色的思想和行为，而且在对这些角色进行描述时，我们可能会发现，脱离了源自精神分析法的概念很难对角色心理进行概括：自我、本我、固着、否认、力比多、快乐原则、恋母情结。弗洛伊德心理学的关键概念已经成为我们阅读书籍和观看电影的一扇窗口，正如其在这部小说上所发挥的作用。

在思考士兵与露兹以及酒精的关系时，我们可能会将自己代入家庭心理医生的角色当中，对士兵内心的不安全感所表现出的依赖和自我疗愈进行诊断。从枪林弹雨中生还可能足以让人产生对酒精的依赖，但我们还可以发现海明威在故事中提到的一个奇特之处：在士兵接受手术之前，我们得知："即使在麻醉剂的作用下，他仍然硬撑着紧紧掐住自己，以免在半知半觉、话多的时候说漏了嘴。"他害怕暴露自己（对露兹的爱？对死亡的恐惧？某个军事机密？），似乎这是作者给读者和编剧提供的一个"线索"。我们的大兵如此脆弱。如果他任由自己的弱点暴露，会导致什么结果的发生？

◎ 工作坊：审视角色

帕特里夏·海史密斯：《那些离去的人》

对于虚构角色的分析与现实中的精神分析学并无太大差别。精神分析学开创者西格蒙德·弗洛伊德（Sigmund Freud）就曾用文学中的人物来帮助描述和解释他在病人身上发现的特征。他深入研究书本中人物的故事，寻求从中提取更深层次的叙事，探索故事线中过去和现在的链接，并对人物难以捉摸行为的模式和触发因素进行归因和诠释。为了更清晰地展现雷的内心世界，并将其呈现在银幕上，我们需要进行类似的侦探工作。

作为一个角色，雷在书中显得有些难以捉摸。他是一个略显遥远且难以被定义的形象。电影的观众并不反感神秘，但他们必须能够投入其中。角色在银幕上不能模糊和优柔寡断。如果他不想显得愚蠢或可怜，他的"被动"必须被以清晰且生动的方式进行解释。然而，出于现代心理学观念（尤其是弗洛伊德式观念）的影响，观众总是警觉地寻找可能隐藏在角色过往或者他们面具之下的东西。

◎ 内疚

雷的"问题"可能难以被明确表述，但我们可以将其归结为几个独立层面。首先，他是一个刚刚丧偶的人。他的惊慌失措不仅来自对于妻子离世的震惊，还有因此产生的某种难以名状的愧疚感。

我们发现雷在佩吉自杀时正在拜访另一个女人，海史密斯本可以将这一点设定为他自责的原因。但雷并没有外遇。作者提出了不忠的可能性，却立刻排除了这种可能性的存在。如果真的是他"伤害"了自己的妻子，也一定不是以任何传统或客观的方式。由此，我们被带到了雷良心深处一个无法被定位的领域。

困扰他的不仅仅是佩吉的自杀，还有佩吉与雷的婚姻并未让她觉得生活变得更为值得这一事实。将这一想法植入雷的心中，并使其成为他自我质疑的核心并不困难。雷可能不禁要问，如果嫁给另一个男人，会让佩吉的生活变得更好吗？而自己作为丈夫，是否本可以避免这场悲剧的发生？

◎ 方案

· 他的痛苦在多大程度上来自对逝去妻子的哀悼？又在多大程度上是为自己形象的崩塌而遗憾？

· 我们如何准确传达他的自我厌恶（对自己安全的漠视，渴望沉溺于酒精，迷失在未知的环境中）？

· 在银幕上，我们是否需要看到比小说所提供的更多关于二人婚姻生活的场景？如果是这样，这会减弱还是加剧对于雷愧疚感的表现。

· 雷可以表达对自我的怀疑。对此电影还应该如何为他提供一个自我质疑的机会？我们需要在他与伊丽莎白的关系中看到这一点吗？

◎ 忏悔

在故事中，雷遭受到了双重束缚：误解和诽谤的可怕折磨，以及无法为自己辩护，甚至无法找到一个倾听者的困境。这种境地对于不处于其中的人来说，"显得荒谬而非可怜"。无论他的"罪过"是什么，他都感到自己有必要"忏悔"，但科尔曼不愿意倾听。他寻求某种救赎，而科尔曼拒绝提供任何使他得到解脱和安慰的机会。

雷的挫败感远没有结束。即使自己险些丧命于科尔曼的怒火中，他仍然难以寻求警察的帮助。佩吉的离世让父亲的恼羞成怒和丈夫的悲痛欲绝在此刻交汇："你看，他也是一个因悲痛而疯狂的人"。雷不仅无法采取行动，还必须保持沉默和克制。他并不渴望与岳父达成和解并得到其由衷的原谅，他只是想谈谈，让人们理解他无法挽救佩吉生命的事实。而雷的这些被动行为都无助于将故事的情感温度匹配到故事中相应的戏剧性热度。

另一个将雷视作"英雄"的困难在于，他给人以较强的需求感。这并非一种能够吸引人的特质。我们可以理解他为何如此渴望表明自己的清白，但作为观众，我们没有必要和雷一样在意科尔曼的想法。其次，作为"天性"多疑的群体，观众几乎不可避免地会期待叙事中出现一些意料之外的惊喜，而发现没有这样的惊喜就会让他们大失所望。

◎ **方案**

· 雷是否需要指望一些比"理解"更具决断力的东西？除了一场"对话"，科尔曼是否应该拒绝雷的一些更具实质性的请求？

· 如何建立雷的毫无保留和心口如一，没有任何内心深处阴暗"角落"的形象？

◎ **现状**

有趣的是，小说的作者海史密斯确实为雷的不安全感提供了一些"线索"。

他觉得生活失去了意义，这要追溯到佩吉离世之前："很久以前就开始了"。我们所了解到的有限的背景故事里暗示着一种雷的社交焦虑："他的……家庭有一层似有似无的隔膜。因此，某种程度上，他难以找到属于自己的立足之地"。他可能看上去略显高贵，但他薄弱的自信和缺失的成熟并无法与之匹配："被自卑情结困扰，相貌尚可，相当富有，尽管没有什么了不起的才华"。

◎ **方案**

· 我们是否要让他成为典型的"美式自信"的糟糕产物——富裕、特权，脱离群众？（在书中科尔曼暗示了这一点）。

· 我们是否要展现一个世俗老练的薄金外衣下所包裹的不谙世事的稚嫩男孩形象？

· 雷的社交焦虑应该如何表现？过度的深思熟虑是否会被视为成熟老

练的象征？还是太"墨守成规"？

· 这一切如何揭示他与佩吉的婚姻？这场婚姻是否给人以镀金牢笼的感觉？我们被告知，佩吉不仅对婚姻生活毫无准备，还过早地对其感到厌倦和疲惫。

◎ 无感

科尔曼认为雷暗中渴望结束自己的生命："他的眼神透露着自己的诉求"。首先，雷并非一味地想追求死亡，但同时他也不清楚自己是否愿意积极地活下去。佩吉的离去让他质疑生活的价值，从中他难以找到解决问题的答案。某种程度上，科尔曼在叙事中的作用是加速雷的心理危机达到极端的程度。而对于他究竟是否想结束自己的生命，最终的答案，从雷在朱代卡与伊丽莎白的交流中我们得知，答案为一个肯定的"是"。

如果我们仔细寻找关于雷的内心状态相关的线索，我们可能会在原书的字里行间发现一些蛛丝马迹："就好像是一个幽灵"，好似"无形"。科尔曼推测"雷想要近距离感受死亡的气息"，"想要逃离自己"。在哲学和心理学层面上，雷都显得无根无基且空洞无物。对此，我们可以对正在改编的文本范围之外的内容进行一些有益的研究。海史密斯的作品通常被认为受到存在主义的影响。这种哲学体系认为人类行为是由对自由和个人责任的原始恐惧驱动的，我们会竭尽全力逃避自己可以自由选择生活方式的这一事实。雷·加勒特是否经历了一场关于存在的危机？

"存在主义时刻"是在悬崖边向下望去时的感悟，回头是岸还是坠入深渊完全在于自己的选择，不受任何其他事物和人的预判和干预。这正是人在试图结束自己生命时所面临的选择。像安娜·卡列尼娜一样，雷的生活是否经历了突然袭来的空虚？

在佩吉死后，"他和现实世界之间降下了一层虚幻的帷幕"，但这种虚无感似乎早在他们结婚之前就已存在。也许，从根本上说，这种想要感受到现实的需求背后是他渴望被"理解"的原因。被理解就是被真实地"看到"，因此而感受到自己真实的存在。威尼斯的神奇之处就在于它有消除这种"非存在感"的"魔力"。而雷的这种对于"现实感的缺失"是否像《搏击俱乐部》中发生的情节一样，很多时候他在赤裸裸的攻击面前拒绝还击的原因在于，至少身体上的痛苦是可以被真实感受到的。

◎ 方案

· 我们是否需要在改编中暗示雷在某种程度上觉得自己应该承受科尔曼施加在他身上的一切？雷是否有一种自虐倾向——至少不抵触暴力对他做出的"审判"？我们需要决定银幕上的雷是想单纯逃避痛苦还是在潜意识里寻求惩罚。威尼斯背街小巷对他的吸引是否渐渐演变成了最终他对自我迷失的渴望、一种对于社会性死亡的追求？

· 雷在威尼斯迷宫般的河道中漫无目的地游走是否具有重要意义？我们是否应该展现他在水面下和自己伤口前沉思？他是否有过自杀的想法？

· 科尔曼的对雷的论断是"软弱且神经质"。同样，除非我们能使观众看到他有勇气直面自己内心的深渊，并真诚地面对自己在其中的所见所知的一面，否则这并不是一个主人公身上所应该具备极具吸引力的特征。

问题一如既往地对准了如何将这种对于现实的"丧失和回归"具象化，以便观众可以"看到"并感受到它。如何在视觉上表现出他的自我怀疑和不安全感？他又是如何克服或接受这一点的呢？雷在高烧中的幻觉可能会让我们想起皮普在离开贾格斯房间时的昏厥——这使得他从过往的妄想中回到现实。

◎ 反思

对一个角色进行思考，意味着思考所有的角色。我们通过科尔曼来理解雷，反之亦然。实际上，他们以奇特的方式联系在一起：既是猎人与猎物，又如同"父与子"，也对同一个人的离去感到悲痛。他们对彼此有着惊人的洞察力，也都被困在一场此消彼长的致命斗争中。但他们也同样有着共通的情感，即使科尔曼没有承认，雷也对此深信不疑。

换句话说，雷和科尔曼构成了所谓的二元结构，两个角色存在于一种相互作用的关系中。在这种关系中，他们中的任何一人都不能轻易地独善其身。二人陷入了一个恶性循环的彼此捆绑中：除了让科尔曼"听到"他的心声，雷没有其他能使自己满足的方法。除了永远让雷"沉默"，科尔曼没有其他满足自己的方式。

◎ 方案

· 以观众所能看到和听到的方式，这种棘手的情况如何通过角色之间的行动相互回应和反映？

· 在这个剧本中我们可以埋藏多少重复、颠倒和反转，才能不显得做作和刻意？如何让一件作品不暴露其身后的设计师？

◎ 科尔曼

科尔曼也是一个谜。海史密斯笔下的他既为人强势又令人鄙视。我们被告知他既是一个"自给自足"的人，又是一个"无能的人"（靠他所追求的富有女性生活），这给人一种非常不统一的印象。海史密斯似乎将任何改编都需要竭力避免的相互矛盾的印象交织在了科尔曼身上。这个人物，我们将在第5章中继续回顾。

◎ 佩吉

佩吉在书中是一个给人留下深刻印象的人物，但她并没有以一个现实的形式存在，而关键点就在于此。她的与众不同在于一种小说无法完全解释的"不满足"感。雷"对她的精神状态一无所知，对自己没有注意到任何不同寻常的迹象而感到自责"。通过科尔曼所说的"庇护般的生活"，我们可能会发现佩吉对婚姻同时存有不切实际的期望。她口中"世界是不够的"成为她的标志性说辞，这也许是对那些曾"庇护"她免受世界伤害的男性们的一种变相的指责。她的浪漫和理想主义本性可能是自身所受遭遇的罪魁祸首，但其身边的两位男性却为她在生活中找不到持久的满足感而承担一定的责任。

在艾克塞尔酒店的谈话中，雷提到了佩吉的心理医生，以及她声称需要"与我之外能够尝试向她解释什么是现实的人谈谈"的需求。听后的科尔曼立即将"现实"与性联系起来，他似乎得出了佩吉是一个不愿高度配合的伴侣、而雷提出了不恰当要求的结论。

◎ 方案

· 首先，我们需要决定佩吉在观众视觉上的"存在"程度。我们是否会看到她在银幕上真实的出现？如果是，她是否只是一个被发现在浴缸里自杀的人？我们是否要让观众以闪回的方式看到雷对她的回忆？我们是否要展示她死前失望和沮丧的状态？这些选择将影响观众对二人婚姻及对雷所失去生活的认识与理解。

- 另一个问题：我们该如何处理性？尽管小说没有呈现任何情爱场景，但当雷意识到"他们的婚姻并没有如预期般顺利，也没有让他们两个人都获得幸福"的时候，他将这种失败归咎于佩吉的欲望——贪得无厌且难以满足。科尔曼指责雷对女儿要求过多，但讽刺的是，事实恰恰相反。鉴于亲密性和刺激性在小说中的供应短缺，我们可能需要最大限度地放大这些因素。如果不展示他们在一起时的状态，就无法传达雷所失去的生活。

◎ 伊丽莎白

在小说中，这位"桃面女孩"的主要功能是成为雷可以打开心结的"钥匙"。在雷戏谑地重述自己的身份时，他向她"坦白"了一切。伊丽莎白这一角色为改编提供了"便利"，我们可以任意对她进行全面的描述，以提供观众需要了解的一切。

塑造伊丽莎白的人物形象对塑造意大利的风土人情（热情、慷慨和松弛）具有正面意义，显然雷对此表示接纳并受到治愈。伊丽莎白渴望离开威尼斯和家庭生活的束缚，这与雷对这座城市及其氛围的欣赏形成反差。她对雷的疑心同时映射了雷对自己的怀疑，但她发现雷有趣、有吸引力（甚至有危险）的这一事实让雷具备了我们希望他拥有的主角光环。

但在改编中处理雷与这位年轻女子的关系将是一项微妙的操作。如果处理不当，可能会严重损害他的"性格"。太过过于肢体化，雷就会显得冷酷且直白。太热情，就会显得伊丽莎白的作用不过是一个方便倾听的对象。如果她要在雷的"康复"中发挥重要的作用，二人所交换的情感就必须具备变革性的特质。

小说第6章描述了他们的第一次"约会"的场景，那是紧随一段热烈行为之后的平静时刻。所有改编的编剧在尝试找到雷的"心声"以及在他身上发挥作用的错综复杂的冲动时，都可以从这场约会入手。因为这段场景从最初的尴尬逐渐过渡到轻松的调侃，从窘迫的暗示到相互的信任。定义他们的"友谊"将塑造雷同情、体谅和克制能力的重要特质。

他们最后一次共度的夜晚记录了在伊丽莎白的影响下，雷的内心经历了多少复杂变化。他似乎对爱情有了一些新的认识——爱应该是无私的，而不是自私的。也许雷在婚姻中无法完全做到这一点，但他可以在这个年轻女孩身上尝试这一感悟。雷从她的慷慨和与她共处的新鲜感中找到了勇气，让自己能够袒露心声："这用意大利语说出来更容易，那些简单的词汇听起来既不做作，也不刻意，只有简单的事实"。他们的关系就像一场疗愈，以证明生活可以继续。

◎ 方案

- 无法回避的是，伊丽莎白将在我们的电影中代表潜在的"爱情"。我们需要对一系列相应的问题做出具体的决策。他们的关系会走多远？我们是否要冒险让雷看起来像一个薄情寡义的人，在妻子去世仅几周后就与一个美丽的年轻女孩谈情说爱？他们的关系更多的是疗愈还是浪漫？雷是否会受到开始一段婚外情的诱惑，但为了自己尸骨未寒的亡妻而克制自己？

- 与这个年轻女子的互动将使雷更能引起我们的"同情心"。我们是否应该将伊丽莎白的出场提前，让她参与到雷的秘密中，将她更深入地吸引到雷的世界里？还是让她与这一切保持距离，不受雷周围病态环境的影响？

◎ 次要角色

故事中的次要人物将有助于我们理解主要角色。他们的过往和个性可能需要被牺牲或调整，以便更有效地服务主线故事。

改编后伊内兹的角色设定取决于她在多大程度上参与了科尔曼和雷之间的致命游戏。在小说中，她关心雷的安危，但当她认为后者可能已经死于科尔曼手中时，伊内兹似乎并不太在意与一个杀人凶手同床共枕。在小说的广阔画卷上，海史密斯可以轻易淡化这种前后矛盾的印象，但电影不能如法炮制。我们是让伊内兹变成科尔曼"黑化"世界的一分子，还是让她成为其"复仇"计划中的另一个受害者？

围绕科尔曼身边的其他角色，由对他的恐惧和迷恋所驱使，总是漫无目的地四处游走，消耗着自己的心神，慌张地围绕着彼此乱舞。史密斯－彼得斯（Smith-Peters）夫妇对超出他们狭隘认知的事物表现得漠不关心。当科尔曼让他们相信自己已经除掉了雷时，二人立马带着一种敬畏的眼神看着科尔曼的手，本能地紧密向他靠拢："我们会团结在一起"。事实上，他们只不过卷入了一场不存在的罪行，这只让他们的懦弱更加可憎。

即使是那些在主线故事边缘的"配角"，如安东尼奥（科尔曼的"执行官"）和马里奥（帮助过科尔曼的渔夫），也都具有超过叙事功能本身的作用。总的来说，他们代表了那些被视而不见的人。正如雷对伊内兹说："有些人就是这样。他们宁愿走开，或者把尸体推进运河。"可能整本书正是由此命名（尽管这并不一定是电影的名字！）。

最后，对于海史密斯笔下的侦探佐尔迪，他的作用是拼凑出部分的事实真相并阻止科尔曼行凶杀人，但我们可能会问当地警方难道不能处理这个问题吗？让佐尔迪被雷远在美国的家人派来寻找他也并非是什么好主意，也许佐尔迪在银幕上的出现会成为一个干扰，也许他可以留在自己家里。

5 忠实的创新

5.1 创意诠释

到目前为止,我们所讨论的内容都是基于广义上的"忠实度"而展开的,但我们也承认不完全忠实不仅难以避免,同样也是可取的。这种情况可能是因为用不同的方法对故事进行重新讲述而自然发生的。或者,这也可能是反映编剧对故事的不同理解以及其想要如何讲述故事的策略性选择的结果。

如果我们观察那些被反复改编过的文本,就会发现编剧个人的执着和不同的文化背景导致了截然不同的剧作处理方式。一些富有创意的改编挖掘出了故事的潜在思想,而另一些则对原始文本进行了歪曲或颠覆。辨清二者的区别至关重要。

《化身博士》的电影版经历了一些非常激进的修改。随着改编影片越来越坦率地揭示出杰基尔博士实验背后的"真正"动机,我们也可以开始借助弗洛伊德的理论来解释这个"奇怪"案例。有些改编将精神分析法教科书式地应用到故事中,明确地将杰基尔博士的"身体改造"归纳为从自我到本我的象征性转变。

原著作者史蒂文森从未直接描写海德的"夜间活动",而是留给读者想象的空间。但是,没有任何改编会放过跟随他进入这片未知领域的机会。几乎每一部改编的电影都为他提供了可以享受的堕落行为,而这些行为几乎总是与性有关。

尽管可能看起来并不直观,这部中篇小说描述了维多利亚时代职业绅士从容的外表下被压抑的能量。不幸的是,杰基尔的世界并没有跳脱出一个相当狭隘的男性圈层。对很多读者来说,这本书中没有一个重要的女性角色是一件令人震惊的事!

图 5.1　在鲁本·马莫利安 1931 年的改编版中，开场有些不协调地出现了杰基尔博士展示他在琴键上的娴熟技巧（他在自己的客厅里摆放了一台巨大的管风琴）。这可能是为了暗示他的自大妄想。此时，镜头前的这位管风琴手看起来确实像是宇宙的主宰。

图 5.2 和图 5.3　维克多·弗莱明（Victor Fleming）1941 年重拍的《化身博士》毫不掩饰地表现出海德是一个公然的"性狂人"，并为此创作了一个"梦境"场景。在其中，杰基尔驾驶着一辆由他生活中的两个女人拉动的马车（海德的"情人"和杰基尔的未婚妻），彻底陷入疯狂。

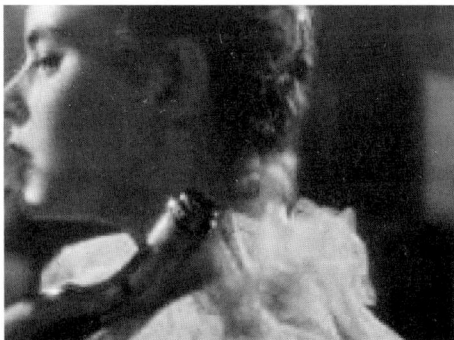

图 5.4　在杰基尔的"梦"中，艾薇被想象成从瓶子里弹出的物体。在故事影像化的处理背景下，这个赤裸裸的弗洛伊德式象征出现得恰如其分。

有些改编对这个故事的处理以"人格分裂"为切入点来探讨社会中存在的虚伪狡诈和药物滥用的问题；有些则引入了性别和种族的议题，比如一个女性杰基尔博士，一个黑色皮肤的海德先生。这些改编都体现了编剧们借史蒂文森的故事与电影观众交流的明确意图和强烈渴望。

有些改编具有明显的局限性和地域性，但依然以自身独有的方式引人注目。在电影《肖申克的救赎》中，最令人难忘的时刻之一当属安迪操控典狱长的广播台向全监狱播放莫扎特歌剧《费加罗的婚礼》中的一段咏叹调的时候。这个场景在原著小说中并没有相对应的情节，但它很好地体现了导演达拉邦特在电影中所表达的主题：艺术的解放力量。这种超然的力量写在了每一个听到音乐的囚犯们的脸上，也在瑞德的旁白中体现得淋漓尽致："在那短暂的时刻，肖申克监狱中的每一个人都感觉自己自由了"。这一场景因安迪的勇敢（他也会为此付出代价）和坚毅与音乐的柔美和感人相交织而深受喜爱。或许，这一幕最令人难忘的原因在于其在整部电影中的格格不入，它看起来更像是一个独立于这部电影之外的桥段，而事实也正是如此。

✎ 练习

> 一旦开始加入独立于原著之外的创作素材，你就很难判断它应始于何时，止于何处。一个灵感可以迅速催生另一个灵感。在你创作出一个事件或场景时，应用以下方法测试其可行性：（a）这是否符合原著小说的主题（无论你如何理解它），（b）它是否能融入电影的整体框架中？

5.2 重塑画面

有些时候，为了能使一个故事在银幕上站得住脚，我们可能需要对其结构进行相当激进的改动。小说通常可以通过叙述和对话，以非连贯的方式对发生在过去的事件进行讲述，使读者得以逐渐将故事的前因后果拼凑成形。对于电影来说，出于叙述紧迫性的考虑，在影片叙事的最前端设置一个带入故事背景和规定情境的序幕可能让你的改编事半功倍。

图 5.5 巴兹·鲁尔曼（Baz Luhrmann）2013 年改编的《了不起的盖茨比》让尼克·卡罗威在医院接受对酒精依赖的治疗。这部电影还将他设定为了一个作者，观众会在电影中看到尼克的疗愈过程。这可能是一个稍显老套的设定，但其作为保留尼克为叙述者这一功能来说是完全可行的手段。

　　有时，原始叙事材料过于含蓄，电影需要一个解释性框架来支撑出现在纸面上的内容。尼古拉斯·罗格（Nicolas Roeg）的《威尼斯疑魂》（*Don't Look Now*，1973）就是一个很好的例子。电影的漫长开场部分完全是一个脱离于原著的全新创作。其丰富的重叠象征和父亲怀里的溺水女孩的标志性形象在达芙妮·杜·穆里埃（Daphne du Maurier）原创短篇小说中并没有对应情节体现。与常规改编不同，罗格和他的编剧艾伦·斯科特（Allan Scott）和克里斯·布莱恩特（Chris Bryant）需要对叙事进行拓展，同时还要克服一些其他（并非不典型的）从改编角度来看会面临的"障碍"。

　　小说故事的开头把读者带入了丈夫约翰和妻子劳拉之间的一场对话中。他们坐在威尼斯（是的，又是威尼斯）一家餐厅的桌旁，窃窃私语地取笑着过往的游客并以为他们编造荒唐的故事为乐。渐渐地，观众意识到他们的"密谋"游戏乃至整个假期都与约翰试图让妻子走出女儿克里斯汀死亡后的抑郁状态有关。

　　作为小说，这样的情节设定本身没有任何特别之处，但它却给改编的制作者们带来了一些难题。首先，电影的观众可能很难从自己眼前的画面中找到情感上的逻辑性和连贯性。目睹这对夫妇如此幼稚的行为，我们首先会认为他们很愚蠢，甚至刻薄。紧随其后得知他们最近刚失去了一个孩子，可能会让这二人在我们心目中的印象变得更加莫名其妙。影片以这样的方式开场，很难让观众与对这对夫妻的同情建立起联系。

小说通过引导读者理解约翰对劳拉心理健康的担忧和关注，及劳拉因丧女而心理需要康复的复杂性和必要性，能够相对轻易地消除这种困惑。读者很容易达成这个家庭并非将悲剧抛诸脑后，而是仍在努力应对，并试图使生活回归正轨的共识。而如果电影以夫妻二人在餐厅的闹剧为开场，并在其后揭示他们所经历的创伤，这种处理会给观众制造难以接受的突兀印象。在杜·穆里埃（du Maurier）的原著中，克里斯汀因脑膜炎死于医院。而在电影中，她死于一场意外。

显然，突然间的溺水比在常规和逐渐的病理性衰退具备更强大的视觉冲击力和戏剧张力，但罗格通过让这种的意外事件的戏剧性上演并不单纯是在尝试营造一个相较小说更让人心碎的景象，也不仅仅试图确保观众沉浸在这起事故所产生的强烈情感冲击中。他还借此机会编织了一个相互关联的人物形象网络，这也成为整部电影的画像。电影中增添的创新元素包括不同的"视觉"主题（景象和愿景）和约翰的职业（教堂建筑修复师）以及他注定要在影片结尾时遇到的"超自然存在"。这些特点都在序幕中就被搭建起来，埋下了供观众探索的伏笔。

罗格将杜·穆里埃关于爱与失去的故事变成了对于观众来说富有生动意象和丰富行动的完整电影体验。通过让约翰成为一名艺术修复师，这对夫妇去威尼斯的行为更具合理性和目的性，同时直面过去的主题也得到了加强。现在，这座城市不单单是一个可供情节发展的便利场地，凭借其老旧的教堂、纵横的运河、交错的桥梁和阴暗的小巷，无言地诉说着发生在这里的故事。克里斯汀因水而亡的事实在电影中被提及的次数和占据的比重如此之高，以至于没有读过原著的观众可能很难相信杜·穆里埃并非以同样的方式来写就这个故事的。

所以，序幕执行了许多重要的前序工作。填补了叙事背景，为角色的经历增添了情感分量，并嵌入了可以在整部作品中反复体现的观念和主题。但是，尽管进行了大量的改编，罗格看起来不过只是在对原著文本中埋藏的一系列的暗示和可能性进行跟进和发展。他所讲述的是与小说相同的故事，只不过更加充实。

尼古拉斯·罗格在《威尼斯疑魂》中所做的事情，弗朗西斯·福特·科波拉在改编自布莱姆·斯托克同名小说的《惊情四百年》（*Dracula*, 1992）中也做到了——但出于截然不同的动机。希望重新审视并振兴这一电影史中最神秘及古老的角色（吸血鬼）的科波拉，提出了两个大胆的想法：其一是将他镜头前德古拉的故事呈现为"真实的存在"，通过回归原著（因此有了这个直白的片名），避免对于原著故事的歪曲；其二是让德古拉不仅性感（甚至过度渲染），而且浪漫。只要票房大卖，那么即使第二个想法会推翻第一个想法，也无关紧要。恐怖与浪漫的结合在当下已经司空见惯（如《暮光之城》），但在1992年，让吸血鬼饱受折磨并成为英雄似乎是一个新鲜而令人兴奋的可能性。

图 5.6　罗格和他的团队通过对《威尼斯疑魂》的改编，把杜·穆里埃的短篇故事所传达的失去和痛苦有力地进行突显并在情感上得到了放大。

　　然而，要实现这种转变，也需要绕过斯托克在原著中所写到的部分内容，并为整个吸血鬼族群创造一个不同的起源。所以，科波拉在电影的前段加入了一段前史，当中的德古拉是一位中世纪的战士，他高贵、勇敢而无私。他心爱的妻子伊丽莎白（没错，又是这个名字），误以为自己的丈夫在战斗中丧生，悲痛之中从高大的城墙上一跃而下，结束了自己的生命。回到家中后的德古拉发现爱妻离他而去，伤心欲绝，愤怒不已。他因此拒绝相信上帝，并对自己施加了一段可怕的诅咒。

　　通过这样整体性的调整，德古拉变得更具人性。布莱姆·斯托克小说中那个冷血的恶魔转变为一个饱受痛苦摧残的受害者，他受到残酷命运的折磨，悲剧性地被他人误解，使得他既令人恐惧又让人同情。如此，德古拉获得了可以被观众理解的行为动机和目的。尽管他因自己的遭遇而对生活充满憎恨，但在面对故事中乔纳森·哈克的未婚妻米娜可能是他所失去爱人的转世这一事实时，德古拉的内心也充满了矛盾。他应该与她再续前缘还是从此天涯陌路？他忍心让她像自己一样生不如死吗？在电影中，德古拉甚至还成了一位哲学家，这显然与布莱姆·斯托克笔下的原型人物有所不符，然而电影的序幕为在银幕上让德古拉复活提供了一个完全合理的框架。

✏️ **练习**

> 用一个美丽的屋顶奇观场景作为电影开场显然是一个很有吸引力的想法，但在重新讲述《一则很短的故事》的故事时，你可能会有充分的理由从完全不同的位置开始自己的电影。在两位主角相遇并坠入爱河之前，用一个序幕介绍二人中的其中一人（在纽约、芝加哥或意大利前线），这样的选择有哪些利弊，又会产生哪些效果？

5.3 调研

在对小说或短篇故事进行改编之前，我们无法预判对其进行调研可能会带来什么成果。阅读点评或评论既可能会限制你的想象力，也可能将之无限放大；了解更多关于作者的信息或阅读他们的其他作品可能会干扰你的写作，也可能为你开辟全新的创作之路。如果故事涉及你不熟悉的领域（历史、军事、医学等），你可能只需"知其然"，也可能需要"知其所以然"。问题的关键在于，如果不去主动探寻，就永远不会知道有什么无价之宝等待着你的挖掘。

如果进一步对帕特里夏·海史密斯进行研究，我们会发现她的创作还受到了《人类心智》（*The Human Mind*, 1930）这本书的影响。该书是美国弗洛伊德学派心理分析家卡尔·门宁格（Karl Menninger）的作品，他在其中归纳了自己在实践中发现的数十种不同心理类型的缩影。根据琼·申卡尔（Joan Schenkar）的评论传记《才女海史密斯》（*The Talented Miss Highsmith*, 2009），海史密斯幼时就遇到了这些案例，并听到了自己与众不同的想象力的呼唤。除了为初出茅庐的小说家提供丰富的素材外，门宁格还坚信精神病患者与常人之间的差别其实微乎其微。在他看来，人从一种状态滑向另一种几乎是在不知不觉间发生的。这也是海史密斯一次又一次在她的作品中所描述的情形。

最有趣的是，门宁格在他的人格剖析反复强调了主体"适应现实"的能力。在他的书中关于"个性"的章节开头，门宁格引用了小说家塞缪尔·巴特勒

（Samuel Butler）的话：

我们一生中，每天每时每刻，都在进行一种适应过程，即适应不断变化的自我和不变的自我，适应变化的环境和不变的环境。实际上，生活就是不断适应的过程。当我们稍微失败时，我们是愚蠢的；当我们彻底失败时，我们是疯狂的；当我们完全放弃尝试时，我们就死去了。在平静、毫无波澜的生活中，内外变化如此之小，以至于在融合和适应过程中几乎没有压力；而在日常其他生活中，压力很大，但也会激发我们很大的融入和适应能力；一种生活是否成功，取决于适应能力是否等于或不等于融入和调整内部和外部变化的压力。

塞缪尔·巴特勒，《众生之道》（*The Way of All Flesh,* 1903）

《那些离去的人》的基本构想可以在这里找到对应：一则关于两个男人的故事，只有一个能够（勉强）适应新的现实，而另一个由于无法消减的压力而癫狂。有趣的是，我们正在研究的这本书和我们正在讨论的电影都是关于"改编"的！

作为弗洛伊德思想的普及者，门宁格对心理类型的描述还利用了弗洛伊德的一个关键临床概念，即神经症和精神病之间的区别。这两种病症都以对现实世界的迷失为特征，区别在于神经症患者对外部现实仍然有感应，而精神病患者则以自身的内部现实取代外部现实。某些情况或创伤可能导致两者都退缩到自己的世界中。神经症患者通过对不堪忍受的现实进行抑制来回避现实。在某些条件下，被抑制的内容会"回归"并以需要被关切的症状形式表现出来。相比之下，精神病患者通过重新塑造现实来应对无法忍受的事实，使这些事实在心理上对他们来说完全"不存在"。

有趣的是，雷伯恩和科尔曼似乎都非常了解对方。在科尔曼看来，雷是一个"神经质者"。尽管雷可能不会称科尔曼为精神病患者，但他知道这个年长的男人被困在一个无法改变的世界观中。雷最终接纳了自己的所失无法被挽回的事实，而科尔曼没有。他处于一种绝对的否认状态，以至于无法接受现实。

这样的推测似乎让我们偏离了编剧的领域，但是走出小说，进入作者的智慧和想象世界，可能会收获一片宝贵的资源，帮助我们更清晰地了解支配故事的人为动力。帕特里夏·海史密斯对人物扭曲的内心充满兴趣。无论是精神邪恶、存在恐惧还是心理疾病，都可以成为她小说的主题，也都需要编剧们在银幕上进行转化——改编。

只有你才能知道哪种创作顺序适合于自己的改编。让我们最后一次回到欧内斯特·海明威，你可以把帕多瓦作为故事的发生地，或者也可以在一个叫做福萨尔塔迪皮亚韦（Fossalta di Piave）的小镇开始你的短片。海明威在1918年受伤后曾在这里的一家医院接受治疗，并与一位护士发生了一段风流韵事，甚至试图娶她为妻。你是否已经听到了医院病房里的海明威敲击打字机的声音？

案例研究:《当子弹穿过大脑》

导演：大卫·冯·安肯

2001年，如梦影业（Hypnotic Films）发行了一部名为《当子弹穿过大脑》（*Bullet in the Brain*, 2001）的短片，由大卫·冯·安肯（David Von Ancken）编写并执导，改编自托比亚斯·沃尔夫（Tobias Wolff）同名短篇小说。

◎ 梗概

一个尖刻的书评人，我们只知道他叫安德斯，正在银行的窗口前排队。排在前面的女人对银行的服务进行抱怨，他以略带嘲讽的语气表示认同。当两个戴面具的歹徒举着枪闯进银行的时候，安德斯只是感到好笑。他似乎完全感觉不到危险，并对他们举枪示威的举动和对老电影台词的滑稽运用进行了一番嘲讽。当其中一名歹徒再次使用了一句安德斯反感的"陈词滥调"般的电影台词时，后者爆发出了一阵不屑的笑声。"就在那时，带枪的男人朝安德斯的头开了一枪。"

随后故事进入了另一个维度："子弹击中头骨后以900ft/s（1ft/s ≈ 0.3m/s）的速度移动，与周围闪电般的突触相比，这是一个如冰川消融般可叹的缓慢速度。一旦进入大脑……子弹就处于大脑时间的调控之下。"时间几乎处于静止，我们被告知他的生活"在眼前闪过"。事实上，安德斯只有一个清晰的记忆，那也是他童年的一个特殊时刻。除此之外的所有事情（关于妻子、孩子、工作）在这个瞬间都没有被他想起。

安德斯记得那是一个炎热的夏日午后，他和邻居的孩子们一起玩棒球。对他来说，这件事值得回忆的原因是，一个随家长由密西西比到访当地的男孩说了一句不符合语法规范的话："游击手是他最好的位置。"（"Short's the best position they is"。）在安德斯生命的最后瞬间，那句话中的后两个词"they is"一直在他的大脑中缓慢回响。

这个故事涉及人的记忆和身份，以及生命早期的觉醒和对沿途中遗落的东西进行回顾。我们很难把在银行排队老练、刻薄的安德斯和在社区参加棒球比赛的那个充满好奇和纯真的安德斯联系在一起。读者可能会想知道成年的安德斯是如何从幼年的他一步步成长起来的，以及那句奇怪的短语（"they is"）对他来说到底意味着什么。

从改编的角度来看，这个故事有很多值得挖掘的地方。但有趣的是，导演冯·安肯显然认为哪怕对于一部16分钟的短片，原作者沃尔夫所提供的素材也是不足够的。显然，他认为把原故事的开头照搬到银幕上难以彰显出男主人公成年后和幼年间的对比。为了将原作主题以影像化的形式呈现，除了对作者所写的内容进行拓展，并进一步对角色进行探究，编剧还应该从何下手呢？延长发生在银行的情节不会为观众建立任何新的认识，反而可能削弱片中枪杀暴力行为的震撼感。

答案是在影片中加入一个序幕。让观众加深对安德斯的了解，并为他建立一个情感背景，以便将故事中发生在过去如田园诗般的意象与片中的结尾进行对比。因此，冯·安肯的电影从去往银行路上的安德斯焦躁地穿越拥挤的城市街道开始。他略带一丝"乡土"气息，比过往的行人都要高上一头，与周围环境格格不入，顽强地抵抗着大都市现代化的涌动。种种这些，在无言之间，他那与周边不和谐的形象被体现得淋漓尽致。

随着喧闹的街头场景逐渐褪去，画面过渡到了早些时候的安德斯站在一群眼神空洞的学生面前。现实中的书评人们一般不会向外界透露太多关于自己的信息，所以在电影中的安德斯成为一名大学教授，讲授创意写作课。瞬间，语言和文字的魅力被激发。

安德斯在巨大的空黑板面前沉默着。他面色沉重，注意力并不在自己的学生身上。只见他不紧不慢地调试着自己的手表、为它上弦并把它放在耳边聆听。无论是在赶往银行的路上还是让学生等待他发言的课上，安德斯都关注着时间的流逝。只是那时的他还不知道自己的时间正在"消逝"。

图 5.7　在电影《当子弹穿过大脑》中，安德斯自我孤立的特性通过其身后空白的黑板得到凸显。

随即，我们见证了一场充满嘲笑、讥讽和操控的课堂"霸凌"。当安德斯勉强开口时，他开始痛斥学生们在写作上的失败："令我惊讶的不是你们写的东西有多的糟糕，那是理所当然的，而是即使这样你们还每周都持续出现在这里。"他的言语充满了蔑视。安德斯趾高气扬地指责他们的易于满足和"无灵魂般的傲慢"态度。尽管自己的长篇大论充满令人费解的陈词滥调，他依然在对学生的表达能力进行着批评和挖苦。他生气、沮丧，希望能从他们那里得到一些真实、真诚、有创意和美感的创作，"但是我见不到，伙计们。"

演员汤姆·努南（Tom Noonan）赋予了角色高大的身材、狂野的胡须和略显激进的秃顶。如同一个"旧约先知"，他渴望得到某种"神迹"，但他面对的是一群被他打入沉默和顺从的空白脸孔。他谈到"从理性中获救"，并以一个令人震惊的跪姿对着其中一个学生问道："你相信吗？你相信你能被一个像单词那样短小的东西改变吗？"

作为观众，我们可能和他的学生一样，无法理解这一切，但这些莫名其妙的行为和说辞对即将发生在影片中的情节进行了暗示。安德斯被一个短语"颠覆"了。原著作者沃尔夫将之描述为"最后两个词当中蕴含的旋律纯粹的出人意料……They is, they is, they is"。

不幸的是，对于安德斯来说，他已经失去了所有的运气。循规蹈矩和墨守成规已经将他蚕食。正如原作故事后来告诉我们的："他不记得什么时候开始用厌烦和恐惧的目光看待桌子上成堆的书籍，或者对作家们因为写这些书而感到气恼。他不记得什么时候一切事情都开始让他产生联想。"电影用"他的学生"代替了"作家"，后来我们看到他坐在桌前兴致勃勃地用蓝笔修改他们的作品。无论是对三流作品发自心底的厌烦还是出于他对自己"三流职业"的羞愧（"能者行之，不能者为师"），安德斯变得无法真诚面对他人。他只听到重复的话语："哦，好极了。"他转向前排的另一个学生："伟大的剧本，对吧？危险阶层严厉的铜管诗歌。"

序幕有助于在安德斯的现在和过去之间搭建一座桥梁，用一个复合型的戏剧形象代表其充满希望而归于失望的整个人生。这一设定加强了人物的语言与记忆、意义与失去意义之间的主题联系。更重要的是，它绘声绘色地描绘了人在成长过程中天性和完整性逐步流失的过程。这可能是非常"美国化"的概念（我们在影片中看到的第一个画面就是飘扬的星条旗）。

在短片中，教室这一场景是脱离于原著的纯粹创造，但重新阅读沃尔夫的故事就会发现，这样的设定并非对于原著的偏离，而是延伸。从这个角度来说，我们可以称之为"忠实"于原著。对于同一部作品的改编，我们每个人都会做出不同的创作选择，但只要制作者的创造力直接根源于富饶的文学土壤，就是对其灵感来源的璀璨致敬。

◎ **工作坊：翻译所得**

帕特里夏·海史密斯:《那些离去的人》

在审视这部小说时，我们对其适合改编的程度进行过评估。我们已经采取了一些尝试性的步骤，把这个故事推向一个略微不同的形状，在其中尽可能提升情节发展的效率、人物刻画的鲜明程度和观众对主题的共鸣。我们还展现并突出了对比：冷静而内向的雷、冲动而外向的科尔曼，死里逃生的雷、穷追不舍的科尔曼。

如果我们给自己更多的创作自由呢？在已经验证了通过筛选、压缩和对某些行动的重新编排来紧固结构的必要性的前提之下，小说中的一些内容的取舍对于编剧来说看起来仍然难以抉择。

◎ **概念**

雷、科尔曼和佩吉有一个非常适合作为电影视觉主题的共通之处：他们同属于一个非常特殊的领域——艺术世界。科尔曼和佩吉都是画家。而作为一个艺术品经销商，雷会把自己在欧洲找到的画作放在他位于纽约的画廊中进行展示。令人费解的是，尽管建立了这一有利背景，海史密斯几乎没有在情节上利用它，并且这一背景在故事本身也没有发挥实质性的作用。而对于改编来说，这是一个礼物，一个让角色们通过行动来表达自己的完美机会。剧中人物可以以一种非常直接和自然的方式，展示自己可能仍被隐藏在书本中的内心世界。无论是在创作绘画还是谈论绘画的过程中，他们都会在不经意间表现出自身的性格特点以及自己看待世界的方式。故事中流动的情感可以通过影像在银幕上得到体现。

作为故事中尚未被开发的资源，这一人物设定还揭示了海史密斯赋予科尔曼个性色彩中的某些不和谐因素。在很多方面，他都被描绘成了一个以物质为导向的人，他"单枪匹马"硬闯美国上流社会，夺走心仪女子的芳心，一路攀升到工程公司的高层，不久之后成立了自己的公司，然后又彻底退出了商界。

我们关于"艺术"和"艺术家"的传统文化性假设被这样一个另类的人物小传彻底颠覆。当然，在现实生活中，著名诗人可以在金融或保险业取得成功，石油高管也可以成为大主教。但电影的观众更希望角色展现出一种与自身形象相匹配的身份特征，他们期待角色身上的每一处细节都作为组成该角色的完整形象的一部分而与自身身份特征相符合。同时让科尔曼成为一名商人、工程师、企业家和艺术家，这有点过分。这些相互"竞争"的印象并没有共同塑造出一个立体的角色，而是一个平面的剪影，两面展示着相互矛盾的形象。

◎ **方案**

· 同样，科尔曼需要被简化。我们可以把他塑造成一个"单纯"的艺术家，但同时采用海史密斯的设定，让绘画和利益、权力以及名望在这个人物身上产生密切联系。想想毕加索！是的，他是个艺术家，但他喜欢像操控画布上的人物一样操控现实中自己身边的人。

海史密斯唯一直接利用科尔曼作为艺术家这一身份的场合恰好非常具有揭示性。书中第8章描述了科尔曼在作画时，会从一个奇特的俯视角度绘制人物，将人物简化为面无表情且勉强可辨认的"形状"。这作为角色本人对周遭世界的俯视、疏离和扭曲态度的外化标志，几乎无法更直白。科尔曼像一个复仇之神，高高在上地对他画笔下的世界进行审判。

◎ **方案**

· 如果这是呈现科尔曼心灵窗口的直观视角，那么他是否以同样冷漠和疏远的方式看待自己的女儿？他的暴力行为是对自身所处环境的不屑态度的延伸，还是失去唯一至亲后本能的反应？小说对此留下了一些疑问，但出于清晰性的考虑，编剧们的剧本需要引导导演、演员和观众找到答案。

· 在确立故事中关于人物对所处现实和自身身份认同的主题之后，视觉的艺术也为表现和激活雷与科尔曼之间的冲突提供了我们无法抗拒的机会。

然而，我们可能还清楚地意识到，如果要在影像方面继续进行"突破"，还需要在海史密斯提供的素材基础上补充更多内容。

◎ **如果……**

· 如果雷在艾克塞尔酒店当着旁人的面向科尔曼提出给自己的画廊捐赠一幅画，会怎么样？这将立即把海史密斯故事中松散的叙述线索凝聚在一起——给雷一个主动前往威尼斯的理由，为二人之间的斗争赋予外在表现形式。在其中，科尔曼作为艺术家扮演上帝的角色，而雷则是一个遇事求神拜佛的普罗大众。尽管科尔曼自己还要依赖情人在经济上的支持，但他可以随意指责雷才是真正的寄生虫。这是否给我们提供了一组直观的人物设定：一个身体强壮、武断，甚至鲁莽的中年男子，和一个在思想上内化且对生活充满不确定感的青年？

· 如果雷想从科尔曼的手中拿回后者曾在马洛卡夺走的佩吉的画作，会发生什么？科尔曼总是毫不掩饰地争取自己想要得到的东西，而被动又习惯依赖的雷则期望画作会因继承权而自然归属于他。这些特性可以装点改编影片的人物性格色彩。科尔曼的豪夺和攫取，雷的退让和淡然。同样，这幅画会揭示关于佩吉的哪些信息？小说告诉我们科尔曼不喜欢她的作品。原因何在？是因为这些作品代表了她摆脱父权压力的意愿？还是因为她在艺术上比科尔曼具有更多或更少的创新天赋？从某种角度上来说，佩吉"背叛"了科尔曼的审美理念。而科尔曼因佩吉之死所产生的愧疚感是否来源于自己曾经对女儿作品的排斥态度？

- 如果（再进一步）这是一幅科尔曼所作的佩吉画像会如何？小说中，科尔曼始终带着极强的占有欲保留着一张佩吉的照片。这为什么不能是一幅自己女儿的画像呢？科尔曼的掌控欲完全可以在这个物品上得到具象化体现。如果佩吉这一人物的作用已经被简化成了一个具有争议性的单一形象，将这个形象转变成一个雷和科尔曼可以争夺的"实物"具有明显的戏剧效果。

- 如果画作中佩吉所扮演的不同"角色"是关键：比如作为女儿的佩吉、作为新娘的佩吉、作为理想化象征概念的佩吉？每幅画都在无言地讲述着这对父女之间的故事的不同侧面。也许这幅画可能会展示出父女关系中不和谐的一面，这也是科尔曼想要对其进行隐藏的原因。而如果这幅画确为科尔曼所作，我们希望他创作出什么样的作品？不可思议的感伤、无法言喻的丑化、不由自主的狂躁、无迹可寻的隐晦，还是不堪入目的赤裸？

- 如果这个画中出现的形象着实令人感到不安呢？这幅画是否可以露骨？小说中没有采用这种方式的原因之一在于其故事中的人物背景。对于20世纪中期的一位艺术家来说，科尔曼的审美观念令人难以理解地保守："你以为我想让她长大后像大多数女孩那样接触生活的肮脏一面吗？"这种拒绝接受佩吉成长为一个成年女性的态度是否揭示了父女关系中不为人知的另一面？在这里，远离极端的人物性格设定的一个很重要的原因在于，那样设定下的人物发展将掩盖故事的其他层面，并使电影的重心完全偏离于雷的内心挣扎和斗争。

- 如果我们从未看到这幅画，或者只在电影结束时看到它呢？

以上述的方式引导二人的对立，并将人物的目标放在对一幅画的所有权上面，可以开发出原小说中从未涉及的戏剧化可能性。而这二者之间的距离仅有一步之遥。与其说这是偏离于原小说，不如说这是在挖掘其叙事资源并展现其主题中隐含的内容。

巩固这种背景设定将赋予人物冲突更大的实质性，并使悲剧产生更强的共鸣。这个故事中的"艺术"代表了什么？其在雷和科尔曼之间的争执变得生动并具体化的过程中发挥了什么作用？在对故事的"重新呈现"的过程中，剧中的艺术家们用自己的作品揭示了现实，还是在现实之上投下了一层用来遮蔽真实的阴影？当我们看到科尔曼为佩吉所作的画时，我们第一眼看到的是画中的人物还是画家的领悟？在这里，艺术是一种解放的事业，还是滥用的权力？现在，这是一个编剧需要思考的问题！

再次强调，上述这些推测并不代表小说的本质，但它们早已在读者的阅读过程中跃然于纸上了。更重要的是，这些推测为表现人物的对立心理特质提供了一种具体化的手段，并为展现书中核心的基本矛盾建立了途径。雷和科尔曼都表达对逝去佩吉的缅怀，而后者的一幅画既代替了她的物理存在，也在她离去后以一个存在于现实中的形象展示了她在二人心目中的印象。这幅画将为电影提供一个汇聚所有情感和矛盾的隐喻元素的集合。

将去世的女士视为"领地"是可悲的。佩吉受困于自己作为"女儿"和"妻子"之间的身份转换，缺少属于自己的独立空间。她被物化为一种商品、一种艺术品——被创造、争夺和交换，她被塑造为父亲与丈夫的恐惧和欲望的投影。

◎ **方案**

· 如果雷能从精神折磨中解脱的部分原因是他认识到了这一点（实际上，小说本身就已经有了足够的暗示），那么当他被交付"这幅画"时（可能是由伊内兹交给他，彼时科尔曼已经被"拘留"），他会不会立即将其销毁，并解释原因："科尔曼画的并不是佩吉……他只是把佩吉当成了作画的'底板'。"

◎ **调研**

如果想进一步将事物联系在一起，我们可以运用设置背景的方法。威尼斯双年展作为这座城市的双年度艺术节，可以理所应当作为所有角色在汇聚于此的原因。海史密斯的小说发表时正值一个引人注目的文化潮流时期。1964年的时尚展览把充满美国风的波普艺术带到欧洲大陆的各个角落。到了1968年，当时年轻的学生们抗议和抵制将任何奖项商业化，引起了不小的社会风波。这场现实中的代际冲突很容易融入我们围绕着父亲和女儿所创作的故事。

◎ **方案**

- 科尔曼是波普艺术的倡导者［想想安迪·沃霍尔（Andy Warhol）］，还是对这种艺术形式所代表的一切持敌视态度？哪种更能捕捉他的物质主义和强控制欲的个性？他把奖项、名声和金钱摆在什么位置？他是否会嘲笑20世纪60年代反主流文化中的嬉皮士理想主义，还是毫无顾忌地利用时代的红利来获取个人的利益？

这个背景下所上演的戏剧自带鲜活的场景和连贯的叙事。与其是酒吧或餐厅，角色们可以在艺术节中的"美国馆"相遇，环绕在花哨而时尚的装饰之中，被不同的艺术家和追随者所包围。当所有人都沉醉在令人眼花缭乱的氛围中时，雷出现在朱代卡的行为就更加引人注目。此外，这个背景将为电影提供一个标志性的"外观"：长发、翻领毛衣、格子裤和有弹性的靴子，更别提摇滚音乐了！

◎ **方案**

- 编剧可能无法选择配乐或演员，但在脑海中进行视听的想象可以为你提供一种内在指引，为整个作品赋予特定的风格或基调。

◎ **开场**

如果我们选择进行创意性干预，应该从开头就对电影起到创意效果。哪怕不需要一个"序幕"，我们依然需要在原书中呈现的两个戏剧性"开场"之间做出选择。我们可以遵循小说开篇的设定，让观众直接参与到雷和科尔曼的对话和紧随其后的一声枪响，或者也可以从导致这场对话背后的事件开始，雷发现死在浴缸中的佩吉。

以上两种开场方式都能像任何电影制作者所希望的那样吸引观众的眼球，但问题也在于此。在银幕上，其中一种开场很容易掩盖并削弱另一个的影响。当然，佩吉的自杀（书中以回忆的方式叙述）可以用"闪回"的方式呈现，但要把它放在哪里才能避免观众感到突兀，甚至困惑？

一个解决方案是将这两者融合在一起，创造一个沉浸式的多元视觉印象集合，这些印象（在处理得当的情况下）可以辅助确立电影的整体基调，在叙事线中的"过去"和"现在"不断相互切换。

开场镜头可以在发生于餐厅的对话（最初是关于"她"的"神秘"交流）

和雷回到位于马略卡的房子之间来回切换。雷走过工作间，上楼梯，进入浴室。具体的呈现细节由导演决定，但剧本可以为情节和行动谱曲，使枪声和佩吉的尸体在一瞬间所共同形成的双重视觉冲击中相互呼应，传达出雷正在经历的情感冲击，并立即将死亡、悲痛和愤怒这三个关键元素联系在一起。

◎ 主题

经过一段短暂的"黑场"之后，画面和声音可能会慢慢恢复，我们看到深受震撼、打击和处于迷茫中的雷。接下来的场景可以依照小说文本进行，雷站在浴室镜子前，缓慢清洗自己自己被打伤的伤口，科尔曼诅咒般的话语和佩吉死后的惨状交替在他的脑海里涌现，也成为在电影中持续出现的视听元素。

这个随时都可以带领我们进入雷的恐惧记忆的场景可能是这样的：缓慢上楼梯的脚步声，流水声，一只手搭门把手上，另一只手滴着血，无力地垂下。这里没有比手更加直观的形象了，无论何时观众都可以在这部电影中看到手所主导的行动：绘画、抚摸、抓取、"杀戮"，这些动作都会带领我们直抵故事的悲剧内核。重复性的行动将成为电影叙事展开的一个重要组成部分。

考虑到清晰度、经济性、戏剧张力和主题统一，这样的设定有很多益处。科尔曼随后对雷的攻击可能会重新触发、延伸和加强这个记忆中的场景。当然，回忆中可能也包括了雷与佩吉生活中其他有意义的细节和"剪影"。

◎ 渐降

在对《那些离去的人》"来势凶猛"的开头进行设定和定位之后，我们必须关注其可能令人失望的戏剧高潮。

在第19章中，随着科尔曼突然从一群游客中冲出并再次向雷发起袭击，小说中的紧张气氛逐渐升级。然而，科尔曼对雷的袭击以失败告终，他试图行凶的铅管被夺走，他因愤怒而身体僵硬并跌倒在地，浑身多处受伤。而路易吉的帮助，让雷再次得救。对于二人来说，这是一次不光彩的争斗，让两个人都显得软弱和愚蠢。作为读者，我们可能在想："就这？！"但这部电影压根就不是一部动作片，也不会出现一场发生在大街上的惊险枪战。惊悚片所侧重的角度往往在于人物内在的心理状态。

考虑到这一点，我们可以遵循原著，让两个人在警察局中进行最后的"对决"。他们最终都进入一个"封闭的房间,"但就在我们期待一场言辞激战时,科尔曼却选择了对事实闭口不谈:"这关我什么事。"作为编剧,不管这关不关科尔曼的事,我们必须使这一情景关我们的事,以满足观众收获他们所期待的结局。

◎ 尾声

无论我们认为这部小说到底关乎什么,在电影结束时都需要让观众(以思考或感触的形式)感受它的核心。除了剧中发生的外在情节之外,故事最重要的精神内核是什么?到目前为止,我们把"现实"作为关键概念强调。这本书(在某种程度上)是一部惊悚小说,它将现实中的人物形象化为自身需求和欲望的符号(在《当子弹穿过脑海》中,我们也看到了类似的情形),对于人以自身冲动或渴望取代现实的行为有相当深刻的思考。我们改编所面临的挑战是如何将这些内涵外化。一种策略是创造出佩吉的肖像,既作为她被物化的标志,也作为一个观众可以实际见证的争夺目标。但作者海史密斯本人提供了另一个可以很好地服务于此目的的"手段"。

丝绸围巾在故事结尾似乎是一个微不足道的物品。然而,在小说中它起到了重要的作用。它在我们的电影中也可以提供宝贵的价值。海史密斯形象地将其描述为"一个无力的支撑"。这两个男人都将它当作"纪念品",尽管它从未属于过佩吉。雷在意外发生的几天前才"冲动地"买下它,因为它看起来像是佩吉喜欢佩戴的东西。一见到这条围巾,科尔曼就希望把它据为己有,其目的是剥夺雷的对它的拥有权。"现在他一直把围巾放在口袋里。他守护着它。"同样,这条围巾充当了一个具有象征意义的寄托,"人们胸前带着的十字架并非真正的十字架。"这条围巾是一个虚假的遗物。

这里再次涉及天然与制造、现实与人造的"真实性"问题。电影的艺术主题可以完美地凸显这一点。一旦悲伤的氛围被具象化为了一个实物——一个以自身象征概念代表其原使用者的实物,它是否也会变得"不真实"了?

◎ 终曲

倒数第2章的最后几页充满了奇特的瞬间。当雷看到科尔曼陷入疯狂时,他自己也似乎崩溃了。对此,编剧需要自行探究,以评估其对电影的重要性。

我们可能已经创造了一个相较于雷更有趣的科尔曼,前者在故事的最后只是单纯地选择了离开。在全书的最后数页中，他的思路似乎并不清晰，计划也不明确。但是字里行间的一些蛛丝马迹可能依然会被我们察觉：得知伊丽莎白结婚的消息，雷为她感到高兴（他应该在巴尔迪诺外面驻足停下，给她一个遥远的祝福），他注视着玩耍的孩子们（恢复视力和健康的象征），对着啄食的鸽子微笑，他开始重新欣赏这座城市。

在最后一章，伊内兹认为科尔曼疯了："因为你和他的女儿，他完全失去理智。"但雷对这位年长的男子仍保持敬意："科尔曼有信念，即使这种信念是疯狂的。"是因缺乏对生活的激情才让雷在面对悲剧时感到不真实吗？与伊丽莎白和科尔曼的接触是否重新点燃了他内心的生命之火？科尔曼阴魂不散般的追杀是否让他重新感受到了现实的存在？

这些情感应该如何明确表达？雷在内心中是否存有对科尔曼的感激？是否可以让伊内兹把佩吉的画像交还给雷，而后者却拒绝接受：

雷：科尔曼是个好画家，但这并不是一幅好画像。

伊内兹：他哪里画错了？

雷：她不仅仅是他的女儿——就像她不仅仅是我的妻子。

　　他只画了他所看到的佩吉。

伊内兹：你看到了什么？

雷：我曾经没看懂的东西。

伊内兹最后的建议似乎略显"无情"："你应该对自己更有信心——找一个女孩结婚。"海史密斯告诉我们"雷对此无言以对"，但这可能是他第一次准确地说出他对佩吉的感受："你不知道吗——我正在度蜜月。佩吉和我决定把蜜月推迟到画廊开张后。我们本打算去威尼斯——在那里暂时忘记绘画。"

说完这些，他可以真正地"退场"了，留下一个空着的座位。但相比对空虚感充满恐惧的科尔曼，雷并不孤单。科尔曼沉浸在"虚构"的过去中，而雷则从过去的废墟中艰难地爬了出来，并找回了现实。当然，通过对人物进行丰富和再创作，我们可能会被诟病改编突出了海史密斯在原著小说中所尽力避免的多愁善感。

对于那些仔细阅读原著小说的人们来说，其他可能性也会呈现出来。可能被囚禁中的科尔曼在绘画过程中转身对着镜头咧嘴笑的画面会给观众留下深刻的印象。僵尸永不放弃，对吧？是的。但那最后的时刻将是整部电影停留在观众记忆中持久的印象。这是你想要的吗？想想看吧。

Part 3

第三部分
过程

6 开发剧本

本章汇集了关于将小说改编为电影的实用提示和建议，涉及在开始改编之前需要做出的一些关键决定。通过凯特·肖邦（Kate Chopin）的短篇小说《一小时的故事》（*The Story of an Hour*, 1894）作为范例进行分析，并提供了基于这则故事所改编的片长仅6分钟的短片样稿。这里对于编剧会做出的决策提出了一些问题，你可以根据这些问题对文本的部分内容进行评估或重构，如改变故事中的时间、地点或人物，甚至重新书写属于你自己的故事。

6.1 选择短片

我们把最后一个部分的重心放在短片上，这为编剧在真正开始改编一部小说之前所应掌握的写作技能提供了一个绝佳的试验场所。这一过程更注重于直接明了的故事结构划分，但仍充分涉及本书前文中提到的所有观点和建议。因为篇幅较短，短片往往在结构上更简单直接，这是一个显而易见且至关重要的问题。这种相对简单的结构允许你在形式上有"玩"的空间。短片也可以更具实验性，这给你作为编剧提供了充足的创作空间。虽然任何规则都有例外，但短片创作的一般原则包括：

- 少量的角色——最好不要超过三个。
- 有限的场景——如果需要，你仍然可以在时间和空间中穿梭，但尽量避免引入新的场景。
- 避免次要情节——篇幅无法满足支线情节的发展。
- 对话必不可少——这是所有剧本的基本原则，但短片无法实现对于日常交谈的重现，所有对话必须有意义。
- 类型必须鲜明——随着短片的开场，观众即对其类型产生初步判断，编剧应该利用开场确立短片风格的鲜明性。

- 让观众投入剧情中——我们没有时间按部就班地设置事件，短片完全可以从原作故事的中间开始。

短片可能更像一个寓言，你可以针对故事形式使用恰如其分的创作手段。在这里，我们提供的建议是对尽可能多的短片进行观摩，参考不同的编剧和导演是如何对不同的叙事手段进行运用的。不管是改编还是原创剧本，他人使用过的手法都可以运用到你的剧本中。

◎ 什么是剧本？

这似乎是本书到目前为止所探讨的一个核心问题，这也是所有编剧都时刻需要提醒自己关注并做出抉择的问题。在市面上有很多书籍都可以告诉你应该怎么写剧本，其中大多是关于"如何"销售剧本的指南。他们中很多忽视了一个事实，即剧本首先是一种书面文案，这是你作为一个编剧的标志。

与小说的作家甚至舞台剧作家不同，影视编剧的作品很少在电影创作者之外的人面前出现。这催生了一个对剧本最具误导性的说法——蓝图。实际上，剧本的确有"使用手册"的作用，因为它是开展后续电影制作的必要条件。然而，"蓝图"的说法带有一种技术文档的含义，工作人员会按照这个文档制作电影。这不仅否定了电影制作团队（包括演员）的创造性投入，也有可能降低和抹杀编剧自己对于制作当前作品的创造力。剧本不是蓝图，它是后续创作的基础，因此剧本必须构建出电影的核心框架。编剧的任务在于呈现的一篇写作，目的是让读者以电影的视角读取其中的文字，而最终成型的作品需要以与原素材不同的形式出现在不同的媒介上。这可能会引出关于剧本本质的讨论，需要进一步说明和阐释。改编的挑战之一就在于把从小说作家惯用的写作方式向编剧通常使用的话术体系所进行的转化。

◎ 确立结构

确立结构是开始编写剧本的第一步。通常编剧的第一个任务就是起草一个剧本大纲。你可能认为有了"原创"小说，就有了一个现成的提纲。但这里要注意的是，小说与电影所面向的是不完全相同的群体。作为一个编剧，你需要为你所讲述的故事写一个符合电影形式的提纲，这将帮助你确立改编的方向。不要过度依赖于回忆小说的原文，运用你的想象力，而不是记忆力。

这个提纲是一个你可以用来对故事的内容进行改动，并且做出关于结构和形式等多重决策的简要文档。一旦确立了电影的主题核心，你就可以开始考虑结构了。

- 按照原文中叙事的线性顺序，从对你要改编的短篇故事或小说中的关键场景进行总结和梳理开始。
- 这本质上是一种分步提纲 / 分步概要的方法，帮助你衡量剧本的结构。你可以尝试以这种方法开始自己的改编。
- 对原文中描写的动态场景进行高效运用，可以根据情况对场景进行添加或删减，并思考如何将其呈现在银幕上。
- 确保电影的叙事逻辑清晰合理，可以根据情况进行修正或调整。
- 以自己作为编剧的视角对故事进行解读，问自己这个故事的核心主旨是什么。通过分析作品的结构，思考改编的电影还能表达什么更加丰富的内容？
- 问自己一些关于你希望通过自己的改编作品表达什么的基础问题。答案不必和小说原文一致，也无法做到完全一致，但要对自己的作品有清晰的认知。

一旦搭建出了整体结构，你就可以开始写剧本了。

- 展现，而非讲述。这是老生常谈，但千真万确。尽可能地去展现。
- 使用电影本身所提供的多种信息传播渠道，除了图像外，还可以利用人声、音效、音乐和图形等多种方式提升电影的丰富性。
- 从原文中选出可以直接在电影中使用的对白，这在后续的编写过程中也可以随时进行改动。
- 快速地建立短片中的环境，尽管这一定程度上取决于拍摄现场的条件。
- 将角色与空间建立联系。他们可以与你所创建的环境融为一体，也可以格格不入。
- 思考你是否需要且如何体现电影的类型，如何让观众沉浸在电影的故事中。
- 永远不要通过文字描述角色的所思所想，那是无法被展现出来的。
- 尽量避免旁白的使用。你可以使用旁白，并且很多电影都这样做。

直接使用旁白作为叙述手段的诱惑太大，因为讲述故事永远比展现故事更容易。对于旁白，在对其尽力回避的过程中才能明晰无法避开它的时刻。

- 对话应该只在必要的地方出现。编剧可以自由地借鉴小说作品，但要记住，小说和电影中人物的交谈方式是有所区别的。

- 表明故事特定的时间和地点。小说用只言片语就能够快速有效地做到这一点，而编剧需要尽可能将其可视化。你也可以利用音乐等有效手段辅助影片画面的呈现。

- 徐徐展开，步步为营。让事件逐步升温，让结局自然到来。

在写作过程中你需要不断问自己"你希望观众能够感受到什么？"像其他艺术形式一样，电影首先要有情感的感染力，你希望观众对影片产生什么样的观感？你应该如何实现它？小说作家会使用适合文学写作的手段，那么你如何通过改编使其适应银幕上的呈现呢？要始终记住你的第一身份是剧本创作者。

6.2 评估故事

凯特·肖邦的《一小时的故事》具有许多适合改编为短片的特点。小说中有两个主要角色、一个中心地点和一个核心事件。然而，这个故事对于编剧来说是困难重重的。原因在于小说中隐含的意思过多，可展示的内容又太少。马拉德（Mallard）夫人"乐极生悲"的死亡对整个故事具有重要意义，因此我们必须从医学的角度解释这一情形。理解这一点，我们还需要了解她与丈夫的关系，知道她为什么对丈夫的"离去"感到庆幸（读者可能会有相同的感受），理解她得以解脱的感觉，尽管最后她自己的生命走向了终点。

出于影像化改编的需要，我们必须为故事确定一个具体的时间和地点。凯特·肖邦在其写作中并没有透露任何相应的信息，我们只能根据小说的发表时间将其推断为1894年的美国。由此，我们就可以进行一系列关于剧中人物行为模式的设想。通过小说，我们得知主人公马拉德夫人被困在了一种她想逃离的生活中。维多利亚后期的时间设定以其封闭的社交环境提供了发生此类情形的可能性，虽然这经常会被认为是发生在20世纪20年代或者20世纪40年代，甚至20世纪70年代的事。

时代背景为我们提供了有效信息，但同时也带来了新的问题。现代技术和交通方式的存在可以为布伦特利·马拉德（Brently Mallard）提供便利。理论上，他完全可以与家人取得联系。基于这样的设定，我们就相当于在讲述一个发生在现今的故事，必须加入一些更为复杂的限制通信行为发生的理由。

故事的内容要保持连贯。这是一个被困在深度关系问题中的女人的故事。最初她对失去丈夫这一事件感到震惊，但这很快就被自由的喜悦所掩盖。为了使结局的双重悲剧产生效果，我们必须延续对她渴望自由的理解。这是一个深刻的心理故事，挑战就在于如何进行改编。

以下是对一些具备结构性和代表性议题的讨论。

知道马拉德夫人患有心脏疾病，人们尽可能小心翼翼地将丈夫的死讯透露给她。	开篇部分关于主要角色的信息很有限。后面我们会发现她其实很年轻。
她的姐姐约瑟芬遮遮掩掩地暗示着。她丈夫的朋友理查兹（Richards）也在她旁边。火车事故遇难者的名单传来时，理查兹正在报社，布伦特利·马拉德的名字赫然出现在名单的最前面。紧接着传来的电报让他证实了这个消息，他必须赶在那些不够谨慎和体恤的朋友之前把这个不幸的消息带回来。	这个开头为我们提供了大量的信息，告诉我们发生了什么事，以及是谁将事情透露出来的。这些信息对故事的发展至关重要。
听到这个消息，她不像其他女人一样不知所措，而是毫无顾忌地在姐姐的怀里痛哭流涕。当一阵悲恸过后，她独自回到房间，拒绝任何人的跟随与陪伴。	理查德确定布伦特利·马拉德已经死了，他们之间的关系很紧密。这也意味着他不应该意识到马拉德夫人很可能对丈夫的死感到庆幸。
敞开的窗户面前有一把舒适、宽敞的扶手椅。她疲惫不堪地将自己沉了进去，这种疲惫，折磨着她的身体，似乎也侵蚀着她的灵魂。	最初的反应很重要，我们对她的第一反应是感到悲痛，而后渐渐转为喜悦。
她看到屋外广场上的树梢颤动着新春的气息，空气中弥漫春雨的香甜。街头传来小贩的叫卖声。远处不知谁的歌声袅袅飘于耳际。屋檐下的燕子叽叽喳喳叫个不停。	这段话展现了其作为剧本中对环境氛围描写的可行性。
窗前西边的天空上，从层层堆积的云朵和缕缕霞光中透出蔚蓝色的天空。	这段文字交代了环境的氛围和变化，你也可以将它放在故事的前期使用。

她平静地靠在椅背上，只是偶尔呜咽的抽泣声从喉咙里冒出来，像一个哭睡的孩子在梦中继续抽泣。	这里再次对她的行为进行描写。值得注意的是，上文中的天气暗示了她心情的转变。
她很年轻，白皙、平静的面孔上透露着压抑，以及压抑之下所蕴藏的某种力量。现在，她那些许茫然，甚至略带呆滞的目光凝望着远处蔚蓝的天空。这不是沉思，而是精神世界的一方净土。	这一部分描写了她的情绪变化，展现了她从痛心疾首到如释重负的转变。
有一种似有似无的感觉正在向她靠近，她不安地等待着。是什么？她不知道。这种感觉太微妙，太难以捉摸，难以言说。但她感觉到它正在空中蔓延，通过空气中的声音、气味和颜色向她靠近。	这部分的问题在于我们应该如何体现她的心理状态。可以通过人物的行动，但可能会存在模糊性。也可以通过其他人对她的反应来体现，但那将占据影片更长的时间。
现在她的胸脯开始剧烈地起伏，她开始意识到那种向她步步进逼，并且渐渐占有她的感觉是什么。她的意志力就像她那双纤细、白皙的手一样无力，无法抵抗这种感觉在她身体里的流淌。终于，从她微微张开的双唇间冒出了一个词，她一遍又一遍地重复着："自由，自由，自由！"随即那种茫然和不安的神情从她的眼中消失了。现在，她的目光既敏锐又明亮。她的心跳加快，流动的血液使她身体的每一个部位都变得温暖和松弛。	这一节的描述可以被直接复制。但在镜头前实际的运用中，语言似乎显得有些不自然，其来势又过于迅速和猛烈。我们可以将其转化为人物的行动，在电影中的呈现更加真实可信。
她没有去想是否此刻的自己正在被一种巨大的喜悦感所包围。她知道，当她见到丈夫那双温柔亲切的双手交叉在胸前，那张从来都不会对她吝啬爱意的脸变得毫无表情、灰白如纸的时候，她肯定还会哭的。但在这痛苦之外，她看到了一段长远的独属于她自己的未来岁月。她张开双臂，欢迎它的到来。	表现她对未来生活的憧憬是影片的重点，但这很难在屏幕上呈现。这一部分人物的心理变化与前文描述的内容息息相关，我们会看到她对生活的态度所作出的重大改变，这意味着她已经得到了自由。

在未来的岁月里，她不再为别人而活，只为自己活着。她不必再盲目地屈从于任何专横的意志。人们总是觉得他们有权把个体的意志强加于他人之上。无论动机善良与否，这样的行为都相当于一场犯罪。	这部分暗示她被社会规范和专横的丈夫所束缚。我们必须提前建立这样的情境，或者通过她的行动将其体现出来，以便观众能够理解她的心理变化并及时地捕捉到变化发生的信号。
是的，她曾经爱他——至少有时爱他。其实更多的时候她并不爱他。但是这又有什么关系！在做回自己、拥有自我的冲动面前，爱情又算什么呢？	这是肖邦故事中的一个重要矛盾。但这是否需要在改编中提出，她是因为逃脱了这个缺少爱情又充满控制的婚姻而感到快乐吗？
"自由！身体和灵魂的自由！"她不停地低声说。	这种表述方式直接出现在屏幕上的表现效果可能不会很好——与现代表达方式不统一。
她的姐姐约瑟芬跪在紧闭的门前，把嘴唇贴着锁孔上，恳求着让她进来。"露易斯，开门！我求你了，把门打开——你会让自己生病的。你在干什么，露易斯？看在上帝的份上，把门打开。"	这样的剧情设置为布伦特利·马拉德戏剧性的回归做了铺垫。
"走开。我不会让自己生病的。"她站在敞开的窗子前，贪婪地呼吸着窗外充满生机的新鲜空气。	这一组对话可以直接被使用，但是需要设定具体的发生环境和时间才能使它生效。
她的想象像是脱缰的野马一样肆意狂奔。她想着未来的日子，春天的日子，夏天的日子，所有将属于她自己的日子。她祈祷延长生命的长度，而就在昨天她还那么肯定地抱怨生命太漫长。	她对于未来想象的美好画面有利于使丈夫回来时的悲剧性场面更具有冲击力。
最后，她在姐姐的强烈要求下打开了门，她的眼神闪耀着兴奋和胜利的光芒，她不知道自己看起来就像胜利女神一样，她搂住姐姐的腰一起走下楼梯，理查兹站在下面等她们。	所有角色的持续在场可以使马拉德的归来引起更广泛的反应，使马拉德夫人所表现出的惊讶也更具有合理性。

有人正在用钥匙打开前门。进来的正是布伦特利·马拉德，他提着手提包和雨伞，有点疲惫。他离事故现场很远，甚至不知道那里曾发生过事故。他愣在那儿，对约瑟芬的尖叫感到吃惊，对理查兹快速地把他挡在妻子的视线外而感到惊讶。	作者在最后这一部分的描述中提供了大量的信息。如果没有这一系列行动的贯穿，是很难让人理解后续情节的。过早地透露任何信息都会破坏最终结局的反转，那样在改编中也有可能出现并不符合预期效果的喜感。
当医生赶来时，他们说她死于心脏病——是死于狂喜过度。	最后一部分可以通过医生的台词或回忆作为影片的后记来呈现。

6.3　编写剧本

1. 矿山上—日　外

刺眼的太阳高悬在空旷的矿口黑洞上方。粗犷的矿工们在崎岖的矿山上排着队，准备下到矿井的深处。

英俊的布伦特利·马拉德（35岁）身着清洁的工作服，慢慢地走到矿工队伍的前面。他默默地等待着自己下矿的时刻。

一个满脸饱经风霜的男人将一堆文件塞进他的手中。这就是理查兹（55岁），他显然不愿意待在这里。

2. 矿井—日　内

布伦特利走进铁笼电梯，准备下到矿井的深处。

几个脏兮兮的矿工一同进入电梯。尽管空间很拥挤，他还是巧妙地避开了他们。当电梯急剧下降时，他露出了一丝担忧的表情。

3. 郊区街道—日　外

阳光洒落在一条田园般的郊区街道上。穿着短裤的孩子们在洒水器下玩耍，骑着他们的自行车享受无尽的夏日阳光。

音乐播放：The Monkees 'Daydream Believer'.

声音逐渐变得尖锐且略显失真，它变成了某个放置于门廊上的收音机的声音。

4. 马拉德家，厨房—日　内

从这个厨房的设施来看，我们并不在21世纪，甚至离得很远。露易丝·马拉德（Louise Mallard，30岁）坐在厨房的桌子前，一边将袖子卷下，一边看着史密斯医生（Dr. Smith，65岁）收拾他的格莱斯顿手提包。

史密斯医生：你会没事的，露易丝。你跟我一样健康。

史密斯医生捂着嘴咳嗽了几声，露易丝微笑地看着他。

露易丝：谢天谢地。

史密斯医生：布伦特利还没回来？

露易丝：是的，但是瑞秋在这。

史密斯医生：那就好，有家人在身边真好。

史密斯医生离开，露易丝小心翼翼地轻轻握着自己的手臂，依旧坐在餐桌旁。很长时间的寂静，气氛开始有些压抑。

露易丝看向桌子，一动不动。

5. 马拉德家—日　外

马拉德家的房子太完美了，白色的篱笆围栏、周围美妙的鸟鸣声。

露易丝在她完美的房子外面，为她完美的草坪除草，每次都割出完美的纹路。

乔茜（Josie，35岁）从厨房门口出现。

乔茜：露易丝……露易丝！

因为割草机的噪声，露易丝没有听见。乔茜跑过去，轻轻地拍了拍她的肩膀。

乔茜：露易丝，布伦特利……

露易丝瞬间有些惊慌失措。

乔茜：电话上说……

露易丝急忙跑回屋里，留下空转的割草机。

6. 马拉德家，厨房—夜　内

露易丝和乔茜坐在餐桌旁，桌上还剩下一些饭菜，他们正开着玩笑。

乔茜站起来，走到厨房台面上的一束外送花束的旁边。一张便签和花的外包装堆放在洗手池旁边。

乔茜从架子上拿起一个花瓶，细致地插着花。露易丝在一旁看着她。

乔茜：布伦特利还好吗？

露易丝：他挺好的。就是忙……他总是很忙。

乔茜：我可受不了在那样一个黑漆漆的坑里工作，真是太难为人了。

露易丝瞬间变得很沉默，看起来心事重重的样子。

乔茜：别担心，他会没事的。

乔茜误以为露易丝的沉默是因为担心他，她关切地看着自己的妹妹。她们在一起沉默地坐了很久，气氛显得有些尴尬。

7. 马拉德家—日　外

又是一个炎热的日子——一个山谷中愉快的星期天。露易丝正品尝着咖啡，感受着时间的流逝。她在房子前面悠闲地散步，心不在焉地用脚摆弄着低处的围栏。突然，她猛地踢向那单薄的围栏，那出乎意料的力量直接导致了木头的破裂。露易丝猛地抬起头，确认没人看见她，随即松了口气，然后匆忙地跑进了屋子里。

8. 马拉德家，厨房—夜　内

厨房空无一人，干净又整洁，雨水打在窗户上。

门铃响起，乔茜一边去开门一边喃喃自语，并呼唤她的妹妹。

9. 马拉德家，客厅—夜　内

马拉德家的一场对话正在进行着。理查兹坐在沙发边上，捋着被雨水打湿的头发。乔茜坐在对面，聚精会神地听他说话。露易丝紧握着她的手腕，好像在支撑着自己的身体，尽管她是坐着的。

理查兹：出事的时候我正在路上，所以我回来以后才知道。我到家才接到办公室打来的电话……

一片寂静。谁也没有说什么，露易丝还是低着头看地板。

露易丝：……我马上回来……

露易丝站起来，走出房间，将门带上。理查兹陷入了沉默。

10. 马拉德家，卧室—夜　内

露易丝坐在床上，膝盖抱在胸前，哭泣。

乔茜:（画外）你还好吗？露易丝？

她紧紧握着一张她和布伦特利的照片，照片里的他们是那么欢乐。照片从她手中滑落。

11. 马拉德家卧室—日　内

乔茜站在卧室门旁，双臂交叉在胸前，她试图让自己感到放松和舒适。看起来她休息得并不好。

乔茜：开门露易丝！把门打开好吗？你在里面干什么呢！求你，看在上帝的份上，把门打开吧……

乔茜离开镜头视线，画外传来她拨打史密斯医生电话的声音。

12. 马拉德家，卧室—日　内

露易丝整夜未眠，但她看起来好多了。照片面朝下放在床上。
露易丝正对着镜子梳头。

13. 马拉德家，厨房—日　内

史密斯医生和乔茜正在深入交谈。二人都被突然启动的割草机声音吓了一跳。循声望去，看到露易丝正推着割草机在草坪上快步来回游走，并割出与昨天相反的纹路。她碾过草坪中间的小路，机器底部的刀片划过混凝土地面，那令人绝望的刺耳刮擦声并没能阻止她，她无论如何都要继续下去。

14. 马拉德家，厨房—日　内

露易丝加入了史密斯医生和乔茜的谈话，看起来他们都似乎吓坏了。

乔茜：天呐露易丝，你这样会让自己生病的。

露易丝:（笑着）让自己生病？

露易丝搂着姐姐的腰，给了她一个充满深情的拥抱。

露易丝：也许我应该照顾好自己。我应该去度假！

他们的交谈被门铃声打断了，乔茜前去开门。

满面春光的露易丝和一脸疑惑的史密斯医生面面相觑，陷入了一阵尴尬的沉默。

这时刚返回的理查兹出现在乔茜身后，他身上已经没有了昨天的雨水，但面容覆盖着阴霾。露易丝露出灿烂的微笑。

乔茜：理查兹先生昨晚在酒店住的，他带来了一些消息。你感觉好点了吗，露易丝？

露易丝：我很好，乔茜。史密斯医生，我很好。理查兹先生，我很好。我的身体和灵魂都自由了。

当史密斯医生试图通过望向窗外以掩盖自己震惊的表情时，露易丝也收起了她的笑容。

理查兹：你知道我在确认事实之前就接到了电话。很抱歉，当时我想尽早告诉你，嗯……我不想让你……

这时，露易丝随着史密斯医生惊讶的目光，看到布伦特利正站在门前的小路中央，对着她微笑。

理查兹的道歉声渐渐隐去，露易丝则倒在地上。

15. 马拉德家，卧室—夜　内

布伦特利孤苦忧郁地坐在床边。他经历过一些难以度过的时刻，但这次几乎要了他的命。

史密斯医生走进房间，站在他面前。

史密斯医生：我很抱歉，布伦特利。是她心脏的问题，可能是惊喜过度导致死亡的。

史密斯医生停顿了一下，然后离开。给布伦特利独自思考的时间。

布伦特利站起身来。看到床上的照片，把它放回了梳妆台，然后直勾勾地盯着照片看。

确认照片被放回了原先的位置后，他满意地离开，关上了身后的门。

渐暗，结束。

◎ 问题

关于这个故事也许有很多需要提出的问题，其中最值得关注的是我们在改编剧本的过程中所做出的选择。问题不在于这是不是一个"好"的改编，这显然是一个无法回答的问题。我们需要问的是这是不是一个"有效"的改编。

◎ 开场

· 我们究竟是否需要那个介绍布伦特利的序幕？

· 如果我们舍弃矿山情节的序幕，那么当布伦特利在短片结尾出现的时候，通过哪些手段可以让观众在第一时间就意识到他是谁呢？

· 他的身份可以通过露易丝看到他的反应被揭示吗？

· 观众是否可以只通过露易丝的视角"看到"布伦特利（看他的照片，他的用品，他的草坪，他的院墙围栏）？

· 如果影片以凯特·肖邦在小说中所运用的叙述方式开场，这样的设定会有什么优／劣势？

· 在不同的情况下，观众对片中人物的同情心会如何被调动或引发？

◎ 关系

· 马拉德夫妇家门前的栅栏和花草如何影射了二人的婚姻？

· 有什么其他方法可以表现她经历着他"强有力的控制"？

· 我们如何确保观众能够同情这个因看到丈夫活着回来而感到"失望"甚至绝望的女人？

◎ 气氛

· 在第4和第6场的结尾，我们有意停顿的时间似乎略有点久，这能达到什么效果？

· 当马拉德夫人开始憧憬未来时，你还可以通过什么方式创造出一种从压抑中获得释放的感觉？

· 你如何使用蒙太奇（或许用在第10场）来表示时间的推移、思考的过程、意识的觉醒等意象？

◎ **扩展**

· 你选择在哪里扩展剧本？如何扩展剧本？

· 你需要添加哪些创作素材才能实现这一点？

· 如果选择增添素材，你如何通过这一方法保持短片本身所具有的戏剧张力？

7 案例研究：改编哈代的作品

本章你将认识改编过程中的重要部分。在这里，编剧将托马斯·哈代（Thomas Hardy）的短篇小说《萎缩的胳膊》（*The Withered Arm*）改编为一部短片。原著小说可见于维多利亚灵异故事（The Victorian Ghosts）网站。我们的建议是先阅读原著，然后再对故事背景进行回顾与研究，最后开始剧本创作。过程中你可以不断对剧本进行扩充和修改，也可以创作更多属于你自己的版本。

7.1 艾伦·史密斯改编托马斯·哈代的作品

托马斯·哈代可以被称作19世纪最伟大的文学家之一。小说《德伯家的苔丝》（*Tess of the d'Urbervilles*, 1891）常常被与狄更斯、艾略特、奥斯汀等人的作品相提并论。这些作家笔下的文字被视为具备学术价值的文学珍宝，改编而成的作品也很快通过处于早期发展阶段（1936年）的BBC面向大众。从那时起，他们开始尝试不断满足观众观看经典文学作品改编的永无止境的需求。无论在电影还是电视剧领域，这些作家的改编作品都在众多的古装剧或历史剧中占据了一席之地，在英美等国家的影响一直延续至今。

对于岁月静好时光的怀旧情结影响着哈代和诸多其他19世纪作家们的创作，这样的电影改编往往以精致的服装、优美的风景、别致的乡间房屋以及对知名演员的选角为特点。改编自哈代的作品中的确出现了如诗如画的风景和不时可见的豪华宅邸［例如位于多塞特郡的米柏顿庄园，在2015年的电影《远离尘嚣》（*Far from the Madding Crowd*）中被用作伯德伍德的住宅］，但是哈代和他创造的威塞克斯对如今已为数不多的乡村恬静景象的描写吸引了大量的受众。这种对乡村生活怀旧感的塑造已经成为哈代作品在影像改编中的固有模式。在他出版的第二部小说《绿荫下》（*Under the Greenwood Tree*, 1872）中，呈现的就是关于英国乡村恬意的、理想化的田园写照，并作为主要视觉元素在改编中呈现。在这部作品之后哈代开始尝试其他的写作风格，然而很多对于他作品的改编却一直停留在他的田园牧歌中。

7.2 《萎缩的胳膊》故事背景

《萎缩的胳膊》（*The Withered Arm*）首次发表在1888年的短篇故事集《威塞克斯故事》（*Wessex Tales*）中。故事的背景设定在19世纪30年代前后，故事中洛达的儿子因纵火罪（或因出现在被点燃的草垛附近）而被处决。19世纪是多塞特郡及整个英格兰南部农村社会的动荡时期，穷人们处于艰苦的经济困境之中。19世纪20年代末出现在当地的打谷机（在《德伯家的苔丝》中有提及）导致农场工人的工资遭遇了严重的削减，甚至让他们失去了冬季的工作。那些没有移居到城镇寻找工作的农民们参与了名为"摇摆暴动"的反抗运动，他们破坏了大量机器并纵火焚烧稻草堆。暴动者受到了相应的惩罚，超过600人被监禁，500人被流放，19人被处决。1834年，也就是哈代出生的6年前，多塞特郡托尔普德尔村的贫困农民试图组建工会，虽然这完全合法，但其中的6名组织者还是被逮捕并被送往澳大利亚流放。

哈代意识到自己生活在一个农村人口外溢的时代，他希望为后世保留他自幼在多塞特郡成长过程中所接触到的所有民间传说，其中许多神话、巫术和巫师等元素的传说就出现在了《威塞克斯故事》中。在题材上，《萎缩的胳膊》中的巫术和超自然现象与哈代所为人熟知的田园浪漫主义意象创作形成了鲜明对比。事实上，他的作品中经常出现此类民间传说，小说的核心故事与其中的所呈现的"黑暗力量"并不是各自独立发展，而是彼此交织的。在他的所有作品中，包括小说、诗歌在内，都充斥着对巫术和超自然黑暗传说的描述。在《萎缩的胳膊》中不止一种灵异事件发生：洛达·布鲁克斯（Rhoda Brooks）在睡梦中被"鬼压"，而"压"她的"梦魇"正是她前夫的新妻子格特露德·洛奇（Gertrude Lodge）。洛达被指控对格特露德"睚眦"或施加"巫术"，故事中还出现了格特露德向巫婆或"术士"求助的情节。

在1922年首次出版的《多塞特郡民间传说》（*Dorsetshire Folk-lore*）中，作者约翰·西蒙兹·尤达尔（John Symonds Udal）列举了许多涉及"巫术"的案例，这些案例主要来自19世纪和20世纪初多塞特郡当地报纸的报道，特别是与"着魔"有关的案例，这通常是指被一个巫婆用"魔眼"注视所受到的痛苦，甚至因此死亡。哈代有一个"年迈的朋友"告诉过他关于"梦魇"的真实故事，有个女人在一个炎热的下午进入梦乡，醒来时发现自己被梦魔骑在身上，又把梦魔甩到了地上。研究哈代的学者普遍认为，这位"年迈的朋友"可能是他的母亲吉米玛。也许出于他认定出身贫寒的人通常会对此类灵异事件深信不疑的事实，哈代通过回避提及自己的母亲以掩盖其卑微出身。毫无疑问，在哈代的故事中，相信巫术的人通常都属于农民或受教育程度较低的人群。

在第一次拜访占卜师特伦德尔时，格特露德参与了一个叫作"卵占"的用鸡蛋作为工具的占卜过程，以找出谁是她的敌人，谁对她施了武术。特伦德尔的儿子也是一名占卜师，在《德伯家的苔丝》中提到过，当乳品商克里克想弄清为什么自己的奶油不会变成黄油时，也试图寻求他的帮助。在《卡斯特桥市长》（*The Mayor of Casterbridge,* 1885）中，当地的占卜师叫作福尔，迈克尔·亨查德（Michael Henchard）请他预测未来的天气是否有利于他得到丰收，但并没有听取福尔的建议。当预言成真后，他怀疑是否有"某种力量在针对他"。尽管亨查德有意让自己摆脱巫术等民间信仰，但他的内心仍存有一定程度的不坚定。我们也有理由推断哈代本人的内心中也存在这样的不确定性，其中一个原因就在于他的作品中频繁地提到此类神秘事物。特别是在《萎缩的胳膊》中的艾格登荒原，在那里巫术和灵异事件几乎被视为日常现象。这一点在哈代的小说《还乡》（*The Return of the Native,* 1878）中更为明显，读者有时也开始分不清到底什么是虚幻，什么是现实。

在《萎缩的胳膊》中，哈代把巨大的重担压在洛达的肩上。有人认为她是一位会"魔眼"的邪恶女巫，其实早在格特露德的手臂萎缩之前人们就对洛达产生了这种印象，主要诱因在于她的未婚生子（哈代将其描述为"堕落"的象征）。故事中的叙述者告诉我们，洛达不知道为什么人们怀疑她会施巫术，她只能猜测是不是他们以为她通过法术才让富有的农场主洛奇爱上了她，并愿意在发现她怀孕时娶她为妻。在原著中哈代并没有给二人的孩子命名，而在剧本中他叫爱德华（Edward），我相信给他一个名字有助于展示他和母亲之间的亲密关系，我希望在他们的对话中使这一点得到凸显。虽然30到50分钟对于一部电影来说只能算是"中等长度"，但为了提交给电影节，理想情况下还可以更短。而对于短片剧本的写作来说，最主要的挑战就在于较短的篇幅限制了角色的塑造和发展。我希望观众能够深刻感受到母子之间深厚的感情，让爱德华最终的死亡更加触及人心。

洛达的种种遭遇使她陷入的恐惧与绝望，都在剧本的最后一场中达到最高点。在这里，我们看到洛达佝偻虚弱的身影穿过寂静夜晚的苍凉荒地，她的右臂不时地"向前伸出，试图抓住恶魔，但是她所抓到的只有凛冽的空气。"在这里，我们的剧本与原著小说有所偏离。哈代让年老虚弱的洛达继续到霍姆斯托克做挤奶的工作，让读者对洛达当下的内心世界展开想象空间。我在剧本中则让洛达永将远受到折磨，难以安宁（尽管她是无辜的，但是她的手指印却清清楚楚地留在了格特露德的手臂上），她最后的动作暗示着自己将永远无法摆脱的噩梦。除了结局，我在剧本中保留了诸多原著中的关键情节点，如同罗兰·巴特（Roland Barthes）的叙事学理论中所称的"基本功能"，我将小说中的"危急时刻"转移到剧本中，尽己所能捕捉了原著的气质和精神。

我在剧本中没有刻意地使用方言，主要原因在于用音标来写对话会给阅读制造困难。作为一个可能会将剧本提交给电影公司的作者，我希望能够用最简单的方式让双方达成合作。尽管口音的问题完全可以交给演员和导演来处理，但是我想让其中一些角色的交流方式尽量质朴简洁，尤其是挤奶女工和工人；让农场主洛奇和他的妻子格特露德大部分使用标准英语对话。对格特露德而言，这一点尤为重要，因为我想一次突出她来自都市的中产阶级家庭背景，并由此展现伊格登的环境是如何使她发生变化的。一个城里人初到乡村生活，以为一切都像田园牧歌般美好，并且相信理性思考能战胜一切神秘力量。这样的设定常常被很多民间恐怖故事所采用，在《萎缩的胳膊》以及哈代的许多短篇小说中都能找到对应情节。当格特露德意识到她手臂萎缩的严重性，并预感到这将对她的婚姻造成影响时，她从最初不愿向巫师寻求帮助到最终接受了需要"转换血液"的事实。为了实现这一点，她必须用手臂摩擦一个存有余温的尸体的脖子。在原著中，绝望的格特露德大喊着要将一个人绞死，表明自己并不在意将被处决的人是否真的有罪。我并没有将同样的情节搬运在剧本中，而是满足于让格特露德希望被判死刑的爱德华不被赦免。这个急迫地想要爱德华被绞死的女人与曾经因为他的衣衫破旧而送过他一双靴子的善良女人是同一个人，这印证了艾格登荒原和威塞克斯的环境对当地居民所能产生的颠覆性影响。

在剧本的倒数第2场中，监狱里所有的人都陷入了绝境：倒在地板上的格特露德毫无生命迹象，农场主洛奇对格特露德的死追悔莫及，洛达则在爱德华的棺材旁痛哭流涕，甚至连刽子手汤米·韦斯特（Tommy West）也因为没拿到足够的"好处"而垂头丧气。尽管洛奇在故事中的行为应该受到谴责，他对洛达和儿子爱德华的穷困潦倒不管不问；当格特露德的胳膊萎缩时，他不但没能提供帮助，甚至还为她的残疾感到羞耻。但我仍然不将他描写为"邪恶"，在我看来他是一个习惯以自我为中心的自私农夫，最终因自己的行为陷入了无尽的愧疚与悔恨。在原著和剧本中，离开了霍姆斯托克的洛奇永远没有再回来，并于两年后去世。如果我们暂时忽略洛达的儿子因卷入了历史上真实的"摇摆暴动"骚乱而导致被处死的事实，那么这个故事中真正的"邪恶"就是超自然力量本身。因为在这个故事中，是邪恶的超自然力量将两个女人捆绑在一起，把她们锁在了同一场噩梦的空间中，并通过这个空间毁掉了她们的生活。

我在剧本中利用艾格登荒原的环境设定，让乡村的景色更契合哈代的文字，一个荒凉又危机四伏的地方，摆脱了传统意义上老套的凄美感伤的意象。

7.3 《萎缩的胳膊》——剧本

《萎缩的胳膊》[1]

艾伦·史密斯改编

根据托马斯·哈代所著小说改编

淡入：外景　艾格登荒原的小路上　夏　日

一辆有两匹马载着的新式马车沿着荒原上的路驶过，赶着马车的农场主洛奇与他年轻漂亮的新婚妻子格特露德坐在一起。农场主洛奇大约比格特露德大20岁，穿着体面，他有一头红色的头发和一撮整齐的胡子。

马车经过一个池塘，然后下坡。格特露德兴奋地环顾四周。

格特露德：这儿真的好美。

农场主洛奇靠过去，在格特露德的脸颊上亲了一下。

农场主洛奇：你也很美，亲爱的。我迫不及待想让他们都看看你了。

马车继续行驶，格特露德兴奋地欣赏周围的风景。

在他们前面的路边上出现了一个大约12岁的男孩（爱德华），他背着一只沉重的包袱。当马车靠近时，他转过身，紧紧地盯着马车上的两个人。

格特露德注意到男孩在盯着他们看。

格特露德：那个男孩为什么一直盯着我们？

农场主洛奇生气地看着男孩。

1　故事中出现的巫术、咒语等元素仅为剧情需要、结合背景年代设计，纯属虚构，请勿模仿。

农场主洛奇：在这儿你就是会吸引别人的目光。你知道的，我们这儿没有像你这样的女士。

男孩的眼睛继续紧盯着马车和车上的乘客。

格特露德：他真可怜，背这么重的包袱。你看他的衣服、裤子和鞋都破破烂烂的。我们能停下来帮帮他吗？

农场主洛奇：别理他，这些乡下小子能耐得很，那点儿东西根本算不了什么。

格特露德：可他看起来真是可怜。

马车驶过男孩，他依然盯着马车。

餐厅/厨房　洛达的小屋　夜　内

蜡烛点亮了昏暗的小屋。

洛达，一个30多岁的苍白又瘦弱的女人，她正在给儿子爱德华端饭。爱德华坐在桌子上兴奋地敲打着盘子。

洛达：你看见他们了吗？洛奇的新娘子长什么样？

爱德华停了一下，咽下嘴里的食物。

爱德华：我觉得她挺年轻的，头发是金色的。

洛达：你觉得？那你父亲呢？他说什么了？

爱德华：什么也没说，好像挺生气的。就像他没看见过我，我也没资格看他一样。

洛达：他应该感到羞愧！你明天再去一次霍姆斯托克教堂，再好好看看她。

爱德华有些不情愿地点点头。

爱德华：我会照你说的话去做的，妈妈。别担心，她不会比你更好看的。

洛达微笑着，眼里含着泪水。

洛达：爱德华·布鲁克，要是没有你的话，我该怎么办呢？

霍姆斯托克教堂　晨　内

教堂里人很多，爱德华坐在最后一排，穿着自己最好的衣服。

牧师即将开始祷告，但是当农场主洛奇和他的年轻妻子进来时，牧师愣了几秒。

他们的到来引起了一阵骚动，所有的教徒都转过头来看这对夫妇。格特露德看起来非常尴尬。农场主洛奇礼貌地向所有人点头。

爱德华盯着格特露德看，格特露德也注意到了他。

餐厅/厨房　洛达的小屋　夜　内

洛达和爱德华坐在一起吃饭。

爱德华：这饭真好吃，妈妈。

洛达：跟我说说洛奇的新娘吧。

爱德华像是在背一段稿子。

爱德华：她很漂亮，浅色的头发，蓝色的眼睛，穿着精致的衣服……

牛棚　霍姆斯托克　晨　内

有三个挤奶工坐在一起边挤奶边聊天。

洛达也在挤奶，她坐在一张矮凳上，与其他人有些距离。

苏珊是一个和洛达差不多年纪的挤奶工。

苏珊：昨天你就应该去教堂看看。她真是与众不同，而且那身衣服肯定很贵。

安妮：洛奇的新娘？她真的像人们说的那么好看吗？

苏珊：漂亮极了。浅色的头发，蓝色的眼睛，穿着精致的衣服，那双手没有一点儿干粗活的痕迹。

安妮（大声耳语）：那才适合戴婚戒呢。这会让那个巫婆受不了的。

一个大约17岁的年轻挤奶工（保琳）把头伸到牛的另一边，这样她可以看见苏珊。

保琳：巫婆？你说洛达？为什么会让她受不了？

洛达听到有人提到她的名字，但没有抬头。

苏珊：你那时候小，你不知道。爱德华就是她和洛奇的孩子，当时洛达跟你差不多大。

保琳很震惊，她转过去看了看洛达，然后又转向苏珊。

保琳：哦，那可真够恶心的，简直就是可耻。谁会想到她能干出这种事。

苏珊：那时候村里整天说这事，真是丢死人了。现在没人再提了，洛奇对那个孩子也不闻不问的。

洛达把头靠牛身上，眼里充满了泪水。

卧室　洛达的小屋　夜　内

洛达床边的蜡烛照亮了房间。

洛达穿上睡衣，走到卧室门口。

洛达：该说晚安了，我的爱德华。

爱德华（画外音）：晚安，妈妈。不要担心，一切都会平息下来的。

洛达微笑，小声自言自语。

洛达：希望你一切都好，我的爱德华。你小小年纪就这么懂事，愿上天保佑你。

洛达熄灭了她床边的蜡烛。一切都归于平静。

洛达的梦/幻觉

洛达被唤醒。烛光再次亮起，格特露德·洛奇压在她的胸口上，像骑马一样骑在她身上。

格特露德穿着一件浅色丝绸连衣裙，戴着一顶白色帽子，面目狰狞扭曲。

洛达再次听到了挤奶工对格特露德的描述

苏珊（画外音）：漂亮极了，浅色的头发，蓝色的眼睛，穿着精致的衣服，那双手看不出一点儿干粗活的痕迹。

安妮（画外音）（大声耳语）：那才适合戴婚戒呢。

洛达胸口上的负担越来越重，一双蓝眼睛恶狠狠地瞪着她。

安妮（画外音）（大声耳语）：这会让那个巫婆受不了的，不是吗？

苏珊（画外音）：那双手看不出一点儿干粗活的痕迹。

安妮（画外音）：那才适合戴婚戒呢。

格特露德笑着把左手伸出，她的婚戒在洛达面前闪闪发光。

洛达挣扎着用右手抓住了格特露德的左臂，把她从床上甩了下去。

格特露德的头撞在地板上，发出了巨大的声响。

洛达的小屋　卧室　夜　内

洛达在黑暗中猛地坐起身子。她呼吸急促，全身冒冷汗，颤抖着重新点燃了蜡烛。

洛达：啊，天呐，那不是梦，她真的来了！

洛达看向地板，什么都没有。

餐厅/厨房　洛达的小屋　日　内

洛达清理餐桌上的盘子，爱德华清理火炉里的残渣，他抬头看向他的母亲。

爱德华：你昨晚从床上掉下来了吗，妈妈？

洛达：没有，你为什么要问这个？

爱德华：我只是听到砰的一声，听钟声应该是在半夜两点。

洛达看起来忧心忡忡的样子。

洛达：没有，我没有。

洛达小屋门前的院子　日　外

洛达正在打扫小屋前的院子。爱德华坐在凳子上剥兔子皮。洛达抬头看到格特露德·洛奇手提一个篮子，正朝她的门口走来。

洛达一眼就认出了在她梦中出现过的格特露德的脸。

闪回到洛达的梦/幻觉的场景

洛达胸口上的压力越来越重，一双蓝眼睛恶狠狠地瞪着她。

格特露德笑着把左手伸出，她的婚戒在洛达面前闪闪发光。

闪回结束
院子　洛达的小屋　日　外

洛达：她……她来这儿干嘛？

爱德华放下兔子，抬头看过去。

爱德华：哦，我知道。昨天我看到她了。

格特露德走到门口，微笑着。

格特露德：能找到这儿真是太好了。这是我刚买的。

格特露德把手里的篮子递给一脸震惊和困惑的洛达。里面装着一双靴子。

格特露德（接着说）：我希望你能收下。我注意到你儿子的靴子有点……（停顿）嗯，有点破旧。他跟我说了你们的处境，我知道你们生活得很艰难。

爱德华走向门口。

洛达（摇头）：我们，我们不需要。

格特露德：不用担心，为了孩子，收下吧。

爱德华从篮子里取出靴子。

爱德华：谢谢您，夫人。

爱德华转向他的母亲。

爱德华：她只是想做好事，妈妈。

洛达把空篮子递回院门外。

格特露德：我刚搬到这里，只是想认识一下大家。如果可以的话，我很乐意再来拜访。

格特露德微笑着，没有等待回答就走了。

爱德华：她只是想做好事，妈妈。

餐厅/厨房　洛达的小屋　日　内

洛达和格特露德坐在桌子旁，喝着茶。

格特露德：靴子穿着合适我很高兴。他是个好孩子，你一定为他感到骄傲吧。也谢谢你请我来做客。

洛达点头微笑，格特露德端起杯子喝茶。

格特露德（继续说）：我喜欢散步，这儿是离我住的最近的地方。说实话，我认识的人不多。

洛达：你在这里住得习惯吗？希望你没受到湿气的影响，你知道有些人会有类似的问题。

格特露德：没有，我基本没什么问题。但你这么一说就提醒我了，确实有个小症状让我很困惑。

格特露德放下杯子，起身走到洛达身边，露出她的左臂。

格特露德：虽然不太严重，但我搞不清楚这到底是什么。

在格特露德手臂的皮肤表面，有明显的粉红色印记，那正是在梦中的洛达紧握她手臂时所留下的。洛达震惊了。

洛达：这……这是怎么来的？

格特露德：嗯，听起来一定很怪异。是在几个星期前的一天晚上，我梦见自己到了一个奇怪的地方，我突然醒来，感到手臂剧烈的疼痛。一开始我简直分不清自己是在现实中还是在梦里，直到夜里两点的钟声才让我回过神来。

闪回到洛达的梦/幻觉的场景

洛达挣扎着用右手抓住了格特露德的左臂，把她从床上甩了下去。

闪回结束

客厅/厨房　洛达的小屋　日　内

洛达缓慢地左右摇晃着她的头。

洛达：我的上帝，我的上帝呀，这简直无法相信。

格特露德充满忧虑地把手放在洛达的手臂上。

格特露德：你还好吗？

洛达：没事，我没事。

市场　卡斯特桥　几周后的一天　日　外

格特露德和洛达在购物时相遇。

格特露德：哦，洛达，我正要去见你呢！我可怜的手臂似乎更糟了。我们去那边，我给你看看。

两个女人到了一个安静的地方，放下她们的篮子。格特露德卷起袖子，露出她的手臂。

格特露德：你看到这些皱纹了吗？疼得厉害。我丈夫让去看医生，但医生似乎也不知道这是什么，他只给我开了一些药膏，并没有任何效果。

洛达：这太可怕了。

格特露德：我丈夫说，这看起来像是巫婆或者魔鬼留下的手指印记。（停顿）但是他又说自己并不相信这种事情。

格特露德放下袖子。

格特露德：我正打算去找你，有人告诉我在艾格顿荒原有个叫特伦德尔的咒语师？

洛达不情愿地点头表示认同。

格特露德（继续说）：他也许能帮到我。他们还说你知道他住在哪里。

洛达（有些恼火）：我？我。哦，我当然知道了，是吧！（自言自语）他们都认为我就是这样的人。

格特露德：抱歉，我不太明白你的意思。

洛达：你当然不明白，你不会明白的。是的，是的，我知道这个人，这个咒语师特伦德尔，但你知道他是什么人？做什么吗？

格特露德摇摇头。

洛达：咒语师就是巫师的另一个称呼。

格特露德（震惊）：哦，不，谢谢，我绝对不需要！我从来不相信这些，我也不想和那些事扯上任何关系，一点都不想。

格特露德扣好袖口的扣子，告别离去。洛达继续留在市场上，自言自语。

洛达：我是邪恶的巫婆，因为有了爱德华，我成了他们口中的女巫，所以才会对咒语师的行踪了如指掌。

客厅/厨房　洛达的小屋　日　内

洛达在厨房里做饭。有人敲门，她透过窗户看到格特露德站在门口可怜的身影。

洛达打开门，邀请格特露德进屋。格特露德显然很痛苦，几乎要哭出来。

格特露德：哦，洛达，我想请你帮个忙。

洛达：你怎么了？快进来坐下。

洛达拉着格特露德走到桌子边坐下。

格特露德：两周前我跟你说过我不相信巫术，但现在我真的快要绝望了。

看，它变得更糟了。

格特露德卷起袖子给洛达看。从手腕到肩膀的皮肤已经萎缩得像老人的手臂。洛达抓过的地方已经变成了蓝色。目睹这一场景，洛达退到了椅子后面。

洛达：你真的太不幸了。

格特露德：它正在变得更糟，所以我才想请你帮我一个忙。（停顿）你能带我去见那个咒语师吗？

洛达（摇头）：哦，不，不，我真的不愿意做这样的事，一点也不愿意。

格特露德：求你了，你必须帮我，我没有别的人可以求助，我真的很绝望，求你了。

洛达：我说了，我真的不想去，但我可以告诉你他住在哪。

格特露德：求你了，你一定要带我去，求你了。

洛达站起来走到洗手池边。她转过身，面向格特露德。

洛达：我不喜欢这样。格特露德，我真的不喜欢。但如果必须这么做的话，你能在明天早上准备好出发吗？

格特露德：我随时都可以，最近我丈夫总在外面出差。（停顿）总是在外面，总是离我很远。这事一定不能让他知道。

洛达点头表示理解和同情。

洛达：他不会从我这里得到任何消息的。明天早上十点在巷口等我，我们一起上荒原。

格特露德：谢谢你洛达，真的非常感谢你。

格特露德站起来，给洛达一个拥抱。她收拾好自己的东西，然后出门离开。

洛达：明天她可能就不会感谢我了。

乡村小路/艾格顿荒原　晨　外

这是一个阴冷且多风的秋日，洛达和格特露德走在路上。
她们沉默地走着，两个人都一筹莫展。
终于，两个女人走上一条通往咒语师特伦德尔小屋的车道。

咒语师特伦德尔的小屋外　午　外

院子里有鸡，咒语师特伦德尔在一个邻近的谷仓里砍木头。

看到两个女人的到来，他放下了手中的锯子。特伦德尔是一个60多岁，面色微红的灰胡子男人。

咒语师特伦德尔：现在，在这么糟糕的一天，我能为你们做些什么呢，女士们？

特伦德尔好奇地打量着洛达的脸。

咒语师特伦德尔（接着说）：我想我认识你，从霍姆斯托克来的，洛达？洛达·布鲁克？

洛达：是的。但是找你的人是我带来的这个女人。

咒语师特伦德尔：很好，我要怎么帮你呢，年轻的女士？

格特露德卷起她的袖子。

咒语师特伦德尔：哦，这真是太可怕了，非常可怕。

格特露德：是的，我已经去看医生了，但他并没有帮上什么忙。我也试过一些药膏，如您所见，也没有任何作用。

格特露德快要哭出来了。

格特露德：我真的很绝望。

咒语师特伦德尔缓慢地摇着头。

咒语师特伦德尔：不，不，夫人，没有药物能治好你的问题。

他轻轻地用一根手指在格特露德的手臂上摩擦，然后看着她的脸。

咒语师特伦德尔：你可能不太想听，但是亲爱的，这是来自一个你的敌人的杰作。

洛达开始与他们两个人保持距离。

格特露德：敌人？什么敌人？

格特露德摇着头，她有点生气。

格特露德：我不认为我有敌人！

咒语师特伦德尔：不幸的是，你确实有敌人。现在，如果你愿意，我可以让你看看这个人是谁。

咒语师特伦德尔带着格特露德走向他的房屋。他示意洛达一同进去，但洛达摇了摇头，随后独自坐在后门附近的一个长凳上。格特露德跟随咒语师特伦德尔进入小屋。

咒语师特伦德尔小屋的客厅/厨房　日　内

咒语师特伦德尔：坐下吧，亲爱的。

格特露德坐在桌子旁，门是敞开的，她可以看到洛达坐在外面的长凳上。

咒语师特伦德尔从他的橱柜里拿出一个玻璃杯，装满了水，他还从一个碗柜里取出一个鸡蛋。他背对格特露德，对着鸡蛋念念有词，然后把它打破。

特伦德尔保留了蛋壳中的蛋黄，把蛋清倒进了玻璃杯，轻轻摇晃后，把杯子递给了格特露德。

咒语师特伦德尔：现在把杯子拿到光线下仔细看看。

格特露德走到后门，观察玻璃杯，蛋清与水混合了。

咒语师特伦德尔：你能从杯子里面看到一个自己熟悉的面孔吗？如果可以，那就是你的敌人。

格特露德：不，我没办法看得太清楚。虽然我……

格特露德凝视着混合液，然后看看坐在长凳上的洛达，然后又看回混合物。

格特露德（接着说）：哦，不，不！

格特露德似乎受到了震惊，手中的杯子掉落在地上。

咒语师特伦德尔屋外　午　外

看到格特露德惊慌失措的样子和玻璃杯破裂的场景，洛达转身走上小路，背对着小屋，在车道上等待。

洛达的客厅/厨房　夜　内

洛达和爱德华坐在桌子前吃饭。

爱德华：妈妈，这汤真好喝。

洛达放下了刀叉，没有动她面前的饭菜。

洛达：我不饿，一点儿都不饿。

爱德华继续津津有味地吃着。

爱德华：牛舍的那群人又开始欺负你了吗？

洛达：我受够了这些事情，他们说我被诅咒了格特露德·洛奇，现在连她自己也开始这么觉得了。

洛达用手捏着一片面包。

洛达：你觉得离开这里怎么样？

爱德华：离开这里？

洛达：是的，离开这里，我可以在辛托克的另一边找到工作，这样就能把这些事情全都抛到一边了。

爱德华放下了餐具。

爱德华：你知道我会跟你走的，虽然还是有些不舍得。

洛达点头表示赞同，并拿起了她的刀叉。

洛达：让我们看看等到春天会发生什么吧。

洛奇的房子　卧室　日　内

面色苍白的格特露德虚弱地坐在一个带有华丽帷幕的四柱床边缘，看起来非常痛苦。她穿着她的睡衣。她的左臂从肩膀往下都被包扎起来，无法动弹。

农场主洛奇跪在橱柜前，愤怒地将橱柜里所有东西都扔了出去。

农场主洛奇：你总是用这些庸医和巫婆给配的药剂，迟早会把自己毒死。别再听村里那些人胡说八道了。

格特露德：我这都是为了你，我不希望让你对我产生厌恶。

农场主洛奇：为了我？为我？这怎么可能是为了我。我要把这些东西全都扔掉，彻底销毁。

格特露德：是！就是为了你好！你就是不想和我待在一起了对吗？

农场主洛奇：哦，又来这套。跟你说了多少遍了，有事要出差，要出差！需要我总是这么重复吗？

格特露德：不仅仅是出差吧，你似乎就是不想要我。你不看我，不碰我，也不再爱我。

格特露德开始哭泣。农场主洛奇站起身来，走到门边，摇了摇头。

农场主洛奇：完全是胡说八道。你准备好了就下来。我会找个女孩来收拾这个烂摊子。

农场主洛奇走出门。过了一会儿，格特露德站起来，走到墙面上的大镜子前。

她仔细地看着镜子里的自己，特别是她的手臂。

格特露德：到底该怎么办？只能找咒语师了。

洛达的小屋　日　外

洛达和爱德华装好行李，放到一辆挂在马上的推车里。离开时，他们回头看了看自己的房子。

咒语师特伦德尔的客厅/厨房　晨　内

格特露德坐在燃烧的壁炉旁。特伦德尔也坐下来，他注意到格特露德在发抖。

咒语师特伦德尔：先让自己暖和起来，亲爱的。

他看看她的脸，然后看看她的左臂，那只胳膊挂在她的身旁，毫无生机。

咒语师特伦德尔：上次见面我就说过对你的困境无能为力，对吧？

格特露德：很不幸，是的。但是这次你能帮我做些什么吗？

咒语师特伦德尔缓慢地摇了摇头。

格特露德脱下了外套，露出了自己的左臂，特伦德尔再次摇了摇头。

咒语师特伦德尔：你太过于相信我了，我老了，力量已经衰弱了。

格特露德：难道连一些建议都没有吗？这个手臂正在毁掉我的生活，我的婚姻。

格特露德快要哭了。

格特露德：我的丈夫不想带我去任何地方，他不想让别人看到我，不想让我和外人有任何接触。他对我感到羞耻，羞耻！

格特露德哭了出来。

咒语师特伦德尔（平静地）：那是他的损失，年轻的女士，我向你保证，那是他巨大的损失。

特伦德尔向前倾身，轻轻地按了一下格特露德的右臂，给她一些安慰。

咒语师特伦德尔：很遗憾，我无法真正帮助到你，这对我来说太难了，我已经没有那种力量了。

格特露德：你没有任何能帮我做的了吗？哪怕只是一个建议？求你告诉

我，好吗？

　　咒语师特伦德尔：我只知道一个可能的办法。它从未失效过，但实施起来会很困难，尤其是对一位年轻的女士来说。

　　格特露德：告诉我！请你告诉我。

　　咒语师特伦德尔：你确定吗？这可不是一件容易的事。

　　她点点头。

　　咒语师特伦德尔（接着说）：好吧。你必须用你受伤的手臂去触碰一个刚被绞死的人的脖子。

　　格特露德面露惊恐。

　　格特露德：哦，天哪！这怎么可能，怎么可能会有用呢？

　　咒语师特伦德尔：只要他还有体温，就能让你身体里的血液得到转换，从而改变你的体质。但是，这并不容易做到，你可能需要贿赂卡斯特布里奇的刽子手。

　　格特露德（摇头）：我不认为我能做到。

　　咒语师特伦德尔：好吧，决定权在你手里。以前我建议很多皮肤出现问题的人去过，尽管可能没有像你这样漂亮的女人。

　　格特露德压站了起来，她努力抑住眼泪，拉下袖子，穿上了外套。

　　格特露德：谢谢你的宝贵时间，我可以付你钱吗？

　　咒语师特伦德尔：不，我亲爱的，你不欠我任何东西，我只能祝你好运。（停顿）我可以冒昧地说点什么吗？

　　格特露德：当然可以。

　　咒语师特伦德尔：你丈夫如果真像你说的那样，他真的不配得到你，我亲爱的，他真的不配。

　　格特露德挤出了一丝微笑。特伦德尔为她开门，她离开了，特伦德尔看着格特露德走出自己的视线中才关上门。

农场主洛奇的房子　客厅　日　内

　　格特露德坐在桌子旁读报，左手悬在身边。农场主洛奇走进房间，看上去很烦躁。格特露德没有抬头看他。

农场主洛奇：你能把报纸放下一会儿吗，格特露德？

格特露德放下了报纸。洛奇神情严肃。

农场主洛奇（接着说）：我要外出几天，去处理一些棘手的事，我没法带你去。我知道我之前……

格特露德：你什么时候走？

农场主洛奇：明天一早就走，可能到下周一才回来，这取决于一些我无法控制的情形，我知道我之前说过，但是……

格特露德故作平静地放下报纸，以掩盖内心的窃喜。

格特露德：没问题。

农场主洛奇：没问题？那就好。我明天一早就走，我还以为你会因为我们之前的争执而生气。

格特露德：我会想你的。你不在的时候房子里空荡荡的。但是有事就应该去处理，我只是会觉得无聊罢了。

农场主洛奇：是的，确实如此。你能这么想我就放心了。

农场主洛奇离开房间，他瞬间感到放松许多。格特露德又拿起了报纸。

格特露德（读报）：犯有纵火罪的犯人将在星期六的早上在卡斯特布里奇被绞死。

农场主洛奇的房子外　日　外

格特露德带着一个小包，从她的花园出来，一个叫作约翰的二十几岁的年轻人牵着马向他走来。

约翰：马来了，夫人。和您一样，她也是一位真正的贵妇，名叫 Lady。

格特露德：你说得对，约翰。Lady 是马厩里最高贵的马。

约翰将从格特露德手中接过的包绑在鞍上，然后他伸出手臂，帮助格特露德骑上马。

格特露德：谢谢你，约翰。你知道现在主人不在，如果我今晚十点之前还没回来，你能帮我把房门锁上吗？

约翰：当然可以，夫人。祝您玩得愉快，我知道你和 Lady 在一起会很安全的。

格特露德和Lady慢慢地离开了。

乡间小路/开阔的荒野　午后　外

格特露德骑着马，左手挂在身边。她骑得很稳。

骑过荒野后，她到了池塘边，Lady在那儿喝水。

格特露德：我初来乍到的时候，是多么热爱这一切，一切都看起来那么美好。

现在就像我的手臂一样，凄凉又不幸。为什么会这样？

荒野/乡间小路/卡斯特布里奇　接近傍晚　外

格特露德继续平稳地骑行，现在她走在通向卡斯特布里奇的小路上。

她来到白鹿旅馆的门口，旅馆旁就是马厩。格特露德牵着Lady走了进去。

白鹿旅馆的马厩　傍晚　外

马夫，一位老年男子，出来迎接格特露德和Lady。

马夫：晚上好，小姐。我可以帮您照看您的马吗？

马夫缓慢地走过去，拍了拍马的脖子。

紧挨着马厩的是一家制作马具的店铺，一群年轻人叫嚷着聚在门口，争先恐后地向店铺里面看。

格特露德指向那群年轻人。

格特露德：那边发生了什么？

马夫：哦，那个，和明天的绞刑有关。斯坦利正在里面做绳子。

格特露德的右手紧紧抓住她无法行动的左手，她艰难地试图下马，马夫上前帮她下来。

马夫：您别介意，小姐。

他解开马鞍和系在马上的包。

马夫（接着说）：是的，绳子总是很受欢迎的，后来就开始按寸出售了。

格特露德从马夫那里接过包，马夫降低声音。

马夫：如果您需要的话，小姐，我让斯坦利为您留一些，给您一个好价格。

格特露德看起来很震惊。

格特露德：不！不，我对那种东西一点兴趣也没有。

马夫：你是来看绞刑的吧？

格特露德（激动）：不！我不是。至少不是你想的那样。

马夫耸了耸肩。

马夫：我怎么想并不重要，小姐，我只能确保你的马吃饱喝足。

白鹿旅馆的大堂　夜　内

旅馆很繁忙，格特露德在前台和店主交谈。

店主递给她一把钥匙，指向房间一边的楼梯。格特露德右手拿着包和钥匙，走了过去。

白鹿旅馆的马厩　夜　外

格特露德正在和马夫交谈，她给了马夫一些钱，马夫告诉她如何能找到刽子手的住处。

马夫：刽子手的名字叫汤米·韦斯特。祝你好运，希望你一切顺利。

卡斯特布里奇城　夜　外

尽管已经入夜，城镇依然热闹。格特露德穿过繁华的街道，她找到了监狱所在的山丘。她抬头看到人们正在忙着搭建绞刑架。格特露德经过监狱的所在的郊区，走到山丘一侧的河边。再往前大约一百码，就到了刽子手的房门外面。房屋靠近河边，紧挨着一个堰坝，堰坝持续地发出水流的咆哮声。

汤米·韦斯特的房屋　夜　外

格特露德在离小屋几码远的地方犹豫着。就在这时，门开了，刽子手汤米·韦斯特拿着蜡烛出来。他40多岁，身材高大，体格健壮，一身黑衣服。格特露德试图让自己的声音压过堰坝的咆哮声。

格特露德：你好！你是汤米·韦斯特吗？

韦斯特（生气地）：谁在找他，为什么？

格特露德：我想和他谈一谈。

韦斯特：我就是汤米·韦斯特，我正要上床睡觉。

他的眼睛仔细打量着格特露德，声音听起来很凶狠。

韦斯特（继续说）：你知道，人们是怎么说的，早睡早起。但是我不介意为了你多待一会儿。

韦斯特打开房门，让格特露德进去。

汤米·韦斯特房屋的客厅　夜　内

房间很暗，只有蜡烛发出微光，韦斯特又点燃了几支蜡烛。

韦斯特：那么，小姐，我能怎么帮你？

格特露德：我是来问问明天的事。

韦斯特（微笑）：如果你是来打听绞刑的，那就是在浪费时间。

格特露德摇了摇头。

韦斯特（继续说）：不是？那么被执行绞刑的人是你的亲戚，还是在你那儿工作过的人？

格特露德：都不是。执行时间是什么时候？

韦斯特：中午十二点，或者等到伦敦邮政马车到达后就执行，以防万一有赦免。

格特露德：赦免？我希望不要！

韦斯特对格特露德的冷血瞬间感到震惊，然后笑了。

韦斯特：我也希望如此。但是有人说他应该得到赦免，那个孩子才18岁，谷仓着火时他只是碰巧在场。

格特露德：是，是的，当然。我只是想说……

韦斯特：你想说什么并不重要。他不会被赦免，他们必须杀一儆百。

格特露德：我想说，我只是想摸他一下，当作一个护身符，治愈我的疾病。

韦斯特（点头）：啊，现在我明白了。过去这些年我也见过这样的人，但你看起来不像是需要换血的人。你有什么病？

格特露德卷起左臂的袖子。

韦斯特：啊，都萎缩了。这是我见过最糟的。一定是某个经历过这件事的人让你来这的。

格特露德：你能为我安排一切必要的事情吗？

韦斯特：我曾因为这样的事惹过麻烦。

韦斯特用他深黑的眼睛打量着格特露德。

韦斯特（继续说）：但我还是可以尝试帮你，只需一些报酬。

格特露德：谢谢你，谢谢你。（发抖）它现在在哪儿？

韦斯特：你说"它"？你指的是"他"？他现在和我们一样还在呼吸。

格特露德：对不起，当然，我只是觉得……

韦斯特笑了起来，摇摇头。

韦斯特：女士，没必要感到抱歉！那个男孩被锁在我们头顶上方的阴暗之地，他明早看到的第一张脸和他在这个世界上看到的最后一张脸都将是我。

韦斯特抓住格特露德的右臂，领着她走到门口，然后打开门。他指着通向镇里方向的巷子。他必须在流淌的河流声中提高音量。

韦斯特：现在你去那条路上的小门口等着。

格特露德离开。

卡斯特布里奇镇　日　外

格特露德走过镇子，前往监狱。街头的小贩们在叫卖他们的商品。街道上洋溢着派对的气氛，人们纷纷涌向绞刑架，争先恐后地想要找个好位置观看。

格特露德沿着河边走，她走到小门口等待。过了一会儿，韦斯特打开门，他穿着黑色的三件套西装，让格特露德走了进去。

卡斯特布里奇监狱　日　内

韦斯特：没有赦免，那个年轻人必死无疑。

格特露德微笑着，脸上的表情显得有些呆滞。

韦斯特（继续说）：不过我们在那不能停留太久，我听说他的家人想把尸体带回去埋葬。

格特露德跟在韦斯特后面走上楼梯。楼道和房间很阴暗。韦斯特示意她坐在被三面阴冷砖墙环绕的一把椅子上。房间除了中间约4英尺间隔的两块大石头以外别无他物。韦斯特走过一道刻有"县监狱：1793"字样的石拱门，拱门通向唯一照亮房间的光源。在这个空间中，格特露德可以听到外面狂热的人群兴奋地期待着即将发生的事情。在喧嚣中，格特露德听到一个人的声音。

未知的声音：*最后的死亡声明和忏悔。*

城镇十二点的钟声敲响。然后是一阵寂静，接着传来下面观众们惊愕的声音。

坐在椅子上的格特露德听着下面观众的反应，低下头卷起左手的袖子，等待着。韦斯特以刽子手的身份走过拱门，走向她。

格特露德站起来，她的身体剧烈地颤抖，无法平静。两个人从拱门下的强光中走出，抬着一只棺材，然后把棺材砰的一声放在房间中间的两块石头上。然后他们两人都走出了拱门。

格特露德在韦斯特的帮助下走向棺材，他紧紧抓住格特露德受伤的手臂。

格特露德身后的楼梯上传来脚步声。

就在格特露德的手臂即将触碰到尸体的脖子时，她鼓起勇气向下看，发现即将触碰的竟然是爱德华·布鲁克的尸体，一阵难以掩盖的恐惧瞬间向她袭来，格特露德歇斯底里地尖叫起来。

格特露德：*爱德华！不！不！不！*

格特露德转过身，看到农场主洛奇和洛达在房间里。尽管韦斯特试图扶住她，但格特露德还是昏倒了，她的头砰的一声撞到了地板上。

回到洛达的梦境/幻觉场景

洛达挣扎着用右手抓住了格特露德的左臂，把她从床上甩了下去。

格特露德的头在地板上发出了巨大的撞击声。

闪回结束

卡斯特布里奇监狱　日　内

泪流满面的洛达怒不可遏地冲向格特露德。

洛达：你，你！为什么你会在这？为什么？这正是撒旦在我梦里展示给我看的场景。为什么？为什么？

洛达弯腰，颤抖着摇晃昏迷的格特露德。农场主洛奇急忙过去，把洛达拉开。

洛达：你所作的一切难道还不够吗？我不是每天晚上都梦见你的脸和结婚戒指吗？

农场主洛奇：求你了洛达！别这样！放过她吧。

格特露德躺在地板上，双目圆睁。

洛奇面色焦急，跪在格特露德的尸体旁边，摇头不已。

农场主洛奇：哦，格特露德，我做了什么，我究竟做了什么？

洛达趴在爱德华的棺木上痛哭。韦斯特看着房间里混乱的景象，耸了耸肩。

韦斯特：现在我的小费怎么算？

霍尔姆斯克公墓　日　外

一小群人，包括农场主洛奇。他们站在一个开放的坟墓周围，格特露德的棺木正在被放入。

约翰和Lady在公墓的另一侧观看。

农场主洛奇的房子　晨　外

洛奇站在他的房子外面，递给一个穿着整洁的绅士一个白色的信封，他们两人握手告别。然后他上了一辆有马车夫和两匹马的马车，驶离了农场。

艾格登荒原　夜　外

风雨交加。

洛达缓慢地行走，头和肩膀无力地耷拉在虚弱的身体上。她的整个身体不时地抽搐，苍白的脸惊恐地看着一个无形的幻象，她的右手向前伸出，试图抓住这个幻象，但只能抓到夜晚的空气。

画面渐渐模糊

结束

Part 4

第四部分

借鉴的艺术

8 解构文本

8.1 在文本与文本之间进行创作

本章将从两个角度考察"借鉴"：作为一种改编形式的借鉴和借鉴行为本身。"借鉴"可以泛指把一个文本语境中的主要特征或角度提取出来，在另一文本语境中再次使用的现象。我们将在后文的讨论中明确，大多数借鉴的形式都存在于某一角色类型和许多角色之间，除此之外，故事背景、事件或叙事形式等方面同样存在借鉴的可能性。事实上，许多剧作家已经将这种可能变为了现实。

作为一名剧作家，你可以首先预设你的观众对已知故事文本元素的熟悉程度，再去思考应该如何将这些元素融入你的"新"作品中。"借鉴"的精髓在于，文本和形式之间存在着可供我们选择的"能指的海洋"，剧作家可以从广泛的能指当中选择最适合的一种解释。这在直接上手改编之余，给你提供了另一种改编的方向。

我们可以从斯蒂芬·诺林顿（Stephen Norrington）的《天降奇兵》（*The League of Extraordinary Gentlemen*, 2003）中发现，角色们分别来自不同的、极负盛名的文学作品中，而被编剧放到了同一个故事里。在这部电影中，你可以看到亨利·赖德·哈格（H. Rider Haggard）笔下的艾伦·考特曼（Allan Quatermain）与米娜·哈克（Mina Harker）、尼莫船长（Captain Nemo）和隐形人（Invisible Man）并肩作战。

即使我们不熟悉故事的细节，但我们对"经典"作品多少都有所耳闻，正是这种认知中的听闻，让编剧特意设计的、有趣的拼接文本发挥了作用。这一设计并不是为了测试或考验观众是否了解故事的来源，因为无论观众是否读过赫伯特·乔治·威尔斯（H.G.Wells）的原著，都能知道"隐形人"是一个来自此文本之外的角色。这种认知也许来源于1933年詹姆斯·惠尔（James Whale）根据1897年威尔斯创作的小说改编出的克劳德·雷恩斯（Claude Rains）这一角色；也许来源于1975年大卫·麦考姆（David McCallum）的电视形象；也许来源于1992年切维·切斯（Chevy Chase）主演、约翰·卡朋特（John Carpenter）执导的电影《穿墙隐形人》（*Memoirs of an Invisible Man*, 1992）；或者来自保罗·范霍文（Paul Verhoven）执导的《空心人》（*Hollow Man*, 2000）。

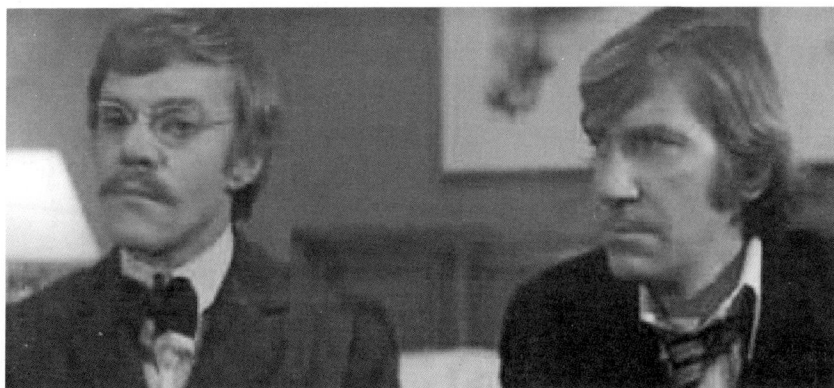

图 8.1 在《两世奇人》（*Time After Time*，1979）中，来自历史中的人物们相遇。在使用历史中文学人物进行创作的过程中，故事的前史和现在是极其模糊的。

事实上，我们的认知来自所有的源文本，以及许许多多对源文本进行了改编和诠释的其他故事文本。每一个版本都增加了新的内容并扩展了我们的文化引用范围。我们身处一个把电影、电视、文学和其他流行文化作为参照的世界，这意味着编剧可以利用观众的潜在认知体系的任何一部分作为参照。作为一名编剧，你可以假定你的观众不需要任何"原型"以供参考，就能够完全了解隐形人的概念。当隐形人这样的概念被直接使用在新的故事中，"借鉴"就发生了。这表明内容的互动不仅存在于单一文本的上下文中，还可以跨越文本和形式而存在。

事实上，《天降奇兵》改编自一部1999年的连载漫画，这个稍微有些与众不同的复杂改编过程将在后文进行讨论。除了角色的使用和类型再利用之外，"借鉴"还可以用于扩展现有的故事文本或故事系列，可以应用于那些试图构建独立的"故事宇宙"的作品，并通过"借鉴"，在其起源的基础上一步步扩充故事世界。我们可以从《星球大战》（*Star Wars*）系列中最直观地看到这一点，在这一系列中不仅有被我们大众所熟知并仍然在连载的讲述天行者传奇的故事电影，还有许多同系列的小说、动画和连环画。事实上，在1977年这一系列的第一部电影上映后，1978年就有一部小说作为续集出版面世。这是为了帮助电影宣传，扩大电影的影响力，防止电影失败、没有足够的资金条件支撑第二部的拍摄。甚至艾伦·迪恩·福斯特（Alan Dean Foster）写的小说《心灵之眼的碎片》（*Splinter of the Mind's Eye*）与《星球大战2：帝国反击战》（*Star Wars: Episode V–The Empire Strikes Back*, 1980）的故事走向截然相反，并完全忽略了汉·索罗（Han Solo）这个角色。

由此可知，本章所概述的"借鉴"的理论内容和论证过程模糊了一种界限，即前几章所讨论的"严格"改编与直接参考已有电影、已有角色、已有场景的原创作品之间的区别。这样一来，在观众不会察觉到的情况下，通过对他们"将会了解"的素材的引用，为编剧创造新概念和新剧本提供了机会。

在接下来的两章中将要讨论的电影剧本原创性是一个值得探究、困难重重的问题。但是，对于那些可以根据已有素材、掌握观众普遍认知的编剧而言，这不是亟待解决的问题。正视电影剧本的原创性，这一过程有利于作为编剧的你，从各种文化能指中剥离出特定意义，帮助你获得创新的机会。因为这样一种创新不仅需要使用已有文本，更是依赖已有文本而诞生的。

◎ 类型

关于电影或故事的"类型"及其作用的论述可谓汗牛充栋。当我们要对其进行分析时，有无数的文本能够作为我们的参考。"类型"（Genre）一词来源于拉丁语，可以理解为种类或类别。然而，类型远不止是一种分类系统，它的影响要广泛得多，也复杂得多。从某种程度上说，遵循一种类型就是对前人作品中已有的风格和特点的一种"借鉴"。类型形成于不同文本中的相同意象，如西部片中一定会展现美国中西部史诗般的风景，黑色电影中一定会有穿风衣的侦探。叙事顺序也是区分类型的一个角度，比如，经典西部片有着固定的故事套路：枪手骑马进城，通过枪战解救受困的社区，然后独自离开。此外，角色类型也可以反映类型，无论是"蛇蝎美人""动作片英雄"还是"有道德问题的侦探"。当某个类型的基本形态受到考验和挑战，不再能够概括所要使用的文本类型，新的类型就会衍生。

在剧作层面，研究改编和借鉴过程的文章很多，但从类型的形式和功能角度进行切入的文章很少。如果我们稍微了解类型对于改编的影响，就会发现从直接改编到采用借鉴的转变中，文本对借鉴的束缚较小。

正是因为电影能够被确立为一种文本类型，流行的文学小说与电影之间才被区别开来。在电影改编的过程中，文本极有可能依照某种类型的叙事形式而调整，甚至原文本的叙事顺序会在电影文本中变得面目全非。这并不意味着任意一部文学小说会被强硬地套上西部片或科幻片的外衣。只是作为观影观众，我们习惯了某些类型的固定的叙事套路，而文本也会利用这些惯用的套路传递准确的信息。例如，大卫·里恩导演赋予了《远大前程》（1946）一个皆大欢喜的结局，确立了一个可以圆满结束故事。我们可以断言，这正是因为影片的类型决定了影片的浪漫主义表达和结局走向。

电影在类型上的规则与文学小说有些许不同，观众对特定的类型作品也会有不同的期待。这些规则关乎作品的媒介交流形式，主要体现在以下两个层面：第一，审美。某些的影像特征会指向特定的类型，随之而来的是观众对这一类型产生。这些期望不是必须满足的东西，但它会成为编剧无法忽视的存在。编剧则可以利用这一点，去打破观众期待，制造出其不意的戏剧效果。观众永远会对原文本所属的类型抱有预期，在故事文本呈现于银幕之时，更会激发观众心里的诸多期待。

第二，叙述形式。特定的情节表述适用于特定的类型，但也有许多文本形式适用于跨越类型的表达。作家伊恩·麦克尤恩（Ian McEwan）的《爱无可忍》（*Enduring Love*, 1998）的故事内容在罗杰·米歇尔（Roger Michell）2005年导演的同名电影中出现了巨大的偏差。这种转变是对变迁的时代语境的适应，但同时也迎合了电影观众对简洁的单线叙事类型的喜爱。米歇尔把原著的叙事线索提取出来，将其改编成为一部惊悚片。这或许暗示了为什么克拉丽莎（Clarissa）会变成克莱尔（Claire），也解释了角色功能在影片中为什么会被降格或升格。对于电影及其主角来说，肩负拯救他人的使命才是至关重要的。导演勾勒出的这条情节线也构成了影片的故事基础。所以当我们看到杰德（Jed）的住所内部时，我们才能发现墙上的照片，以及整体生活景象的破败。

电影没有按照原文本的叙述方式，花费时间去探索杰德（Jed）的角色构成，也没有乔（Joe）作为叙述者来给观众讲述任何客观的信息。所以观众的观看独立于原文本，依照他们自身对电影类型的了解、对角色标志性活动的认知以及对固定叙事形式走向的期望。这样的叙述模式会让观众进入观影的舒适区，他们很容易地会从心理上接受正在观看的内容。因此，两个版本的《爱无可忍》在叙述方式和类型形式大相径庭，引发了猛烈批判。

图 8.2　这种空间正好符合我们对惊悚片中"跟踪者"生活环境的期待。电影《爱无可忍》（2004）用一种"速记"的方式实现了我们的预期。

　　这将问题导向至改编要如何适应电影类型形式的问题。为了改编，编剧可能会对角色设定、关键事件和场景予以保留，却创造出符合电影类型的另一种叙事内容，而作品的内涵也有可能因此改变。但这种改变不是弊病，反而恰恰给改编提供了可能与机会。例如，在影片《银翼杀手》（1982）中，导演雷德利·斯科特借鉴了作家菲利普·K. 迪克 1968 年小说《仿生人会梦见电子羊吗？》中关于侦破与探案的元素。电影编剧的剧本会如何把握原文本中的写作套路，又会在何种方面遵循电影类型的形式，对二者的衡量会使作品具备不同的意义内涵。

练习

　　尝试选择一部类型不太明确的文学小说或短篇故事，勾勒出它的情节脉络。关注其中有哪些基本情节点？抛弃这些情节点，故事是否就无法展开？你得首先区分主要情节和次要情节，然后聚焦核心情节线，确定作品类型。然后，进一步构思你的作品，在保持原作审美形式的同时，遵循电影类型的叙事形式。思考一下，你选择的类型模式是否可以隐藏在故事文本之后？你将赋予文本何种隐蔽程度？不同程度的形式变换可能会让作品拥有不同的受众群体。这是编剧惯用的思考创作方式之一。

选一篇任意类型的文学作品，分辨其中包含了哪些可以被直接搬上银幕的类型模式原色？《银翼杀手》的原版电影在菲利普·K.迪克的科幻文本上加入了低沉的旁白，为影片焊接了另一种类型模式。当制片公司重新发行雷德利·斯科特的导演剪辑版时，旁白被删去了，阴沉的氛围依然存在，但表现形式已然改变。作为编剧，我们应该如何掌握文本类型模式的各个元素来控制文本的主题表达？

8.2 互文性

"互文性"这一概念由法国符号学家朱莉娅·克里斯蒂娃（Julia Kristeva，1941—）提出。它源于拉丁文"intertexto"，原意是：编织时交叉的线。这是一个关键的隐喻，它触及当代文本研究的核心内涵，它对于编剧来说既是机遇也是挑战。克里斯蒂娃及其后所有的符号学家，都对文本与其他文本之间产生联系的符号系统充满兴趣，并且关注这种符号系统对实现文本与观众交流的影响。这一研究对编剧来说至关重要。

这一观点还强调，我们生活在一个由文本填充起来的世界，在这个世界中，文学、电影、电视和其他娱乐形式之间的界限已经被打破。"传统"的改编仅仅是将一种文本形式转换为另一种文本形式，而现在的改编越来越倾向于提取其他改编的某些片段，将其与原作拼接在一起。结果，由文本填充的文化中就出现了这许许多多被提取而出的片段。

"互文性"给编剧提供了改编的一种方向，我们能够利用毫不相关的一系列文本，将它们联系起来，产生新的意义。克里斯蒂娃的观点的文本依据，来自另一位语言学家米哈伊尔·巴赫金（Mikhail Bakhtin）。巴赫金说："这是一个众生喧哗的时代。"他认为，人类交流中的每一次表达都是对正在进行言语的阐释，并解释着最终发展而成的对话内容。电影同样具有对话性，因为它是所有同一主题类型电影的一部分，并且超越了特定类型的电影。一部电影会间接地参考、借鉴其他电影，无论这种参考与借鉴看起来多么隐晦，它始终是对其他电影的一种引用与反映。因此，电影的意义形成、产生于这样的交流。我们会根据影片与其他影片的相似之处，以及我们对影片之间有意识或无意识的联想，来解读影片。

作为一名编剧，你需要时常有意识地与大众认知进行交流，并尽可能确保观众产生的联想与你企图激发的方向一致。因此，从各种渠道获取灵感和素材并不是抄袭，而是合理地利用其他电影中留下来的"遗产"。其关键在于创作者如何将这些素材改编，打磨出新颖的、与众不同的作品。

通过对其他文本的参考和引用，互文的关系建立起来了，文本就会产生新的意义。这会隐含在编剧所构建的作品中。例如，当约翰·特拉沃尔塔（John Travolta）在《低俗小说》（*Pulp Fiction*，1994）中开始与乌玛·瑟曼（Uma Thurman）共舞时，我们就无法将特拉沃尔塔与他在《周末夜狂热》（*Saturday Night Fever*，1978）等影片中的表演区分开来。不仅如此，导演塔伦蒂诺（Tarantino）刻意利用了大众广泛接受的这一背景，让观众加入影片游戏中。互文引用的形式可以说是电影在叙事技巧上的一种强化，它对叙事进程几乎没有什么帮助，但却提供了更广泛的背景信息。塔伦蒂诺曾明确提及他在构思这场戏时，让－吕克·戈达尔（Jean-Luc Godard）对他创作的影响，这种影响尤其明显地体现在《法外之徒》（*bande à part*，1964）中麦迪逊（Madison）的舞蹈场景。而这样的"借鉴"被隐藏在影片中，观众并不容易察觉。

作为当代最具影响力的系列电影之一，《星球大战》（1977）从其他故事文本中吸收了大量素材。绝地武士是挥舞着光剑而非金属剑的中世纪骑士团。卢克（Luke）是年轻的亚瑟王，欧比旺·克努比（Obi·Wan Kenobi）是梅林（Merlin）。汉·索罗对应的是兰斯洛特（Lancelot），而莱娅公主（Leia）则是桂妮维亚（Guinevere）。R2-D2和C-3PO是争吵不休的喜剧双簧，他们在本质上就是以劳雷尔（Laurel）和哈代或阿博特（Abbott）和科斯特洛（Costello）为原型创造的角色。在形式上，影片的叙事视点和划变转场作为剪辑手段的创作手法，则直接受到黑泽明（Akira Kurosawa）导演的电影《战国英豪》（*The Hidden Fortress*，1958）的启发。影片的高潮部分，即对死星防御薄弱位置的精确打击，受到了英国战争片《敌后大爆破》[*The Dam Busters*，迈克尔·安德森（Michael Anderson），1955]和《633轰炸大队》[*633 Squadron*，沃尔特·格劳曼（Walter Grauman），1964]的影响。显然，卢卡斯（Lucas）在制作影片的过程中加入了第二次世界大战中空战的真实影像剪辑，以实现逼真的视觉效果。另有一些作家和导演会直接使用互文式引用来表达含义。在汤姆·斯托帕德（Tom Stoppard）、特里·吉列姆（Terry Gilliam）和查尔斯·麦基翁（Charles McKeown）的《妙想天开》（*Brazil*，1985）

剧本中，直接引用了谢尔盖·爱森斯坦（Sergei Eisenstein）的经典影片《战舰波将金号》（*The Battleship Potemkin*）的情节。这一引用还进一步强调影片中对极权主义世界的描绘，对于不了解《战舰波将金号》的观众来说，这样的情节设计只是一个充满张力的戏剧性场景，而对于熟悉爱森斯坦的观众来说，它则起到了强化影像表达、增加文本内涵的作用。不仅如此，同样的场景在布莱恩·德帕尔玛（Brian DePalma）1987年执导的《铁面无私》（*The Untouchables*）中再次呈现，导演极其巧妙地用互文式引用，真实反映了阿尔·卡彭（Al Capone）掌权的20世纪30年代芝加哥黑手党集团的社会背景。

上述案例揭示了编剧在创作中所使用的部分方法，触及了剧本工作的核心：一方面，编剧写作的目的是呈现给观众，因此编剧必须考虑如何与观众沟通。如此一来，编剧从其他文本中获取创作素材，并应用于自己的剧本的时候，就必须衡量这些引用素材之于观众认知中的意义。另一方面，电影的幕后创作团队是剧本的"第一批观众"。正是他们把编剧的文字变成了影像，这些都不会出现在影片中，也不会出现在剧本中，但对你的创作思考有着重要的影响。

在特里·吉列姆（Terry Gilliam）于1981年制作而成的电影《时光大盗》（*Time Bandits*）中，时空转换的一瞬间，我们无畏的英雄来到了古希腊，见证了阿伽门农（Agamemnon）与弥诺陶洛斯（Minotaur）的战斗。

希腊战士：（摘下头盔，露出只有肖恩·康纳利（Sean Connery）才有的微笑）哦，你真是个爱聊天的小家伙……

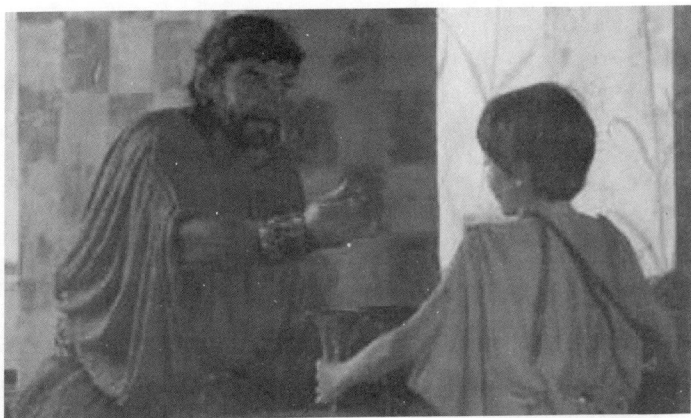

图 8.3　当康纳利出现在《时光大盗》的银幕上时，他作为一个文化人物和演员的意义就开始显现出来。

"哦，你真是个爱聊天的小家伙……"这句话不仅让观众看到了眼前的康纳利，还和他本人参演过的所有电影角色相呼应。

在剧本中使用的互文引用，与银幕上的互文式致敬有着同样的创作价值。实际上，剧本中的引用同时服务于两种观众群体，即阅读编剧文本的制作团队和观看成片的观众。

出现在银幕上的引用可以像伍迪·艾伦（Woody Allen）在《呆头鹅》（*Play It Again, Sam*, 1975）中对鲍嘉（Bogart）的"引用"那样清晰明了，也可以非常含蓄，让观众只能隐约感觉到其中的相似。有趣的是，《卡萨布兰卡》[迈克尔·柯蒂兹（Michael Curtiz），1942]中从未出现过"Play it again, Sam"（再弹一遍，山姆）的台词。然而这一存在于电影文本之外的语句引发了极大的争议，可以显见，个中原因来自《卡萨布兰卡》周围的电影文化世界。文本中的语言沉浸在一个虚拟世界中，所有的虚构文本都在互相引用。这将我们的思考导向了对源文本（hypotext）和超文本（hypertext）的辨析。

✏️ 练习 ___ __

　　尝试为一部类型电影编写一个开场画面。虽然这不是源自特定文本的直接改编，但你可以从文学小说中汲取灵感，或者采取对另一部电影的互文性引用。例如，你可以在一部浪漫喜剧的开场中加入一部著名动作片的配乐。思考一下，对另一部电影的直接引用会如何影响到观众对影片的理解？

✏️ 练习 ___ __

　　选择一篇你熟悉的文学小说，确保它未被改编过（或者你对改编过的影片并不熟悉）。用剧本的格式写出开篇场景。一旦你有了一个粗略的初稿，就可以开始考虑如何对类似形式的电影进行视觉借鉴。你可以尝试在场景中加入一个视觉互文性引用，可以模仿一部电影的标志性开场，如《银翼杀手》或《曼哈顿》（*Manhattan*, 1979）。如果你选择将电影文本与另一部影片联系在一起，那么你的写作要如何有效地帮助影片制作团队，去丰富镜头语言的表达？

8.3 源文本和超文本

源文本和超文本的概念首先出现在叙事学家杰拉德·热奈特（Gerard Genette）的研究中。根据热奈特的定义，源文本是起源文本，超文本是使用但不直接引用源文本的新作品。如果将"hyper"解释为"上面"，"hypo"解释为"下面"，那么这个概念就更容易理解，也更容易在实践中找到落脚。这一对概念显然不同于互文性概念，后者依赖于对先前文本的直接引用，因此源文本和超文本具有不同于互文的功能。

站在编剧的立场上，对源文本进行加工处理，本质上不同于参考其他文本。按照热奈特的理论，加工处理源文本，重点在于取用一个先前文本的精髓，并将其作为新文本的基础。从某种程度上说，对源文本的加工处理可以被视作改编的本质。这也是罗伯特·斯坦（Robert Stam）在《电影符号学的新词汇》（*New Vocabularies in Film Semiotics*）一书中提出的观点。但事情如果仅仅只是这么简单，那么关于源文本和超文本的章节，只值得作为前文中的一个脚注而存在了。

对于编剧来说，这一对概念为他们提供了一种思路，即开始关注判断和分析的概念性用途，寻找一个基于"原始"文本而衍生出的超文本写作方式。纵观文学小说的叙事和写作方式，福尔摩斯这一人物是极具代表性的。

众所周知，柯南·道尔（Conan Doyle）的故事经历了多次改编，屡次获得成功。最具代表性的版本当数英国ITV电视网从1984年到1994年制作的、由杰里米·布雷特（Jeremy Brett）主演的电视连续剧。不可否认，该作品之所以脱颖而出，得益于极其鲜明的、带有柯南·道尔"原始特征"色彩的文本。英国广播公司的系列剧《神探夏洛克》（Sherlock, 2010 —2017）的成功也在于此。尽管故事背景设定在现代伦敦，但电视剧集显然是根据柯南·道尔的原创故事改编的，"血字的研究"（柯南·道尔，1886）变成了"粉字的研究"（2010）。这是对故事的有意更新，依赖原创故事吸引柯南·道尔的狂热爱好者，同时也让那些对原著故事不熟悉的观众更近距离地接触到了片中角色。

福尔摩斯是一个极其特殊的例子。在柯南·道尔完结这部经典作品之前，第一批改编作品就已经问世。文字、舞台改编和银幕改编之间的参照关系已经初具模型。这种参照关系通过视觉改编和西德尼·帕吉特（Sidney Paget）所作的插图进一步增强，这些插图同书面文字一样，对于定义角色的美学内涵发挥了重要作用。福尔摩斯从一开始就存在于充满各种素材的海洋中。经由改编而成的不同版本的福尔摩斯作品之间都存在着文本的内部的互文和跨文本的引用。在《福尔摩斯：基本演绎法》（*Elementary*, 2011—）等系列中，侦探福尔摩斯在21世纪的纽约工作，而在《豪斯医生》（*House*, 2004—2012）中，他则变成了厌世的医生格雷戈里·豪斯（Gregory House），福尔摩斯这一角色隐藏在表象之下，存在、影响着人物塑造，但观众几乎可以做到视而不见。

图 8.4　在 BBC 的《神探夏洛克》中，福尔摩斯的标志性特点得到了保留，只是故事的时代背景发生了变化。

　　通过研究福尔摩斯的故事作为"源文本"（Hypotext）的功能，我们可以看到源文本作为一种写作素材所发挥的作用。除上述改编的文本之外，福尔摩斯这个角色还催生了"蝙蝠侠"这一超文本。当然，蝙蝠侠文本本身就是黑帮电影和硬汉侦探小说的综合体，但不难发现，即使没有对福尔摩斯这一角色或是原作文本的任何直接引用，蝙蝠侠这一角色的核心元素却牢牢植根于福尔摩斯。在《侦探漫画》（*Detective Comics*）1939年第27期中，蝙蝠侠凭借其非凡的智慧和体能成为一个超越凡人的侦探形象，这时，作为源文本的福尔摩斯显然隐匿了，但超文本的痕迹仍然存在，源文本中隐含的、广泛的背景知识依旧可以从超文本中找到蛛丝马迹。

　　这是剧作编剧进行改编的一个有效技巧，就像使用互文、引用一样。我们可以合理地假定，某些文本的套路在文化语境中已经广为人知了，编剧足以在创作的文本之下、在读者可能没有意识到的层面上，发挥这种隐含存在对读者的影响，因此编剧无须对这些素材进行直接引用，而是采取对源文本精髓的提炼。可以说，这完全不是在寻求创作灵感，因为文本的结构和形式早已为剧本的读者和影片的观众所熟知。

练习

　　找出一个类型化角色的核心特征，可以是侦探，因为他们最有代表性。然后列出他们的特质、属性等主要性格特征，利用这些特征"塑造"另一个角色。你需要注意，这个角色应当在相同的角色类型或形式中能够凸显出来。接着利用这个角色构思一个剧本的开场，研究以下问题：你对角色的思考与运用是否能让观众快速进入剧情？你的角色原型能清晰地体现吗？如果可以，这是对著名的源文本的再创作（如《福尔摩斯：基本演绎法》）？还是对著名角色类型的进一步嵌入（如《豪斯医生》)?

练习

　　选择一个熟悉的场景。例如福尔摩斯（Holmes）所处的伦敦。用配角人物来描绘、填充这座城市，比如雷斯垂德（Lestrade）探长和赫德森（Hudson）太太。使用这些我们熟悉的标志性地点、类型和故事，写一部电影的开场白。接着，设计一个你自己创作的角色，将其与观众期待的故事发展相吻合，或者与之背道而驰。

案例研究：《逃狱三王》

导演：乔尔·科恩和伊桑·科恩

　　要想找到一部当代电影文本，要求它不包含对其他文本的引用，是非常困难的。我们不妨通过研究当代电影的典型案例，看看这些引用是如何被精心编织进故事的结构中，从而增强了影片象征内涵的。2000年由乔尔·科恩（Joel）和伊桑·科恩（Ethan Coen）编剧并执导的电影《逃狱三王》（*O Brother, Where Art Thou?* 2000）在创作过程中使用了各种不同的剧作技术和文本引用。其中，一些引用深藏于影片之中，而另一些则直观、清晰地直接展现给了观众。这部影片的片名来自普雷斯顿·斯特吉斯（Preston Sturges）的《苏利文的旅行》（*Sullivan's Travels*, 1941）。在影片中，乔尔·麦克雷（Joel McCrea）饰演的约翰·L.苏利文（John L. Sullivan）是一位电影导演，他想改编一本虚构的关于经济大萧条的书，书名直译为《兄弟啊，你在哪？》（*O Brother, Where Art Thou?*）。因此，科恩兄弟实际上是在拍摄一部没有可供改编的故事文本的电影。然而，他们的电影参考了斯特吉斯对自己早期的作品的文本借鉴。并且，《苏利文的旅行》也是对《格列佛游记》（Gulliver's Travels）的互文引用。

影片中还有许多流行文化的引用。克里斯·托马斯·金（Chris Thomas King）饰演的汤米·约翰逊（Tommy Johnson）是一位巡游演出的蓝调吉他演奏家，这一角色塑造背后，隐约可见罗伯特·约翰逊（Robert Johnson）的影子。传说中，罗伯特·约翰逊将自己的灵魂出卖给了魔鬼，以换取高超的吉他琴技、名声和财富。汤米在影片中的故事经历与此情节相呼应，并为罗伯特·约翰逊本人的遭遇提供了一系列可行性的解释。显然，这种大萧条时代背景下的"美式传说"，融入、借鉴了浮士德式的神话故事。从克里斯托弗·马洛（Christopher Marlowe）的《浮士德博士的悲剧》（Dr Faustus, 约1592）、阿德尔伯特·冯·查米索（Adelbert von Chamisso）的《失去影子的人》（Peter Schlemihls wundersame Geschichte, 1814）到《魔鬼代言人》（The Devil's Advocate, 1997）等当代电影，这一神话总是出现在现代的众多故事之中。而该电影对罗伯特·约翰逊的每一个引用，都可以找到具体参照，其中，关于《浮士德》的神话的参照，则具备更深层次的、针对性研究的价值。无论是以哪种方式存在，这样的参照与借鉴，都与影片中的人物一起，诠释了故事的内核。

《逃狱三王》根植于（而并非改编于）荷马（Homer）的《奥德赛》（Odyssey），《奥德赛》中的许多人物都在影片中直接出场了。该影片中主角的名为尤利西斯·埃弗雷特·麦吉尔（Ulysses Everett McGill），他本人在叙事功能上与荷马史诗中的主人公遥相呼应，但在性格特征上却有所区别。尤利西斯和他的伙伴们在旅行路途中遇到了海妖、独眼巨人和波塞冬。电影引入这些角色，如库利（Cooley），得益于主创人员对源素材的深入挖掘，在深刻理解文本内涵的基础上采取的叙事策略。如海妖、独眼巨人等易于辨认的形象，会更容易地被观众识别、接收。作为一个银幕形象，海妖已经摆脱了源文本的束缚，以其自身的独特身份发挥了标识性的作用。从这一方面来看，《逃狱三王》中既有对美国经典电影的互文性引用，也有对传统西方神话的直接引入。这些引用依照其特定的脉络，使其能够作为一种文化迷思，产生广泛的影响。当然，观众对影片的理解，并不依赖于读解所引用的神话故事、其他电影文本，因为这部电影自身的叙事脉络已经足够清晰可辨。

9 文本的趣味

当代文学的"趣味性"是文化批评的焦点,这种具有批判意味的"趣味性"不能与游戏所带来的轻松或单纯的趣味性混为一谈。后现代文学的形式和概念日臻成熟,而"趣味性"概念是其中很重要的一部分。当代电影剧本中大量使用的自我指涉手法,在文本内部构成了一个闭合循环:把观众已知的信息纳入影片,同时又把电影的所有引用传达给观众。

9.1 拼贴与符号学

拼贴的概念源自后现代主义理论,就其与编剧的关联性而言,我们可以将改编视为有别于拼贴艺术的实践行为。在拼贴艺术中,不同作品中的部分元素重组为一幅完整的画。关键的是,这些已经存在的元素对观众来说是已知的、可识别的。然而,拼贴实践中有着强烈的折中性,即引用的内容并不是那么清晰、可识别。这就是让·鲍德里亚(Jean Baudrillard)所描绘的符号生成现象。在他看来,我们所处的文化语境致使任何一种引用都与其他文本之间存在相互影响的关系。这一概念放到现实实践中就很好理解。虽然夏洛克·福尔摩斯这样的角色,会作为源文本影响蝙蝠侠的创作,但实质上,对福尔摩斯角色的借鉴本身就有着更为复杂的一层符号关系。盖·里奇(Guy Richie)在2009年的电影《大侦探福尔摩斯》(*Sherlock Holmes*)中重新解读了福尔摩斯,他将主角塑造成动作英雄。当然,个中必要的元素早就存在、隐藏于在福尔摩斯的原著中。可以显见,在许多困境下,福尔摩斯非凡的身体素质挽救其于危难,尤其是在小说《斑点带子案》(*The Adventure of the Speckled Band*, 1892)中,福尔摩斯和华生(Watson)面对的是故事中的大反派格莱姆斯比·罗伊洛特博士(Dr. Grimesby Roylott)。后者在离开贝克街221b号之前,通过徒手折弯一根拨火棍展示他的武力,威吓我们的主人公,而福尔摩斯随即不费吹灰之力地把它掰回原形。但是,从人物塑造的角度来说，里奇在这部电影和他2011年的续集《大侦探福尔摩斯2：诡影游戏》（*Sherlock Holmes: Game of Shadows*）中所展现的并不完全是原著中的福尔摩斯。主演小罗伯特·唐尼（Robert Downey Jr）的表演也更贴近于导演里奇个人风格化的其他动作片。这样的创作意图在电影类型的融合、借鉴之外，显然还有其他考量因素。在里奇的作品中，福尔摩斯这一角色既是一系列改编的产物——脑力劳动占据主导地位，同时凭借文武双全的动作英雄形象而与其他英雄人物区分开来了。

当代文本表达中，许多的创作元素"漂浮在能指的海洋中"，它们相互作用与融合的现象是众多现当代文本延伸而成的创作模式。正如后现代文学理学家所主张的，许多现当代文本都有一种非历史的表达语境。盖·里奇的电影一方面借鉴了现代电影的谱系，另一方面又讲述着维多利亚时代背景下的故事，而福尔摩斯的人物原型则直接被套用在了影片的主人公身上。

图 9.1 《天降奇兵》（2003）把海德塑造成了浩克。在这部影片中，杰基尔（Jekyll）的身体发生了变化，他变得更加魁梧，肌肉发达，能够徒手打破建筑物。这与 2003 年李安执导的《绿巨人》（*Hulk*）有所呼应。这种拼接形式使文本之间的互动变得有趣，超越了直接的互文引用和常规的类型整合。

能指，或曰引用，它们的相互融合同样可以在罗伯特·路易斯·斯蒂文森的小说《化身博士》里的海德先生（Mr Hyde）的现代演绎中得到体现。这个文本构成了浩克被创作为经典漫画角色的文本基础。他首次出现在《无敌浩克》里（*The Incredible Hulk*, 1962），这部漫画讲述了科学家通过实验将自己变成怪物的故事，采用一种非常常规的叙事手法揭示了人性的阴暗面。这是借鉴和超文本化表达的典型案例。

随着这样的案例越来越多，借鉴和超文本广泛地出现，理论上来说，编剧或许得到了解放。当代电影和电视剧逐渐搭建起了一个大型游乐场，编剧们可以随意使用、发展这个场地中的"设备"。虽然《天降奇兵》是这一现象的经典范例，但从票房和口碑的角度来说，它并不是一部成功的电影，这也许是因为影片向观众抛出了大量的"参考""引用"，却忽略了观众真正渴望的、对熟悉事物的普遍需求。《天降奇兵》的缺陷正是里奇的《福尔摩斯探案集》所具备的，《福尔摩斯探案集》内含的间接引用非常耳熟能详，这会让观众感到无比愉悦。合家欢电影《淘气大侦探》（*Sherlock Gnomes*，2018）或许最能证明福尔摩斯这一形象在借鉴领域的可塑性。这是一部旨在吸引全家老少共同观看的 3D 动画电影，它选择人们熟悉的福尔摩斯的角色原型，因为每个观众都能理解这个角色，福尔摩斯的形象早已深入人心了。

✏️ **练习**

从某种程度上讲，遵循上文的这些观点进行写作是有困难的，因为我们观看的电影往往是一个社会和时代的产物，而作为一名编剧，你大概率没法总是能察觉到自己无意识中被影响的事物。对于你来说，也许最重要的练习是回到你自己曾经写过的原创作品中（并非带着改编或借鉴的目的），审视你的作品，寻找那些你喜欢的、熟悉的痕迹，问问自己：有哪些人物、事件或场景在作品中出现？如何才能更充分地利用和发展这些素材？

✏️ **练习**

列举出更多的像福尔摩斯这样带有主流文化色彩的角色。他们不一定是"经典"，但一定是广为人知的。尝试提取他们的核心特征，并利用这些特征创造"新"角色。人物原型的痕迹一定要隐藏在作品之下，不能让观众看到，但你对他们的了解，会有助于你作为一个编剧塑造、发展自己的作品。

9.2　定制经典文本

如果说极端的游戏化的文本对观众来说是一种观影挑战，反观那些经典作品，我们或许就能明白那些经典之所以为"经典"而历久弥新的原因。对"经典"文本来说，进行定制、发展和改编的过程不容马虎。这不仅是一个简单的改编过程，更是一个尊重原著的借鉴过程。莎士比亚（Shakespeare）的戏剧曾多次被搬上银幕；在第6章中的案例研究中也曾提及科恩兄弟（Coen Brothers）的《逃狱三王》是对《奥德赛》的部分借鉴。但是，事实上，没有任何经典文本像《德古拉》那样被使用、改编、借鉴、再创作得如此频繁，可以说，这部作品引发了创作的一系列锚点。作为一本小说，《德古拉》并不是这个世界上第一部关于吸血鬼的故事，其文本本身也是基于已有的民间传说和神话而创作的。约翰·波利多里（John Polydori）的小说《吸血鬼》（*The Vampire*, 1819）和布莱姆·斯托克在旅行中收集的一系列东欧民间故事都直接成为《德古拉》的创作素材来源。

故，从创作之初，《德古拉》就是基于其他文本而"量身裁定"的作品，其文本自身也成为后世几乎所有吸血鬼故事的起源。在改编领域，由《德古拉》得到启发，改编"原著"的借鉴，融入诸如《夜访吸血鬼》[*Interview with the Vampire: The Vampire Chronicles*, 尼尔·乔丹（Neil Jordan），1994]的电影改编中。《德古拉》的第一部改编作品诞生于 1897 年，原作者斯托克依据此文本创作了一部戏剧作品，在书籍正式出版之前就已经在舞台上演出了。由此可见，"德古拉"注定会成为一个被不断改动的源文本。1921年上映的匈牙利电影《德古拉》是它的第一个银幕版本，在该书出版约24年后，这部电影成为所有"德古拉"电影的开端。与福尔摩斯一样，这个人物从诞生之初就穿梭于戏剧、小说和影视剧种种不同的媒介当中，发挥着借鉴与融合的作用。

德古拉的故事持续被以不同的方式解读，并在不同时期被不同的人们重复借鉴，这与布莱姆·斯托克在其小说中对吸血鬼的传说的提炼密切相关，他赋予了故事文本极大的可塑空间。作为一个角色，德古拉就像一张空白的画布，作家进行的角色塑造有着广阔的、可创造的艺术空间。从特伦斯·费舍尔（Terence Fisher）的《德古拉》（1958）对他兽性的展现，到弗朗西斯·福特·科波拉的《惊情四百年》着重描绘的复杂心路历程，再到《暮光之城》系列电影（2008—2011）传达出的吸血鬼的青年焦虑，故事的多重神话性维度，赋予编剧反复在这一"经典"的框架下处理各种层面的社会文化问题的机会。从本质上讲，这种改编是在利用文本和神话传说的方式，隐蔽地服务于某一意识形态立场。这并不代表电影暗示了某种可怕的阴谋，而恰恰说明，比起直接在文字中表述立场，文本允许一种更"安全"的方式讨论特定问题。

这种"安全"就像编剧的"保险"，为编剧提供了大量的机会，他们可以选择和使用观众足够熟悉的文本，通过一系列改编，甚至是借鉴，对他们关注的问题进行讨论。可以说，他们是在把玩那些神话故事以及具有神话传说性质的文本。

图 9.2 《吸血鬼魅影》（*Shadow of the Vampire*，2000）以宽松的改编形式提取了斯托克笔下的传说。在这部影片中，穆尔瑙（Murnau）以一个"真实的"吸血鬼来扮演诺斯费拉图这一角色。

学术界已经充分论证，斯托克的文本在一定程度上是在探讨维多利亚社会对于"性"的接受问题。在这个围绕"性"和"一夫一妻制"充分讨论的时代，科波拉对小说的大胆改编依然能够反映原著主题。贝拉·卢戈西（Bela Lugosi）在托德·布朗宁（Tod Browning）1931 年版《德古拉》中对德古拉塑造，激发了关于美国与欧洲关系的隐性讨论。《捉鬼小灵精》（*The Lost Boys, 1987*）从类型上讲是一部青少年冒险电影，它将彼得·潘（Peter Pan）的故事与德古拉结合在一起，以寓教于乐的形式，探讨了青少年的道德培育。可以说，斯托克的《德古拉》在文学史、电视史和电影史上被不断加工、再创作，堪称一个可塑性极强的文本。这在凯瑟琳·毕格罗［Kathryn Bigelow，《血尸夜》（*Near Dark*，1983）］、罗伯·罗德里格兹［Robert Rodriguez，《杀出个黎明》（*From Dusk till Dawn*，1996）］、吉姆·贾木许［Jim Jarmush，《唯爱永生》（*Only Lovers Left Alive*，2013）］或《黑夜传说》（*Underworld*, 2003）或《刀锋战士》（*Blade*）系列中都同样能找到例证。

✎练习____ __

阅读任何一篇你认为是"经典"的文章。思考你将其视为经典的原因，比如，文本的背景、核心的主题分别是什么？重新审视文本，如果进行改编，要如何处理故事背景与当下时代背景的差异？

✎练习____ __

第二个练习是针对经典作品的神话特质展开的借鉴训练。文本在外表之下"说"了、讨论了什么？这些问题是否对当代社会有同样的影响？完成这项练习后，尝试改变文本故事所处的历史阶段。以此为基础，根据明确的源文本开发一个原创故事，这个源文本最好不要被观众直接识别。例如，如果你选择的源文本是德古拉的故事，那么你可以设计另一个吸血鬼，不要使用"德古拉"这一充满标志性的名字。

9.3 编织事实与虚构

在改编的领域，自传或回忆录题材几乎没有明确的理论可以作为支撑。传记电影是主流电影的重要内容之一，对标志性人物的再现是传记电影的重要内核，如奥利弗·斯通（Oliver Stone）的《大门》（*The Doors*, 1991）里的吉姆·莫里森（Jim Morrison）或约翰·雷德利的《吉米·亨德里克斯：与我同行》（*Jimi Hendrix: All by My Side*, 2013）。一些传记电影会颠覆观众对于主角人物的常规印象，如托德·海因斯（Todd Haynes）在《我不在那儿》（*I'm Not There*, 2007）中对鲍勃·迪伦（Bob Dylan）的描述。而大部分传记电影显然以还原人物"真实"经历为创作目的，如《摇滚万万岁》（*This is Spinal Tap*, 1984）和《天鹅绒金矿》（*Velvet Goldmine*, 1998）。

所以，依据"事实"而创作的故事文本往往占据了传记电影的半壁江山，尽管不同文本有着一定程度上的差异。但在我们的讨论中，主要关注的是"事实"

如何与"虚构"结合，并且成为"虚构"的部分的。编剧在创作时，往往容易模糊"事实"与"虚构"的边界，从中寻找新的可能与机会。对"事实"的强调有助于观众接受文本信息。从本质上讲，事实提供了真实，这种真实战胜了文本与观众之间不可避免的距离感。对事实材料的利用还有助于将虚构融入真实，反之亦然。

《恐怖的研究》（*A Study in Terror*, 1965）和《午夜谋杀》（*Murder by Decree*, 1979）等影片中，福尔摩斯终于有机会破解"开膛手杰克之谜"。开膛手谋杀案与福尔摩斯系列故事的情节相契合，但却不能出现在原著故事中，因为一桩发生在当下的罪案，是无法在事故出现之前就被福尔摩斯构思出来的。《十二宫》（*Zodiac*, 1997）也印证了这一情况。詹姆斯·范德比尔特（James Vanderbilt）的剧本改编自罗伯特·格雷史密斯（Robert Graysmith）的著作《十二宫》（*Zodiac*, 1986）。时间差的存在让这部电影允许制作、面世。这与马丁·斯科塞斯（Martin Scorsese）的《华尔街之狼》（*The Wolf of Wall Street*, 2013）一样，由特伦斯·温特（Terence Winter）创作的剧本改编自乔丹·贝尔福特（Jordan Belfort）2007年的同名回忆录。而像《汉普斯特德公园》（*Hampstead*, 2017）这样的电影，也是受到"真实"事件（新闻故事）的启发，被创作成一个原创剧本。在这些影片背后，真实事件是构建影片的基本框架，并成为影片宣传营销的绝佳工具。

上述案例中的改编行为更接近于"传统"的改编形式，即利用原著的结构和特点来创作剧本。像《午夜谋杀》这样，将真实故事融入虚构的文本，与大卫·芬奇的作品截然不同。对于后者来说，重要的是要考虑"开膛手杰克"这样一个符号化的人物及其带有传奇色彩的角色特征，他必须弄清楚，这个人物的故事为何如此广为流传，众多的小说和电影为何如此偏爱他。例如《来自地狱》[*From Hell*, 艾伯特·休斯（Albert Hughes）和艾伦·休斯（Allen Hughes）, 2001] 这样一部电影，为编剧提供了一个可供参照的回答，即如何从真实事件和虚构传说中提取素材，创作出原创剧本。对于"开膛手杰克"这样的人物始终活在我们对于传说的认知中，他从未落网的事实，更为这一人物形象增添了神秘感。从创作伊始，开膛手就被归类为故事创作的"虚构"中，围绕"开膛手杰克"创作出的文本，几番试图揭开开膛手的身份之谜，解释他是如何做到躲避追捕的。其中包括犯罪小说家帕特里夏·康威尔（Patricia Cornwell）的《开膛手：沃尔特·西克特的隐秘生活》（*Ripper: The Secret Life of Walter Sickert*, 2017）和布鲁斯·罗宾逊（Bruce Robinson）的《他们都爱杰克：破获开膛手》（*They All Love Jack: Busting the Ripper*, 2016），这个未解之谜中的特质始终吸引着影视创作者们。由"弹簧腿杰克"的故事发展而来，"开膛手杰克"的故事还可以照搬至都市传说的模式当中。在一些文本里，"弹簧腿杰克"有着与众不同的恐怖外表和奇异服饰，偶尔还展现出超自然的能力。从这一角度出发，编剧把事实和虚构区分，然后又编织在一起，发展出了新作品。

图 9.3　在《两世奇人》中，迈耶让开膛手杰克与 H. G. 威尔斯（H. G. Wells）相遇，后者发明了时间机器，在被传送到 1979 年的洛杉矶后，摇身一变成为了一个动作英雄。

编剧、导演尼古拉斯·迈耶（Nicholas Meyer）延续了虚实结合的创作手法，将虚构角色与真实人物巧妙地融合在一起并碰撞出新的火花。《百分之七的溶液》（*The Seven-Per-Cent Solution*, 1976）改编自梅耶 1974 年的小说，在这部影片中，福尔摩斯接受了西格蒙德·弗洛伊德的"治疗"。电影试图从心理层次发掘、揭示福尔摩斯的性格特征，并巧妙地借鉴了前文所探讨过的故事中的神话传说元素。

练习

选取近代历史上的一个标志性事件，一个为广大受众所熟知、但大多数观众们不知道确切细节的事件。金融犯罪事件、轰动一时的谋杀案、正义审判或其他类似事件都可以。以此作为故事原型，写一个与事件"现实"相关的人物，他可以是一个带领观众入局的旁观者，也可以是一个侦探。尝试通过这一人物揭开事件被掩盖的真相。

✎ **练习**

重复上述练习，但这次要选择一个50多年前发生的历史事件。使用一个与该事件相符合并有足够知名度的虚构人物，以便于观众能够理解你所要表达主题或类型的暗示。尽管从故事的形式来看，这一人物很适合侦探这一身份，但是在进行选择时不一定非要选择某一大名鼎鼎的侦探作为虚构人物的原型。例如，如果你想讲述一场关于"拿破仑战争"的故事，简·奥斯汀的《傲慢与偏见》中的威克汉姆先生会对这个故事有什么帮助吗？这将会使你所创作的新作品成为各种改编作品和原著文本的综合体。

案例研究：《时时刻刻》

导演：斯蒂芬·戴德利

迈克尔·坎宁安（Michael Cunningham）1999年创作的小说《时时刻刻》（*The Hours*）若想搬上荧幕，对于编剧而言是一项艰巨的挑战。斯蒂芬·戴德利（Stephen Daldry）于2002年执导了同名电影，邀请了著名编剧戴维·赫尔（David Hare）撰写剧本。赫尔所创作的剧本和戴德利随后拍摄的电影既是对经典的改编、借鉴、创新的典范，同时也是引用真实与编织虚构的绝佳范例。

这本书及其电影版本均改编自弗吉尼亚·伍尔夫（Virginia Woolf）的小说《黛洛维夫人》（*Mrs Dalloway*, 1925），讲述了三个人物之间跨越时空的交互和联系。她们中最接近当下时代的人物是克拉丽莎·沃恩（Clarissa Vaughn），她是一个形象模糊的克拉丽莎·黛洛维（Clarissa Dalloway）。赫尔在刻画人物时，使用了坎宁安从伍尔夫的原著中提取的线索，描述了克拉丽莎·沃恩和另外两位女主人公的一天。就像克拉丽莎·黛洛维的故事一样，花朵在《时时刻刻》（*The Hours*, 2003）中占据了重要地位。尽管二人所处背景的时间跨度很大，但她们的内在联系却十分紧密。黛洛维在沃恩的成长与经历中起到了重要的互文作用，沃恩的个性中具有黛洛维所寻求的独立性。然而，由于小说和电影都以弗吉尼亚·伍尔夫的自杀作为开场，作品中事实和虚构的边界变得模糊不清。赫尔借鉴了坎宁安对伍尔夫遗书的戏剧化处理，让她的丈夫伦纳德·伍尔夫（Leonard Woolf）发现遗书，并试图阻止弗吉尼亚·伍尔夫。当然，为时已晚。赫尔的处理加强了自杀事件的戏剧效果，也为电影增加了一层沉重的真实感与说服力。

赫尔还通过让故事中的劳拉·布朗（Laura Brown）阅读《黛洛维夫人》的方式，侧面暗示了劳拉对自己所扮演的"家庭主妇"这一身份的逃避。劳拉对《黛洛维夫人》的痴迷也影响了她的儿子理查德，后者因此成为一名作家，并在自己的作品中以克拉丽莎·沃恩为原型重新"创造"了克拉丽莎·黛洛维这一人物。在此过程中，伍尔夫作为真实人物的在场，和理查德作为作家的虚构创造之间，再一次模糊了虚实的界线。克拉丽莎·沃恩和黛洛维之间的互文与心灵对话同样加深了这种模糊感。

　　这种互文关系的丰富存在，给观者创造了一种身临其境的体验感。当文本与文本之间、作者与作者之间的界限开始模糊时，现实与虚构的交织引发了对作者身份与权威性的讨论。

　　似乎是为了对"伍尔夫之死"的设定进行补偿，坎宁安在根据其著作所改编的电影中以不知名的"临时演员"的身份出现。我们可以看到他站在马路上，对着去往花店的克拉丽莎·沃恩微笑，然而，在这个短暂的出场中，他既被电影"认可"，又保留了作为故事创作者的神秘感。

　　这部小说是对弗吉尼亚·伍尔夫的致敬，她的声誉和地位无疑吸引了人们对坎宁安小说的关注。基于此种原因，影片用大量篇幅刻画弗吉尼亚·伍尔夫的作家形象，好似电影直接改编自她的著作。作为享誉世界的文学名人，伍尔夫在影片中的"存在"占据了前期宣传的主要位置，而以美貌著称的妮可·基德曼（Nicole Kidman）的出演，让人们关注到，她为了贴近伍尔夫真实的外表，而装了一个假鼻子。

　　可以说，在影片的宣传和推广过程中，对基德曼从好莱坞明星到传统现代主义知识分子形象转变的关注，使电影连同小说及其他一切卖点都黯然失色。除此之外，媒体的声音进一步丰富了作者和文本之间互动的层次。"妮可·基德曼"是《时时刻刻》互文的又一个"文本"。对真实女演员和假鼻子的关注，成为从弗吉尼亚·伍尔夫和达洛维夫人中分离出来的另一个叙事维度。演员与角色的互文关系成为电影与整个文学关系的一个例证：文学是严肃的，也是单调的。而电影本身也只能是一枚昂贵、虚假的塑料鼻子。

　　电影表达的主题往往围绕社会功能问题、人物情感问题展开，很难把主题表达聚焦于某一角色上。基德曼对弗吉尼亚·伍尔夫这位艺术家的形象塑造，可以被概括为一系列充满病态的梦幻形象。**镜头穿梭于她对钢笔的挑选、无休止的吸烟和嘈杂混乱的家庭氛围上。这些都是电影创造焦虑氛围的常规外部标**

志，潜在传递着伍尔夫精神世界和日常现实的距离，展现着她可怕而又脆弱的情感，而文本关于这一人物的艺术性创造和智力性建构几乎被抹去了。

基德曼扮演了一个只在"理论上"知道应该如何管理她的仆人、但却无法付诸实践的古怪女性角色。她笔下的黛洛维夫人比作者本人更能融入传统的英国社会。可以断言，伍尔夫所创作的作品是对她自己笨拙、优柔寡断、不谙世事的一种精神补偿或替代。

电影对伍尔夫的刻画并没有依照传记的常规描写，而存在着强烈的虚构色彩。它将时间抽象化，暗示《黛洛维夫人》是她的绝唱，与事实背道而驰。基德曼的表演呈现出一种迟钝而抽象的状态，这也不符合伍尔夫机智、尖锐的批评家性格。更何况，现实生活中的弗吉尼亚·伍尔夫并不是一个隐居的病人，她热爱派对，喜欢社交，向往伦敦的热闹和繁华。

与小说一样，电影从自杀起笔，过分强调了伍尔夫脆弱的心理。在里士满车站这一场戏中，伍尔夫歇斯底里的情绪达到了爆发的极点。作为观众，我们似乎更希望看到自己眼前的这位才女作家沿着铁路站台的边缘蹒跚而行，忍受着生活的不适状态。就这种情况而言，《时时刻刻》(小说和电影都是)共同为"煎熬中的艺术家"这一广泛的文化议题做出了一种别样的诠释。

10 其他形式

本章将探讨改编时可能遇到的"其他形式"。我们在前几章确立的许多原则适用于任何形式的改编，无论文本的原始形式是什么样的，它们被搬上银幕的改编过程都是相似的。这些原则包括前文中概述过的关于忠实度、叙事形式等元素的基本前提。但是如果你打算将文学小说以外的其他形式搬到银幕上，关键要明确不同的文本类别，在形式上具有不同的特性和考量因素。在这里将列出几种形式，但并不详尽，没法囊括所有的改编形式，但他们大体上会遵循相同的原则，这会下文展开讨论。

从根本上说，改编的目的并不是对作品进行颠覆性的改变，编剧只是抓住内容，进行形式上的转换。然而，不同源文本的构件模块是不同的，这就需要编剧采用不同的形式完成文本的概念化过程。编剧对原始形式在结构方面和文化功能方面的理解至关重要，因为改编的第一项工作就是认识和诠释。从根本上说，对于非文字性质的媒介而言，改编是从一种视觉形式到另一种视觉形式的转变。这一过程也可以被概括为先由视觉转向文本（剧本），再将文本转向视觉（影像）的转化。这就增加了改编过程的复杂性，我们将进一步探讨这一复杂性。

10.1 图画小说

我们从一开始就必须把漫画书与图画小说区分开来，因为人们对这两种形式寄予了不同的阅读期望。可以说，它们的共同点在于形式，也仅仅在于形式。人们对图画小说会有一种独特的预期，认为图画小说是与散文小说一样有着严谨的形式，都有处理严肃问题的能力。这一点在艾伦·摩尔（Alan Moore）的作品、《来自地狱》和《V字仇杀队》[*V for Vendetta*, 詹姆斯·麦克蒂格（James McTeague），2005]等影片中体现得最为明显，这些影片所涉及的往往是严肃的、成人世界的重大议题。

图画小说自身有一段令人敬仰的历史。阿特·斯皮格曼（Art Spiegelman）的《鼠族》（*Maus*, 1980—1991）等作品证明了图画小说具备讲述故事的力量，但又不同于散文的表达形式。文字与图像的结合在印刷技术诞生之初就存在，从装饰图纸到威廉·布莱克（William Blake）的《天真与经验之歌》（*Songs of Innocence and Experience*, 1789），再到菲兹［Phiz, 原名哈布洛特·奈特·布朗（Hablot Knight Browne）］和他为狄更斯所作的插图。而图画小说的页面呈现的独特之处在于图像和文字的完全融合，使得图像在诠释效果和文本表达等方面更为直观。

想要改编这类文本，编剧就得面对一系列不同的挑战。图像、场景等元素似乎在改编创作之前就已经存在，而这类文本的优势在于这些"形象"可以作为改编的基础。就像散文改编需要"忠于"原作一样，对于图画小说改编也是如此。在这种情况下，紧扣"原作"的问题会更加值得商榷。因为图画小说看起来就像一个故事板，创作者几乎可以不需要剧本，而直接进行电影制作。所以编剧在改编过程中要关注原作页面上缺失、而在电影剧本中必须体现的内容。

图画小说由一系列"画面"组成，当读者按顺序进行阅读时，这些"画面"便产生了意义。有些图画小说通过打破框架，将部分场景的顺序打乱，甚至破除线性的叙述模式。与之相似，电影剧本被分割成一个个独立的场景，但通常会以剪切或淡出的形式来体现场景的切换。有时候，每个场景会有内部的变换，这也会在剧本的中被标明。图画小说的画面中可能同样存在此类暗示，但其帧与帧之间的变换通常是静态的。

图画小说和电影对时间的处理是不同的。由于图像的静止特性，图画小说不可避免地会在一个场景上停留很长时间。读者随时可以在某一画面上停留，领会更深层的意义。尽管我们可以按任意顺序阅读文本，并根据自己的选择在文本中前后移动，但必须按照每一帧画面的顺序进行阅读，才能理解叙事的进展和情节的开展。每一个图画小说中的画像在本质上都是一个场景，其功能与电影中的场景类似。一个场景可以在一系列的单元中发展出来，每个单元都可以让我们获得不同的行动视角。

故事基调通常会给读者留出解读与感受的空间，虽然作者设定了一些"参数"，但在图画小说中这些"参数"往往是开放的。电影《斯大林之死》（*The Death of Stalin*, 2018）采用法比安·努里（Fabien Nury）和蒂埃里·罗宾（Thierry

Robin）2010年的图画小说，由伊安努奇重新改编，并由阿尔曼多·伊安努奇（Armando Iannucci）、大卫·施耐德（David Schneider）、伊恩·马丁（Ian Martin）和彼得·费洛斯（Peter Fellows）改编，他们试图在对图画小说的诠释中提炼政治游戏所带来的荒诞喜感。在图画小说原作中，幽默仅作为其隐含元素，而电影则将自身发展为一部黑色喜剧，外化了原作主题中蕴含的深度特性。

在图画小说中，对话通常是有限的，而且同样遵循"尽可能展示而非讲述"的原则。图画小说自身的特质，就是它作为利于改编的文本的原因。编剧的第一步工作就是将页面上的图画转化为屏幕上的图像文本。大多数图画小说中所包含的对话都相对受限，因此，编剧一方面需要按照撰写原创剧本的常规方式来发展对话，同时还要对原作中必要的对话进行保留，在避免赘述的前提下确保人物的塑造和情节的发展。

还有一些图像小说会将漫画书中的角色作为故事文本叙事形式的一部分。这与上述关于图像小说的案例有所不同。这是作者借用其他文本中的角色，在观众了解一系列文本的基础上，创造了一个囊括所有文本的统一文本。或许这解释了为什么格兰特·莫里森（Grant Morrison）和戴夫·麦金（Dave McKean）的《阿卡姆疯人院：庄严的大地上一所肃穆的建筑》（Arkham Asylum: A Serious House on Serious Earth, 1989）这样的作品一直没有被改编。

✎ 练习 ___ __

改编一本图画小说，这本图画小说应该是一个尚未被改编且不包含知名角色的文本。它为你提供了一块"空白画布"。思考开头场景的作用，确定背景、基调、角色。想一想，你将如何表现图画之间的连贯和运动？

✎ 练习 ___ __

在原作中选择有两个及以上角色出场，但没有任何对话的场景（如果画面中有推动情节发展的文字，则可以忽略不计）。将该场景写成有对话的剧本。评估这一场景在叙事进展中起到的作用，思考一下，场景中应该包含哪些对话，人物应该发出什么样的声音？

10.2　电子游戏

近年来，游戏业飞速发展。逼真的画质、震撼的场景为玩家们带来了愈发身临其境的游戏体验。游戏制造技术发展的同时，剧情类游戏也获得了长足进步。剧情类游戏借鉴了电影叙事，反过来又为电影叙事提供改编素材，如大获成功的《神秘海域》（*Uncharted*）系列和《印第安纳·琼斯》（*Indiana Jones*）系列。而《末日崩塌》[*San Andreas*, 布拉德·佩顿（*Brad Payton*），2015]或《速度与激情》（*Fast and Furious*）系列（2001年至今）等电影则反向吸纳了电子游戏美学，《勇敢者游戏：决战丛林》[*Welcome to the Jungle*, 杰克·卡斯丹（Jake Kasdan），2017]更是顺理成章地将这一美学发挥到了极致，它利用观众对游戏的了解，设定了一台20世纪90年代的游戏机，将主角带入游戏世界当中，让他们"扮演"游戏中的角色，这是一种"借鉴"，更是一种"直接"的改编。

游戏被搬上银幕在电影改编中不是新鲜事。1985年乔纳森·林恩（Jonathan Lynn）就根据棋盘游戏《妙探寻凶》（*Cluedo*）改编创作了电影《妙探寻凶》（*Clue*, 1985），将一个已经有许多受众的流行文化产物呈现到屏幕上。作为影片叙事框架的一部分，原版游戏的规则、惯例和玩法早已被电影观众所熟知。然而，由于电子游戏的设定及操作过程要比棋盘游戏来得更复杂，所以依照电子游戏的改编中会出现一些特殊问题。如果编剧要改编一款类似于《黑色洛城》（*L. A. Noire, Rockstar Games*, 2011）的游戏，他就会注意到其中的问题：这款游戏本身就借鉴了许多黑色电影作为文本素材。实际上，这还是第一款在电影节上放映的视频游戏（2011，翠贝卡电影节），这一事例充分表明，媒介形式之间的壁垒在当时早已打破。这样的例子还有很多，《使命召唤》（*Call of Duty*）系列可能是其中最出名的。

随着游戏技术日益成熟，对于游戏内容及文本的审美要求也更趋向于电影。这样的"看齐"并没有马上要求叙事做出改编，因为过于复杂的剧情会干扰游戏性，故在考虑如何改编时，文本形式上一定存在根本性的调整。游戏中可供剧本直接使用的对话极其有限，剧本必须为了电影制作重新编写内容。更何况，游戏中的桥段无法直接用作电影的有效对话语言。游戏中的情节点与电影中的情节点也存在差异。此外，二者在时长上也有本质区别。电影的时长一般为2小时左右，而游戏的游玩时间可以持续数周甚至更长。因此，游戏中故事情节的主要功能是作为铺垫引出下一章节叙事，主要任务是加剧游戏过程中紧张和冲突，充其量只是一部电影的大纲。游戏可以提供故事、人物、事件和场景等基本要素，但在情节结构上却相对有限。

电影对游戏人物、场景或标题的借鉴相对大胆，在第6章所述的互文性范畴中我们已经明确归纳过。而游戏和电影在形式上的主要区别在于主角塑造。游戏偶尔会为玩家的角色提供一些背景故事，《勇敢者游戏：决战丛林》就巧妙地使用了这一点。在游戏过程中，玩家是沉浸在自主行动中的，尽管这只是在一定范围内的行动，也能够给玩家带来较强的控制感和选择的快感。在线联机的游戏扩展了玩家的屏幕世界，并让其他人（通常是陌生人）成为战友或对手。身临其境的参与感与选择权是游戏与电影的第二个根本区别。在游戏中，当你选择了一个角色时，你可能会被告知一些关于角色的背景信息，或许还包括一种力量或武器，可以帮助你完成任务。但是游戏不会给你提供角色的具体特征和属性，而这恰恰是电影中塑造角色时需要考虑的基本要素。因为游戏并不要求玩家对主角感同身受或产生共鸣，它需要的是让玩家认为自己就是那个角色。如若编剧以游戏作为素材，其职责是利用现有的核心特征，塑造出一个既能在电影中发挥作用，又不违背玩家期望的角色。大多数游戏都充满了动作性（尽管它们还有其他共性），故游戏改编而成的电影大多是动作片。动作片作为一种以满足观众视觉震撼为主要目标的影片类型，其本身对人物塑造复杂性的要求并不高。因此，动作游戏和动作电影之间的联系变得越来越紧密。

游戏与电影的主要不同之处在于，前者会提供非常多的选择，玩家在游戏中会结识一些从未谋面的角色，并与他们共度一段重要的时光。而电影则由我们创造的"英雄"来替我们完成这段旅程，这也正是电影的魔力：它可以让观众与角色发生共鸣，对角色产生感情，甚至通过角色来体验自己在日常生活中经历不到的生活。保罗·W. S. 安德森（Paul W. S. Anderson）导演的《异形大战铁血战士》（*Alien vs. Predator*, 2004）带领观众与片中的阿莱克莎·伍兹（Alexa Woods）一起经历了一段惊险的旅程。基于电影改编的游戏拥有广泛的受众群体，游戏被搬上银幕，文本本身或许就已经在逻辑上拥有互文合理性，就像《古墓丽影》[*Tomb Raider*，罗尔·乌索格（Roar Uthaug），2018]的制作，该片本身既是《古墓丽影》（*Lara Croft: Tomb Raider*，改编自2001年由Core Design公司最初制作的游戏）的改编版，同时也受到了2013年该游戏重制版的启发。电影《头号玩家》（*Ready Player One*，2018）就是从小说改编而来的，影片对当下流行的游戏文化进行了探讨，但同时也与《鬼使神差》（*Batteries Not Included*, 1987）

这样的电影产生了互文联系。

✏️ 练习

选择一款第一人称视角操纵的射击游戏。随着游戏情节的发展，游戏中会出现很多操作的设定，还会出现包括反面角色在内的众多角色。为使游戏继续进行下去，故事中必须有危急时刻。领悟了以上步骤，你就掌握了故事的核心要素。最后我们的游戏中还缺少一位"英雄"，通常也就是玩家所扮演的角色。现在，尝试开发并加入一个可以融入游戏故事中的角色，并评估该角色将如何应对游戏中出现的种种情形，这可以成为你构建游戏文本的基础。

✏️ 练习

游戏往往以动作为主。即使是遵循叙事方式的游戏，也会有动作性很强的时刻。正如我们讨论过的，电影和游戏之间存在着相互作用。试着选择一款以特定类型为基础的游戏，如《神秘海域》，判断游戏是如何使用明显的类型套路，甚至是老套的模式，来确保其节奏发展的。写出游戏中所有关键情节点的流程大纲，并以这些要点为基础，编写电影大纲。注意，一定要评估哪些可以保留，哪些必须删除。

10.3 戏剧

大多数的改编都是由文字到银幕的转变过程，这也是本书所探讨的重心。那么，如果让你现在谈论你看过的、改编自舞台剧的电影，那很可能三天三夜都说不完。电影制作公司会选择舞台剧进行改编，与他们选择小说的动机类似。这不难理解，莎士比亚的文学作品系列享誉世界，被改编成的电影数不胜数，从最早的默片，到当今世界各地影院热映的影片，均能找到莎士比亚的影子。包括音乐剧在内的热门舞台剧，均有特定的观众群体，多年来一直是好莱坞主流电影的重要部分。

从理论上讲，戏剧应该是最容易改编成为电影的文本形式。编剧只需要把一个剧本改编成另一个剧本、将一种用于表演的文字改编成另一种用于表演的文字。事实上，形式上的根本差异，使这种改编的复杂程度不亚于小说的改编。舞台剧与图像小说的不同之处在于前者（除了我们已经看过的舞台剧）几乎没有任何图像性可言。甚至你的改编作品会止步于一个银幕版的舞台剧。然而，如果你将你的创作思维局限于这一概念框架内，就会受到极大的限制。

如何避免这种情况的出现，最重要的是，要从舞台剧缺乏的特点、而影视剧本拿手的方面入手。首先是电影独特的表现方式和行为调度的设计。通常，舞台剧文本对空间和运动的描述较少。究其原因，戏剧所面对的是表征空间，而电影所涉及的更多是现实空间，两种空间类型决定了观众不同的参与程度。查理·考夫曼（Charlie Kaufman）编剧并执导的《纽约提喻法》（*Synecdoche: New York*，2008）就是最好的例证：卡昂·科塔尔（Caen Cotard）正在导演一部涉及一场车祸的舞台剧，舞台上"真实"的车祸现场展现了技术的成熟。大型戏剧作品作为现场活动在影院放映是司空见惯的事，但这并不能使其成为一部电影。

因此，编剧需要做出许多决定，基于他们如何解读作为戏剧形式的源文本。首先是文本的物理空间，必须对其进行开发与再创作，并赋予其真实感。例如，巴兹·鲁赫曼（Baz Luhurmann)1996年版的《罗密欧与朱丽叶》（*Romeo and Juliet*）取景于洛杉矶的威尼斯海滩，马克·赫尔曼（Mark Herman)1998年的《小嗓门》（*Little Voice*）将故事地点设定于英格兰北部一个破旧的海滨小镇，真实环境的呈现决定了观众能否理解故事文本的一个重要因素。

第二个考虑因素是对话。编剧必须按照原作的不同形式进行适合于文本的创作。《对话尼克松》[*Frost/Nixon*, 朗·霍华德（Ron Howard），2008] 等电影利用了原作戏剧在舞台上所呈现出的亲和力，照搬到银幕上，使演员的对话适用于银幕。对于"经典"戏剧作品的改编，直接使用原始剧本中的台词是最能被观众所接受的，这一点在大多数莎士比亚改编作品中都有所体现。这并不新奇，从黑泽明的《乱》（1950）等作品中就可以看出，将戏剧作为素材直接引用的做法是有一定适用性的。但在很多时候，如果对话显得过于"戏剧化"，会难以满足电影观众需要的现实感。因此，从舞台提示到银幕描述的"翻译"过程中，编剧就需要做出努力。对白的作用与形式看似毫无差别，但出于对原意精确表达、对有限时长的控制，编剧通常会选择为了适应电影形式而编辑文本。这个对于时间的把控就是第三层考虑因素。舞台剧以对话为主（剧中的沉默也属于无声的对话），而银幕则以动作为主。这需要编剧能动地做出创造，以便让观众在有限时长内去观察，而不是被告知。

上述考虑的三种因素，有一个前提，即着手改编的戏剧作品本身是现实主义情节剧的经典。之所以这样强调，是因为一直以来有许多实验性戏剧在影视化改编当中遇到了许多困难，创作者们的改编仅仅是将舞台艺术套用在银幕作品当中。如《奥莉安娜》（*Oleanna*, 1994）或《拜金一族》[又译《大亨游戏》（*Glengarry Glen Ross*, 1992）]，以及汤姆·斯托帕德（Tom Stoppard）改编的《君臣人子小命呜呼》（*Rosencrantz and Guildenstern Are Dead*, 1990）。这些案例都为编剧改编戏剧文本提供了参考，并开始思考如何使用空间的概念性问题。这一问题与形式密切相关，因为我们通常认为戏剧空间是假定空间。在银幕上使用戏剧的艺术形式是被允许的，但不可避免地要改变舞台剧作家使用的一些创作手法。这也许在贝托尔特·布莱希特（Bertolt Brecht）等戏剧家的影视化改编中最为明显。布莱希特的间离效果，意在通过引起观众对戏剧体验的虚假性的认识实现间离。当观众坐在一个打破传统观演界限的空间中，发现剧中人物在舞台上更换服装时，才会深刻体验到这类戏剧的间离性。对于电影制作而言，这样的创作手段如果照搬到银幕上，不仅会显得怪异，而且还无法突出这种形式的独特艺术。虽然实验性视听技巧在电影当中也是司空见惯的，但并不会出现在舞台剧改编成电影的过程中。例如，改编自琼·利特尔伍德（Joan Littlewood）戏剧工作室1963年作品的电影《多可爱的战争》（*Oh! What a Lovely War*）中，表演者之间的距离感消失了，观众无法领会，为什么要将第一次世界大战的幻灯片和舞台上演员的动作结合。导演阿滕伯勒（Attenborough）尝试诠释利特尔伍德作品的精髓，将码头的场景作为贯穿始终的主题，这就低估了文本与表演之间的重要关系。在剧场中，观众看到的是真实的演员、发生在眼前的情节，感受着相应的氛围。而这样的在场性很难在电影中实现，因此编剧们必须使用适合电影表达的剧作技巧，来传达情感和情节张力。

《多可爱的战争》的前后改编，凸显出了舞台文本与影视剧本在形式上的根本差异，二者对于场景的"构图"有明显不同。剧场中的观众可以在演出过程中把目光停留在舞台上的任意角落，而导演和演员的工作则是将观众的注意力集中到某个特定的位置。电影则对观众的关注焦点进行了更为直接的指引。在将戏剧改编成电影时，编剧会关注某个并未发生或出现的瞬间，创造出一种面对面的亲切感，而这可能是由文本中的暗示所驱动的。如此一来，编剧可以更加直观地站在导演的角度，提前思考如何在镜头中对文本内容进行呈现，并在开始创作之前先在脑海中完成画面构想。

改编的过程还可以是双向的。众所周知，有越来越多的电影成功地被改编成舞台剧，尤其是音乐剧。这些例子也是非常值得研究的，因为它们展示了上文所述的反向过程。音乐剧之所以选择电影文本进行改编，一方面出于对电影广泛受众群体的考量，另一方面也说明电影文本确实有着适合音乐剧的表达形式。观众会带着对原版电影的了解走进剧场，舞台剧充分利用了这一优势，创作出了《跳出我天地》（*Billy Elliot*, 2000）和《奏出新希望》（*Brassed Off*, 1995）等佳作。

近来在伦敦西区和百老汇涌现的、大制作的"点唱机"音乐剧是当下流行的趋势。这些音乐剧本身就借鉴了很多耳熟能详的影视歌曲，故事文本则以这些歌曲为制作基础，或直接从这些歌曲当中提取出来。近来，旨在对某一故事宇宙进行续写的舞台剧也越来越多，如《魔法坏女巫》（*Wicked*）或《哈利·波特与被诅咒的孩子》（*Harry Potter and the Cursed Child*）。还有一些剧目的制作与成功是基于广泛的文化迭代所实现的，如《恐怖小店》（*Little Shop of Horrors*）各种版本之间的"互动"。1967年，梅尔·布鲁克斯（Mel Brooks）创作的《制片人》（*The Producers*）是一部描绘舞台音乐剧的电影，基于这部电影，2001年的同名音乐剧得以问世，而当后者大获成功后，这部音乐剧改编而成的电影又于2005年上映了。

✎ 练习

　　想要训练从舞台到银幕的改编，最快速的办法是，打开一部改编自舞台剧的电影，拿起你手边的舞台剧剧本，与屏幕前实时发生的情节进行对照。记下屏幕上出现了哪些画面，在哪些地方增加了动作，对哪些地方的对白进行了增减或改动。要注意，在首次完成这一练习后，不妨再找一部现当代的经典戏剧作品，思考在改编过程中哪些内容应该得到保留，哪些需要被调整？你需要在布景方面做出哪些改变？有多少内容是既定不变的，有多少内容是需要被具象化的？你的新剧本在什么时候开始变得与原著渐行渐远，以至于它越来越接近"借鉴"而非"改编"？

　　找一部与电影的现实主义叙事形式相反的、荒诞派的戏剧作品。以银幕改编为目的构思剧本。思考原作中哪些内容可以使用，哪些内容需要彻底改编，适应影像的逻辑。评估在什么情况下你会舍去原始内容，仅仅将其作为电影作品的灵感。两种形式都有各自的局限性，你必须同时掌握。